KB267906

현대소설의 어머니 연구

김 경 희

국학자료원

◆ 머리말

아직 학문에 대한 깊은 통찰을 가지지 못한 채, 박사학위논문의 주제를 정해야 했을 때 '모성성 연구'는 자력처럼 나를 끌어당겼다. 무엇이든 강한 끌림 현상은 잉여이거나 결핍의 증명일 터였다. 어머니는 자식에게 이런 사랑을 주어야 한다는 '관습적 사랑', 즉 어머니로부터 통념적 사랑조차도 내려 받지 못했다고 나는 생각하고 있었던 모양이다. 내 어머니는 왜 그래야 했을까, 왜 그럴 수밖에 없었을까 하는 어머니에 대한 의문이 논문으로까지 이어진 것이다. 어머니도 한 사람의 개체적 존재라는 것을 인정하면서도 딸의 입장에서는 그 또한 마땅히 어머니로부터 책임(사랑)을 나눠받아야 한다는 생각이 '딸 관점의 서사'와 '어머니 관점의 서사'를 잉태시켰다. 그리고 이 논문을 쓰고 난 뒤 그 결핍을 채워주느라 꽤 많은 시간 동안 자신을 어루만져 주어야 했다. 그 경험을 통해 나는 수많은 사람들이 말하는 어머니라는 존재에 대한 언어들을 아낌없이 수용하게 되었다.

우리는 어머니에 대한 환상을 가지고 있다. 그리고 그 환상은 인류사에서 역사적 상황에 따라 변모하되, 크게 변하지는 않을 것이다. 이성이 명징해질수록 그리고 문명이 발전할수록 반대급부로 사람들은 더 지쳐가고 쉬거나 기댈 곳을 찾게 되는데 가장 인간적인 장소가 어머니이기 때문이다. 누구나 구체적 시원은 어머니로부터 시작되고 또 어머니는 자식에게 가장 편안하고 실질적 공간이 되기도 한다. 그러나 현실을 사는 여성의 삶은 어머니가 됨으로써 여성을 발전하게 하고 이상적으로 충족하게 하기도 하지만, 한편으론 결핍과 생존에 대한 갈망과 가부장적 가정과 사회로부터 받는 억압으로 일그러진 존재가 되기도 한다. 그런 상황에서 어머니가 된다는 것은 여성 억압을 총체적이고 집약적으로 보여주는 체험이라 할 수 있다.

따라서 이 글에서는 한국 현대 소설에 드러난 모성을 통해 어머니의 모습이 여성을 어떻게 왜곡하는지 각각의 텍스트를 통해 논의해 보았다. 모성성 연구의 이론적 담론은 페미니즘 이론이 대부분이다. 가부장적 사회에서 여성에게 주어진 억압적 정체성들에서 벗어나는 것을 여성해방이라고 보는 포스트모던 페미니스트들은 어머니라는 정체성 안에 포함된 모순들을 파헤침으로써 여성=어머니라는 전통적 공식을 파괴하려고 한다. 그래서 여성을 모성으로부터 탈피하여 온전한 한 인간으로 보고자 한다. 1970년대의 오정희 소설과 1990년대의 전경린 소설에서의 모성에 대한 공통점과 다른 점을 살펴보았고, 1980년대의 박완서 소설과 1990년대의 공선옥 소설에서의 모성을 살펴보았다. 오정희와 전경린, 박완서와 공선옥의 모성을 같은 궤적에 꿰어본 것은 그들이 함께 논할 지점을 담지하고 있기 때문이다.

그리고 네 작가들의 '어머니 관점의 서사'와 '딸 관점의 서사'를 비교 분석했다. 인간의 생은 모두 어머니로부터 시작되었으나 딸은 어머니처럼은 살지 않겠다고 외치며 성숙해진다. 딸이 자신을 여성으로 의식하는 경로 중의 한 방식이 어머니를 통해서이기 때문이다. 어머니는 자식을 위해서 희생하고 아버지의 부재나 무능까지도 짊어지고 살아가는 인물들이다. 그러므로 어머니는 인간적 욕망을 드러내지 못하고 살아가는데, 그러한 어머니를 지켜보면서 자라는 딸은 어머니를 흉내 내거나 거부하게 되기 때문에 딸의 서사는 중요하다.

I부의 분석이 여성들의 소설을 통해서 이뤄졌다면 II부에서는 남성의 소설에서 여성성이 어떻게 드러나는지 살펴보았다. 남성에게 어머니는 더 큰 환상을 주게 된다. 어머니와는 다른 이성인 남성은 여성의 삶을 속속들

이 이해하거나 통찰하지 못하기 때문에 더 가부장적 시각으로 어머니를 바라보기 때문이다. 따라서 어머니의 인간적 삶은 더욱 은폐되고 축소되고 억압되어 드러난다.

어머니와 여성은 매우 긴밀하게 얽혀있기 때문에 이 두 개념을 확실하게 구별 짓는 것은 어렵다. 그러나 여성이 어른이 된다는 것은 모성성의 상태로 돌아간다고 볼 수 있기 때문에 여성의 어머니 되기는 어머니로부터 분리되는 것인 동시에 자신에게 내재된 모성성과 깊이 결속되는 것이기도 하다. 그것은 어머니에게 회귀해 가고자 하는 퇴행의 욕구인 동시에 어머니에 대한 깊은 이해에 이르는 것이기도 하다. 그래서 어머니와 딸이 말하는 모성이 의미를 갖는 것이다.

인문학 공부를 하면서 늘 생각하는 것은 학문과 현실의 접점의 문제이다. 변화하고 실천하지 않는다면 학문 또한 제 역할을 다하지 못하겠다는 작은 기우를 가져보기도 했다. 이 글을 쓰고 있는 지금, 어머니를 이해하고 어머니를 위해 기도한다. 나를 통해 내 어머니와 내 아이들이 연결되었음을 아는 것은 내가 지닌 깊은 내면의 모성성이 발휘되고 있기 때문이라는 것을 이제 알기 때문이다. 그래서 내 자녀들에게 엄마로서 책임을 방임하지는 않지만 좋은 어머니가 되려고 발버둥치지지도 않는다. 서로에게 억압이 되지 않을 만치 깊은 내면으로 소통하고, 그런 뒤엔 잘 떠나보내는 것의 의미를 조금 알게 되었음이다.

이 글은 박사논문을 수정·보완한 것이다. 개인적 경험이 모티브가 되어 시작한 이 글이 범박하게나마 체계화된 것은 현대소설에서 모성성을 선행 연구한 연구자들의 성과에 힘입은 바 컸음을 밝힌다. 아울러 부족함 많음에도 격려하며 도움을 주신 가톨릭대의 김봉군 선생님, 학문의 길과 그 진지함을 알게 해주신 김수남 선생님, 채희윤 선생님께 마음 깊은 곳에서 감사드린다. 그리고 모성과 여성의 문제를 함께 나누고 공유하면서 학문적 담론으로까지 이르게 해주신 김혜영 선생님께도 감사드린다. 논문을 진행하면서 이루어진 선생님과의 만남이 늘 행복했음을 이제야 고백한다. 열악한 조건 속에서도 박차를 가하게 해주신 지도교수님 임영천 선생님의 진심 어린 사랑에 감사드린다. 선생님들의 크신 사랑에 보답하지 못해 늘 안타깝다. 무엇인가 하나의 결실이 있기까지는 알게 혹은 모르게 수많은 분들과의 관련성을 갖게 한다는 걸 알기 때문이다. 마음 방황하면서도 원고를 마쳤을 때 제일 먼저 축하해준 남편과, 엄마 역할 남루해도 불평 참아준 세 아이들에게도 고마움 전한다.

선뜻 출간을 허락해서 부족한 글을 세상에 내보낼 수 있게 해주신 국학자료원 정구형 대표이사께 깊은 사의를 표한다. 성실하고 꼼꼼하게 편집과 교정을 맡아 애써주신 정유진 선생님에게도 고마움 전한다.

어머니가 키워주지 않아서 혼자의 힘으로 자라 세상에 빚진 것이 없다고 생각했던 청년기의 생각이 얼마나 오만이었는지 다시금 떠올려 본다. 나는 홀로가 아니었고, 세상의 모든 존재들이 나였음을 깨닫는다. 부족한 글이지만 이 글을 내 존재의 집인 어머니와 세상의 어머니들께 바친다.

2012년 2월

김 경 희

▨ 목 차 ▨

◆ 머리말

제 1 부

제 2 부
—「어머니」·「홀엄씨」를 중심으로—

제1부
현대소설의 모성성 연구

Ⅰ. 서 론

1. 연구 목적과 의의

　인간은 모두 여성에게서 태어났다. 모든 남녀가 공유하는 한 가지 통일되고 부정할 수 없는 순수한 경험이 있다면 우리가 어머니의 자궁 내에서 보낸 몇 달 동안의 기간에 생긴 것이다. 우리는 평생 이 경험의 자취를 가지고 있으며 심지어는 죽을 때까지도 어머니로부터 완전하게 분리되지 못한다. 그럼에도 우리는 '모성'을 좋은 것, 아름다운 것, 꼭 그래야 하는 당위성만 인정할 뿐 그것의 본질과 의미에 대해서는 경험 이상의 무엇을 알려 하지 않으며, 그것을 이해할만한 자료 또한 충분치 않다. 마찬가지로 우리 사회에서 '모성'이나 '어머니'는 비판적 논쟁의 대상이 된 적이 거의 없다고 해도 과언은 아니다. 뿐만 아니라 "여자는 약해도 어머니는 강하다"라는 말처럼 어머니는 결코 침범할 수 없는 초월적인 존재로 인식된다. 이러한 모성성[1]의 신화는 대개 '모성주의'에 기반한 것이다. 즉 여성은 어머니가

---

1) 여기서의 모성성이란, maternity(모성)와 동일한 개념이다. maternity(모성)란 일반적으로motherhood(어머니임, 모권, 모성애, 어머니 구실)와 sexuality(성교나 성기, 남녀의 성 행위 뿐만 아니라 성에 대한 태도나 규범, 이해, 가치관, 행동 그리고 그와

되어야만 생물학적 우위를 지닌다거나, 어머니인 여성만이 자기 육체의 주인이 될 수 있다는 주장들이 그것이다. 이처럼 전능한 어머니에 대한 믿음은 한편으로는 어머니를 비난하는 경향을, 다른 한편으로는 완벽한 어머니에 대한 환상을 낳는다. 이와 같은 태도는 어머니를 젠더의 범주 밖에 위치시킴으로써 서사 속에서 어머니의 경험과 성성(sexuality)을 탈각시킨다.

게다가 어머니는 가정의 천사로, 혹은 가부장제2) 이데올로기의 수호자로서 규정되어 왔기 때문에, 사회적으로 자신의 주체성을 확립하고 싶은 여성에게 어머니라는 존재, 그리고 '어머니 되기'의 과정은 떨쳐버려야 할 굴레로 간주되었다. 더욱이 최근 우리 사회에서 모성이 사회적 주체성이 소거된 여성들의 허위적인 자기기만의 이데올로기로 사용되거나(신현모양처 담론), 가부장제적 보수 이데올로기를 옹호하는 수단으로 전락하고 있는 현실(이문열의 모성 담론)을 감안할 때, 페미니스트들의 모성 거부는 자못 그 의미가 분명해진다.3) 그러나 모성에 대한 과도한 긍정과 부정에는 모두 한계가 있을 수밖에 없다. 모성을 일방적으로 임신, 출산 등의 생물학적 속성과 관련시키면서 본래적인 것으로 찬양하거나, 어머니를 단지 가부

관련된 사회문화 제도 포함)가 결합된 개념이다. 따라서 생물학적인 성(sex)과 사회·문화적인 성(gender)을 동시에 포함하는 광의의 개념인 셈이다. 그러나 대개의 여성학 관련 저작에서는 maternity보다 사회학적 관점이 녹아있는 motherhood를 많이 사용하고 있음을 밝힌다.

2) 가부장제는 아버지의 권력이다. 가족 사회적인, 이데올로기적인, 정치적인 체제로서, 그 안에서 남성은 힘으로, 직접적인 압력에 의해, 혹은 의식, 전통, 법률, 언어, 관습, 예절, 교육, 그리고 분업을 통하여 여성들이 담당해야 할 일, 그리고 담당해서는 안 될 일을 규정하며, 그 안에서 여성은 어디에서나 남성 밑에 존재한다. 그렇다고 해서 모든 여성이 권력을 가지고 있지 않다거나 특정 문화에서 모든 여성들이 특정한 권력을 가지고 있지 않다는 것을 의미하는 것은 아니다. 아버지의 권력은 모든 것에, 그리고 그것을 기술하는 언어에 스며들어 있기 때문에 파악하기가 어렵다. 그 권력은 확산되어 있으면서 동시에 구체적이며, 상징적이고 실제적이다. 그것은 보편적인 동시에 보편성이 드러나지 않을 정도로 지역에 따라 다양한 형태로 표현된다.

3) 서강여성문학연구회, 「딸의 서사에서 '어머니/딸'의 서사로—다시 본 모성성」, 『한국문학과 모성성』, 태학사, 1998, 6쪽.

장제의 지배 담론을 수호하는 존재로만 부정하는 것은 모성성이 사회·역
사적으로 구성된 담론적 결과물이며, 여성적 체험의 구체적 산물이라는 사
실을 간과한 것이다.

　사회를 오랫동안 지탱해온 기초가 되는 모성은 어떠해야 한다는 사회적
관습은 자연스럽게 문화에 침투하여 그 구성원들의 내면을 깊숙이 지배하
게 되었다. 따라서 가부장제에 익숙해진 여성은 자신들의 욕망을 표현할
언어를 갖지 못했다. 여성들은 어머니라는 이름 외에 다른 이름을 별로 가
져보지 못했으며, 여성은 타자화 된 존재로서 누구의 어머니이고 누구의
아내이고 누구의 딸로서만 명명되어왔으며, 여성이 주체적으로 자신의 욕
망을 말하거나 인정하는 일에는 서투르다.4) 여성에게 있어서 모성은 억압
적인 요소와 성취적인 요소를 동시에 지니고 있다. 그러나 기존의 관념화
된 모성은 신비화되고 위대한 면인 한 가지 측면만 강조되어 왔고, 그 이면
인 어머니의 고통과 우울, 혼란, 폭력 등의 어두운 측면은 터부시되어왔고
금기시 되어왔다.

　여성에게 모성은 닻일 수도 있고, 덫이 될 수도 있다. 어머니가 된다는 것
은 치외법권적인 소도(蘇塗)에 들어가는 것일 수도 있고, 절대로 벗어날 수
없는 최후의 식민지에 들어가는 것일 수도 있다. 아드리안 리치는『더 이상
어머니는 없다』에서 남성 지배란 여성의 임신과 육아 능력에 대해 남성들
이 느끼는 질투와 부러움을 남성들 스스로 보상하려는 시도라고 본다. 페르
시아의 천지창조 신화를 보더라도 세상을 창조한 어머니의 능력에 공포를
느낀 아들들이 어머니를 죽였다는 것이다. 반면 시몬느 드 보부아르는 여성

---

4) 아드리엔느 리치, 김인성 옮김, 『더 이상 어머니는 없다』, 평민사, 1995, 312쪽. 우리
　에게는 남성과 무관하게 선택에 의해 자기 자신을 규정하는 여성, 스스로에 의해 정
　체성이 정해진 여성, 자기 자신을 선택한 여성을 부를만한 익숙한 이름이 없다고 말
　한다. ‘unchilded’, ‘childless’라는 용어는 단순히 무언가 부족하다는 의미로 여성을 정
　의하는 것이다. 그리고 ‘child—free’라는 표현조차도 모성을 거부했다는 것을 암시할
　뿐, 그녀 자체로서 어떠한지를 나타내는 것이 아니라는 점을 지적한다. 이처럼 여성
　들은 주로 관계를 통해서만 정의되고, 관계를 통해서만 이름을 갖는다.

이 노예로 전락하는 것은 어머니일 때이기에 모성을 거부해야 한다고 주장한다.5) 리치처럼 어머니 됨이 여성성의 적극적인 발현으로 긍정될 때, 신이 세상 모든 곳에 다다를 수 없기에 어머니를 만들었다는 말을 하게 된다. 반면 보부아르처럼 어머니에 대한 이런 신화에 반대할 때 그런 무소불위의 어머니에 대한 환상은 어린아이들이 읽는 동화에서나 유지된다고 비판한다.

어머니는 '모성적' 여성이기도 하지만 모성적 '여성'이기도 한다. 그런데도 흔히 여성의 성욕은 모성애로 대체될 수 있다고 믿기에 어머니들은 성에 대해 초월적인 자세를 가져야 하는 것처럼 기대된다. 그래서 어머니이기 전에 여성이기도 한 어머니를 중성처럼 취급한다. 세상 자체도 어머니인 여성에게 권리나 의무를 바라지 않고 의무나 조화의 기호가 되기를 바란다. 때문에 모성은 여성에게 천국과 지옥을 동시에 경험하게 해주는 야누스적인 얼굴을 지녔다. 이상과 현실, 의식과 경험 사이의 괴리를 가장 치명적으로 보여주는 것이 모성체험이라는 것이다. 어머니가 된다는 것이 이상적인 의식의 차원에서는 충족 · 발전 · 해방을 의미하지만, 현실적인 경험의 차원에서는 결핍 · 생존 · 억압을 의미하기에 여성들에게 커다란 고통을 줄 수도 있다. 이런 이유로 모성은 여성 억압을 가장 총체적이고 집약적으로 보여주는 체험이자 가장 배타적이면서도 순수한 여성적 체험이라고 할 수 있다.

이와 같은 입장에서 본고는 현대소설 속에서 주동적인 역할을 담당하는 인물군 가운데 '어머니'로 그려지는 주인공들을 논할 것이다. 어머니는 다양하고 특징적인 모습으로 등장하여 소설을 이끄는 주체적인 역할을 담당하고 주제형성에도 기여하고 있다. 우리의 근 · 현대사를 지속시키는데, 중요한 역할을 한 '가정'이라는 근간을 유지시키고 지켜내는데 큰 역할을 한 것은 바로 '어머니'였다. 그 어머니들이 가정을 지키며 처했던 혼란과 갈등의 양상은, 오늘날 우리 사회의 불안과 혼돈을 그대로 반영하고 있다는

---

5) 김미현, 『여성문학을 넘어서』, 민음사, 1994.

점에서 현대소설 속의 다양한 모성의 형태를 밝히는 일은 의미가 있다.

소설에 관한 담론이 사회과학적 보고서는 아니지만 소설을 통해서 그 시대의 이런저런 현상을 파악하며 당대의 문화와 사회를 호흡할 수 있다. 마찬가지로 해방 이후 한국전쟁 및 산업화 등 복잡하게 전개된 시대 상황은 모성의 변화에 획기적인 역할을 하게 된다. 신화성을 부여받은 아름다운 어머니상은 점점 사라지고 가장의 역할을 감당해야 하는 현실적 어머니나 아예 모성을 거부하는 뒤틀리고 왜곡된 어머니가 등장하게 된다. 현대소설에서는 1930년대 여성 소설에서 그 기미를 보이기 시작한 희생적 모성과 주체적 여성 사이에서 갈등하는 어머니들의 모습이 대거 출현하게 된다. 우리 사회가 근대화를 거치면서 가족에 관한 가치관이나 역할, 기대 등도 변화를 가져왔고, 그 변화 속에서 여성들의 역할이나 지위 등도 달라졌다. 따라서 고정화된 가족의 모습이 존재하지 않는 것과 마찬가지로 모성의 정형화된 모델도 존재하지 않는다. 남편을 위한 내조는 물론 자녀의 교육을 책임지며 가족들의 정서적인 역할까지 감당해야 하는, 완전한 사랑의 어머니상은 허상일 뿐이다. 정형화된 가족의 모습을 상정하는 것이 하나의 이데올로기가 되어 가족 구성원들의 실제 관계를 감추고 있듯이 정형화된 어머니의 모습도 이데올로기가 될 수 있다. 로스만은 이데올로기가 권력에 기반을 두고 있기 때문에 정치적인 것이며, 한 사회를 지배하고 있는 이데올로기는 지배집단에 의해 착취당하고 있는 자들의 현실을 왜곡시킨다는 점에서 위험한 것이라고 지적한다.[6] 따라서 어머니를 여성이 누릴 수 있는 최고의 지위로 간주하고 여성을 어머니의 역할 자체와 동일시하면서 여성의 위치를 가정으로 한정짓는 것 등을 모성 이데올로기라고 정의할 수 있을 것이다. 이러한 모성 이데올로기는 남녀의 서로 다른 역할은 상호보완을 위해 불가피하다는 성별 분업이라는 맥락에서 정당화되며 어머니 역할 수행이 정신적·육체적으로 힘든 일이라는 것을 은폐하는 데 사용된다.[7]

---

6) 로스만 손승영 역, 「모성의 재창조 작업」, 『가족과 성의 사회학』, 사회비평사, 1995, 458쪽.

　본고에서는 한국현대소설에 드러난 모성을 통해 가부장제가 만들어내는 어머니의 모습이 여성들을 어떻게 왜곡하고 있는지 텍스트를 통해 논의해 보고자 한다. 그 과정에서 모성이 위치하는 다양한 사회적 맥락과 그 시대의 모성성이 어떻게 드러나는지의 문제도 살펴질 것이다. 그럼으로써 이전의 모성성 논의에서 다분히 피상적이던 어머니의 모습들이 본 논의를 통해 좀더 구체성을 획득하는 단초가 마련될 수도 있을 것이다.

　우리의 근·현대사를 지속시키는 데 중요한 역할을 한 '가정'이라는 근간을 유지시키고 지켜내는 데 큰 역할을 한 것은 바로 '어머니'였다. 그러나 후기 자본주의시기에 접어드는 오늘날, 사회구조의 급격한 변화와 가치관의 혼란에 따라 가정 내에서 가족구성원의 역할은 모호해지면서 서서히 붕괴되어가고 있는 실정이다. 이러한 때에 과거의 암울했던 근·현대사와 맞물려, 결핍되고 부조리한 현실을 배경으로 쓰여진 현대소설에서, 주동적인 인물로 등장해 주제 형성에 기여하고 있는 '어머니'라는 인물 유형에 주목해 그 인물의 유형과 의미를 고찰하는 것은 그만한 가치가 있다고 본다. 이러한 견해에 비추어보면 본고는 어머니가 모성으로서만 존재하는 것이 아니라, 한 인간으로서 어떠한 과정을 거쳐 자기 자신으로 돌아가는지의 과정을 탐구하는 것으로, 기존의 전통적인 모성이 어떻게 변화하면서 여성, 혹은 인간으로서의 정체성(正體性)8)을 찾아가는지를 확인하는 작업이 문학텍스트를 통해 이루어질 것이다.

---

7) 이연정, 「여성의 시각에서 본 '모성론'」, 『모성의 담론과 현실』, 나남 출판, 1999, 37쪽.
8) 아이덴티티(identity)의 번역어로서, 시각에 따른 의미들이 조금씩 다르다. 본고에서는 사회학, 심리학적 정체성의 의미를 활용한다. 사회학적 정체성은 '사람들이 사회 안에서 자신의 위치를 인식하고 이에 따른 원망(願望)을 갖게 되고 행동양식을 배운' 결과 형성되는 내면의 상태를 가리킨다. 심리학적 정체성은 '다른 사람과 구별되는 인성적 특성으로, 개인으로서 인지하는 동일성(sameness)과 연속성(continuity)에 대한 감각'으로 정의된다. 사회심리학적 정체성은 '변화에도 불구하고 동일하게 남아 있는 것, 개인과 사회적 맥락의 상호작용'이라고 본다. 이는 정체성 형성에서 사회적 환경의 영향력을 중시하는 입장이다.

2. 연구사 검토 및 과제 설정

한국현대소설에 나타난 모성성을 밝히는 본격적인 논의는 지금까지 분량으로나 그 질적인 면에서도 그다지 훌륭한 성과를 거두지는 못한 것 같다. 인류에는 남성과 여성이 존재하는 당위성처럼, 여성이 어머니가 되는 일 또한 우리가 숨쉬고 있는 공기처럼 자연스러운 현상이었다. 그러나 소설 속의 어머니는 문학사에서 본격적인 연구 대상이 되지 못했다. 우리 문학에서 모성성 연구는 서구로부터 페미니즘 비평 방식이 들어온 이후로 모성성의 문제를 페미니즘 문학 연구의 하위 담론으로 정당하게 자리매김하려는 시도에서부터 시작된다.

한국 문학사에서 여성 소설이 커다란 조류를 형성한 것은 1930년대와 1980년대 말의 두 시기라고 할 수 있다. 송지현은 1930년대 소설에서 여성의 자아정립 양상을 하층민 여성의 수난과 저항, 궁핍한 어머니들의 헌신과 대응, 전통적 여인의 체험과 좌절, 지식인 여성의 선택과 결단이라는 네 가지 유형으로 나누어 살피고 있다.[9] 이 논문은 페미니즘 비평론을 토대로 여성해방에 많은 관심을 표명했지만, 여성상(女性像)을 중심으로 고찰했기 때문에 어머니의 모습이 어떻게 드러나는지에 대해서는 통찰하지 못한 점이 아쉽다. 이진희[10]는 여성과 남성 작가의 글에서 반복되는 이미지에 대한 특징적인 내용들을 찾아, 결국 동일한 이미지가 성에 따라 어떻게 인식되는지를 밝혀 왜곡되거나 억압된 여성상을 제시함으로써 이전의 논의와는 확연하게 구별되는 논문을 발표하였다.[11] 1930년대 사회적 배경으로 대두하게

---

9) 송지현, 「1930년대 한국 소설에 있어서의 여성 자아 정립 양상 연구」, 전남대 박사논문, 1991.
10) 이진희, 「1930년대 소설에 나타난 어머니상 연구」, 서강대 대학원 석사논문, 1998.
11) 1930년대는 모성성이 환기된 시기이다. 일제는 현모양처 이데올로기를 주입하기 위해 잡지 등의 활자매체에서 모성을 찬양하는 글(이광수 "모성찬양론")을 쓰게 해 '고난극복'의 억척스런 어머니상이 진정한 母像으로 추대되었다. 한편 1930년대는 1920년대 엘렌케이의 모성론이 확대 보급됨으로써 그것이 문학작품에 실제로 반

된 '모성성'의 문제를 남성작가와 여성작가의 텍스트 속에 구현된 모상(母像)을 비교·검토함으로써, 성에 따라 모성성에 대한 인식이 '차이' 있음과 그 '차이'를 이끈 원인이 이데올로기에 있음을 밝혀낸 점과, 어떤 대상에 대한 작가들의 인식은 그들에게 영향을 준 이데올로기를 투영하게 됨을 논의한 점은 큰 성과가 있었다. 그러나 모성성의 문제가 대두된 이 시기에 여성작가들이 그 문제를 텍스트에 구현하여 기존의 모성성과 다른 모성성을 제기하게 되는데 이 변화의 원인을 깊이 있게 천착하지 못했다는 점이 아쉽다.

오병미[12]는 소설의 내용을 중심으로 내용이 지향하는 방향과 의미에 초점을 두는 '주제론적' 관점으로 모성을 연구하였다. 근·현대사의 격변 속에 각 시대별로 나타나는 커다란 사회변화를 배경으로 창작된 작품 중에서 다양한 모습의 어머니상으로 나타나는 작품을 분석해서 소설 속에 등장하는 어머니의 모습이 상징하는 바를 고찰한다. 그 결과 소설 속 주동인물인 어머니상의 변화양상을 통해, 각 시대가 요구했던 가치관과 여성관이 존재했으며, 그것이 사회변화와 유기적으로 관련을 맺고 새로운 인물을 통해 시대의식과 작가인식을 대변해왔다는 사실을 밝혀낸다. 이 연구의 시도나 성과는 의미가 상당하지만 근·현대 소설을 대상으로 삼은 것은 무리다. 1930년에서부터 1990년대까지의 소설로 정하다보니 그 시대를 대변할 수 있는 기준의 작품 설정에 무리가 따른다. 십년 단위에 단 한 편의 소설을 선택했다거나 1940년대나 1950년대, 1960년대 작품은 아예 대상에서 제외되어, 그 시대별 모성을 밝혀내는 데 공시성 통시성에서도 그 한계점을 드러냈다.

이명희[13]는 백신애·최정희·오정희·박완서 등의 소설에서 작품 개체별 연구의 한계를 극복하고 시대를 아우를 수 있는 모성의 총체적 전모를 구체적으로 살펴보기 위하여 현대소설에 나타난 '모성이데올로기'가 어떠한 변화양상을 보이는지를 고찰하였다. 그리하여 어머니가 모성으로서

영되기 시작했다.
12) 오병미, 「한국현대소설 속에 나타난 어머니상 연구」, 청주대학교 석사논문, 2002.
13) 이명희, 「한국현대소설에 나타난 모성성 변모 연구」, 대전대학교 석사논문, 2003.

만 존재하는 것이 아니라, 한 인간으로서 어떠한 과정을 거쳐 자기(self)[14] 자신으로 돌아가는지의 과정을 탐구하는 것으로, 기존의 전통적인 모성이 어떻게 변화되면서 여성의 정체성을 찾아가는지를 확인한다. 모성성 연구의 본격적인 논의가 시작된 연구였다는 것은 확실하다. 그러나 대상 작품의 발표 시기가 문제이기도 하고 연구대상 작품 선정에도 무리가 따른다. 위의 소설가들이 여성성과 모성성을 아우르는 소설을 쓴 것은 확실하지만 이 작가들을 선정한 일정 기준이 없다. 또한 1930년대 소설에서부터 1990년대까지의 작품을 다루다보니 깊이 있게 다루지 못한 흠이 보인다. 여성문학과 여성의 삶에 대해 깊이 천착해온 정영자[15]는 한국의 전통적 여성문학의 특성인 정한·사랑·이별·기다림·슬픔·고독을 모성적 원리의 따뜻함과 깊고 넓은 시각, 즉 적극적인 수용으로 인식해야 한다고 주장한다. 모성적 원리는 쟁취나 도전보다 오히려 설득력있는 통합과 조화의 원리이기 때문이다. 이러한 모성적인 면들은 기다림을 부정하지 않는 전통성의 아름다움을 생산적·긍정적으로 수용한다는 것이다. 그의 이러한 주장은 여성문학은 여성만이 그들만의 구체적인 인생경험과 삶에 대해 말할 수 있다[16]는 것에서 근거한다. 그러나 그의 논의에 타당성이 있다고 보면서도, 그 한계는 모성의 신화에서 벗어나지 못했다는 결점을 제기할 수밖에 없다. 신화적 모성성은 아름답지만, 여성의 현실적 삶에는 걸림돌이 되는 경우가 많아, 여성성과 모성성 두 가지를 공존시키기는 거의 불가능하다.

이러한 연구 작업과 함께 서강여성문학 연구회[17]에서 모성성 연구가 심도있게 논의되기 시작했다. 이들은 주로 페미니즘 하위 담론으로서의 모성

---

14) 자아의 개념. 자아란 내성(introspection)에 의하여 지각되는 주체적인 것으로, 개체적 인격의 본질 또는 인성체계의 내적 핵(核)이며, 개인이 지닌 다양한 정체성에 선행하여 존재한다고 가정된다.

15) 정영자,『한국 페미니즘 문학연구』, 좋은날, 1999.

16) 레이먼 셀던,『현대문학이론』, 문학과지성사, 1987, 194쪽.

17) 심진경,「오정희 초기 소설에 나타난 모성성 연구」,『한국문학과 모성성』, 태학사, 1998, 225~252쪽.

성 논의를 올바르게 자리매김 하려는 일환의 하나로 한국문학에 나타난 모성성의 양상을 다양하게 접근한다. 이들은 주로 여성 고유의 자질로 미화된 모성성의 신화를 벗겨내려는데 주력하며, 페미니즘 담론의 다양성에 좀 더 유연하게 접근할 뿐만 아니라 그동안 페미니즘 안팎에서 실제보다 과도하게 평가절하된 모성성 논의를 정당하게 자리매김 하기 위한 노력이 진지하게 펼쳐진다. 이 논저는 10여 편의 개별 논문을 싣고 있는데, 어머니—딸 사이의 관계를 통해 이루어지는 가부장제 이데올로기에 대한 반성의 기제로서 작용하는 여성 작가의 불모성이나 모성 거부에 대한 고찰 등을 보여주고자 한다. 박완서의 작품을 중심으로 '모녀관계'에 천착한 안숙원의 글은, 박완서 문학을 관통하는 중요한 모티프임에도 불구하고 지금까지 작가의 자전적 배경으로만 인식되어온 어머니의 문제, 어머니와 딸의 문제를 정면에서 다루고 있다는 면에서 주목을 요한다.

최영미[18]는 오정희 소설의 모성성 연구에서 그의 소설의 저변적 주류는 '여성의 삶과 그 속에 내재하는 사회적 틀을 부수고자 하는 여성 욕망의 형상화' 속에 작가의 비관적 세계인식이 있는데, 바로 그 지점에서 오정희 소설의 주요 모티프인 모성성의 문제를 거론한다. 작가의 모성 인식 변모가 작가의 전기적 사실과 여성적 글쓰기와 관련지어 있음에 착안하여 정신분석 페미니즘 관점을 근거로 모성 공포와 광기, 욕망이 드러난 작품들을 분석한다. 그리하여 그같이 섬뜩한 모성 거부의 행위는 사실 강렬한 '모성 지향성'에 다름 아니라는 것을 밝혀낸다. 이같은 논의는 모성이야말로 남성 중심에 의해 파생된 모순들에 저항할 수 있는 능력을 가지고 있다는 것을 의미한다. 모성성은 역사적 시기마다 특수한 형태로 규정되어 왔는데 이 논문에서는 사회적 측면이 모성에 어떤 영향을 미쳤는가는 언급되지 않았고, 소설 속의 모성을 논의하는 내용 면에서 좀더 깊이 있게 다루지 못한 미흡함이 남는다.

---

18) 최영미, 「오정희 소설에 나타난 모성성 연구」, 중앙대학교 석사논문, 2000.

박희숙[19)]은 작가의 전기적 배경에 드러나는 어머니의 모습과 작품에 표현된 어머니의 모습을 관련지어 박완서 소설의 모성을 밝혀낸다. 그러한 방법으로 아버지 부재 하에서의 가부장적 성격을 지닌 강인한 생활인으로서의 어머니의 모습과 관습의 전수자로서 여성 정체성을 방해하는 어머니, 그리고 생명의 근원으로서의 어머니상을 정립한다. 작가의 전기적 배경은 작가의 모성성을 형성하는 중요한 원인이기 때문에 이러한 착안은 좋으나 좀더 체계적인 방법론을 동원해야 했고, 시간의 흐름에 따라 변모하는 모성의 양상과 변화 요인 등을 고려하지 못했다.

박채랑[20)] 역시 박완서의 모성을 논의했는데, 자전적 소설과 비자전적 소설을 구분해서 모성을 고찰하였다. 자전적 소설에서는 한국적 모성은 절대적 존재이며 그 절대적 존재를 상실했을 때 어머니는 자신의 전 존재를 상실하게 되고 딸에게는 치명적인 상처로 작용할 수 있는 것으로 밝혀진다. 여성으로서 자신들이 받았던 무시와 상처를 생존을 위해 당연한 것으로 내면화해야 했던 어머니들은 의식적 무의식적으로 딸들을 무시하고 상처 주게 된다. 비자전적 소설에서는 혈육을 넘어선 확대된 모성상을 보여주는데 어머니는 생명 가진 것에 대한 사랑으로 집약될 수 있다. 생명주의와 모성은 상통하는 주제이기 때문이다. 그러나 이 논문은 박완서의 사적 고찰에 치중해서 소설이라는 픽션의 객관성 유지에 대해서는 냉철하지 못했다. 즉 허구인 소설과 작가의 의식을 너무 동일시하여 논의를 전개시키는 억지스러움을 보였다.

윤송아[21)]는 박완서 소설에 나타난 모녀관계에 논의의 초점을 맞추어 그 내적 발전 과정을 추적해 모녀관계의 양상이 소외와 단절의 양상, 허위와 환멸의 양상, 긍정과 융합의 양상으로 변화 발전되어감을 분석하였다. 박완서 소설에 지속적으로 등장하는 전쟁 체험의 공유자로서의 어머니의 존

---

19) 박희숙, 「박완서 소설에 나타난 '어머니'상 연구」, 인하대학교 석사논문, 2001.
20) 박채랑, 「박완서 소설에 나타난 모성 연구」, 건국대학교 석사논문, 2004.
21) 윤송아, 「박완서 소설에 나타난 모녀관계 연구」, 경희대학교 석사논문, 1999.

재를 통해 그의 소설이 가지는 어머니 관련성과 모녀 관계의 의미를 추출해냈다. 이는 그의 소설의 시발점이 전쟁 체험에 대한 정당한 복수로서의 증언이며, 체험의 공유로서의 어머니의 위치가 분리와 대립의 관계에서 이해와 공생 융합에 기초한 관계로 나아갈 때, 증언과 치유로서의 글쓰기 작업이 비로소 그 완결성을 획득한다고 보는 관점이었다. 모녀관계를 다룬 작품은 등단초기부터 현재까지 지속적으로 생산되어 왔으며, 무엇보다도 긍정적인 시각으로의 변화양상을 수반한다는 점에서 박완서 문학의 전반적 흐름과 그 맥을 같이한다고 보는 논의는 의미가 있다. 박완서 소설에 나타나는 모녀관계는 그의 소설의 페미니즘적 측면을 형성하는 중요한 요소이며, 소설적 특징들과 밀접한 상호연관성을 갖기 때문이다. 그러나 모녀관계를 중심으로 한 페미니즘적 고찰을 수행함에 있어 작품 분석 과정에서 이론적 접근해석을 충실히 해내지 못했다. 또한 한정된 모녀 관계 이론에만 집중함으로써 다양한 입장의 페미니즘 논의들을 수용하지 못한 한계를 낳았다. 뿐만 아니라 각 전개 양상의 개별적 연구에만 머물러 세 양상들 간의 연관성을 고찰하지 못했다.

그동안 이루어진 모성성 연구에 관해서 종합해보면, 그것이 전통의 잔여물인가, 혹은 근대의 산물인가라는 것에 대한 논의는 있으나 모성성이 실제로 하나의 도구로 적용되었으며, 구체적으로 어떠한 과정을 거쳐서 시행되었는가에 관한 체계적 연구는 별로 찾아 볼 수 없다. 모성성이 시대를 넘어서 적용되는 것을 감안할 때, 그것의 개념 자체보다 정치적으로 이용되는 과정에서 상황이나 시대에 따라 강조되는 부분이 변화되어 적용되는 점이 보다 중요한 문제라고 볼 수 있다. 따라서 본고에서는 페미니즘 관점을 근거로 현대소설에 드러난 모성성을 좀더 다양하게 논의해서 딸이 보고 말하는 어머니의 모습과 어머니가 자신에 대해 직접 말하는 모성의 차이가 어떻게 나타나는지를 살펴보겠다.

3. 연구방법 및 대상 작품의 선정

본고에서 취하는 주된 방법 틀로서는 페미니즘 비평 방식을 취한다. 그러나 페미니즘 하위 담론으로서의 모성성을 준거점으로 삼는다해도, 역사학, 문화인류학, 사회학, 문학 등의 문화적 연원의 관점에서 바라보아야 할 일반적인 통념의 모성에서 완벽하게 자유로울 수 없음을 인정해야 한다. 인류 역사 이래 오랜 시간동안 점층적으로 의미가 생성되어온 모성에 대해 페미니즘만으로는 해석될 수 없는 부분도 있기 때문이다. 페미니즘의 잣대로 여성의 욕구를 단지 어머니로서의 욕구에만 초점을 맞추어 규정해 온 모성이데올로기를 비판하지만, 모성은 여성의 자율적 측면이기도 하며 여성 고유의 아름다움이라는 점을 부인하지는 않기 때문이다.

우선 이 글은 모성이 사회변화에 따른 여성의 전통적 지위 변화와 결코 무관하지 않다는 입장을 세 가지 원인을 들고, 그에 따른 연구 범위를 정하기로 한다. 첫 번째 살필 것은 여성 혹은 모성과 페미니즘과의 관계이다. 모성에 관한 규정들에 대해 최초로 문제가 제기된 것은 1960~1970년대 서구의 페미니스트들에 의해 주도되었다. 그들은 운동의 초창기에 모성이 여성의 피할 수 없는 운명이라는 신화에 도전하는 데 강조점을 두고, 모성은 억압적인 요소와 성취적인 요소를 동시에 가지고 있으므로 자유롭게 선택되어야 하며 사회적으로 변형되어야 한다고 주장하였다. 이러한 문제제기는 지금까지 가장 중요한 터부 중의 하나였던 어머니 노릇의 어두운 측면(우울, 혼란, 폭력)에 대해 여성들이 비로소 말하기 시작하였음을 의미한다. 여성의 삶이 전적으로 자녀양육이나 출산에 의해 구속되어서는 안 된다는 주장들은 1980년대를 거치면서 변화를 겪게 된다. 이때부터는 어머니가 되지 않을 권리 뿐 아니라 어머니가 되는 경험에 중점을 두는 주장도 대두되기 시작하였는데, 이로써 모성에 대한 인식을 둘러싼 페미니즘내의 긴장과 양면성이 드러난다. 이러한 변화는 비단 모성이라는 주제에만 한정되지 않는다. 이는 남녀간의 성차와 이에 대한 페미니즘 전반의 인식이 변화하는 과정, 즉 남녀간의 차이를 인정하면서 오히려 여성성을 찬양하는 것으로 변화해간다. 따라서 모성성이 본능의 발현과 가부장사회의 이데올로기라는 양면성으로 의식되기 시작한 것이 이 시기이다.

조남현에 따르면 한국문학은 1980년대 후기에 접어들면서 페미니즘 문학론의 비등을 겪었다. 이 시기, 즉 1970~1980년대의 여성작가들은 최소한 남녀불평등 구조의 파괴가 현실로 나타나고 있다는 점을 의식하면서 작품을 썼다. 소설은 꼭 현실 반영을 위해서만 쓰는 것은 아니지만 시대와 역사를 가장 잘 알게 해주는 기록임에는 틀림없다[22]는 점을 감안하면 서구에서 시작된 페미니즘 운동이 한국의 문학에도 영향을 끼쳤다는 것은 자명하다. 이 시기에 번역이나 국내학자에 의한 소개를 통해 급류처럼 몰려들어온 페미니즘 문학론은 우리 사회에 일반화된 여성에 대한 저항 논리의 뒷받침을 받으면서 의미증대의 효과를 가져오게 되었다. 페미니즘 문학론이 빠른 속도로 큰 공감을 사며 확산된 까닭은 페미니즘 문학론, 문학운동가나 여성학자 등 여러 분야의 사람들이 관심을 갖고 있었기 때문이며, 여성운동이 1980년대 우리 사회의 하나의 유행이자 시대적 요구이기도 했던 '기존체제의 거부운동'에 편승하면서 여러 분야의 개혁론에 연결될 수 있었던 이유 때문이다. 이러한 과정을 거쳐 1990년대에는 여성작가들이 한국소설의 질을 대변하고 양을 주도했다는 평을 듣게 되었다.

이러한 한국적 상황의 여건에서 모성에 매겨지는 중요성과 모성에 대한 연구의 성과를 주시하면, 페미니즘적 분석이 제시하는 문제틀과 대안들은 한국의 모성 담론을 새로운 각도에서 분석할 수 있는 가능성을 열어줄 수 있을 것이다. 예를 들어 어머니와 딸의 관계에서 모성이 여성의 자아 정체성 형성에 가질 수 있는 영향과 의미를 고찰하는 작업이 될 수 있는 것이다. 쥬디스 키건 가디너(Judith Kegan Gardiner)에 의하면 '여성 정체성은 하나

---

22) 조남현, 「1970~80년대 소설과 여성의식」, 『한국문학과 여성』, 아세아 문화사, 2000, 163쪽.

의 과정'이며, 여성 정체성의 형성은 모녀의 유대감에 의존한다. 이 관계의 탁월성 때문에 '여주인공은 작가의 딸'이라는 은유가 가능해지는데, 여성 작가들의 어머니 은유는 그들이 등장인물에 깊이 관여한다는 것을 명시하고 여성 독자와 등장 인물간에 유추적 관계가 있음을 보여준다. 이러한 관점은 여성작가들의 전형적인 서사 전략들—서술자 및 작가와 독자의 동일시 작용을 조정하는 것, 기억의 재현 등—을 분석하는 데 도움을 준다.[23] 정신분석학적 페미니즘은 전오이디푸스기(pre—oedipal)의 구성적 영향력과 그 시기에 대한 어머니의 지배력을 그들의 출발점으로 삼는다. 어머니와 딸 사이의 독특한 유대에 대한 신뢰는 모든 경우에, 그들의 정신분석학적 원천을 다시 보게 된다. 그 결과 관계성 속에 새겨진 성인의 인격은 지속적인 어머니—딸 관계라는 그림을 제공한다. 이러한 맥락의 영향을 염두에 두고 페미니즘적 분석으로 모성을 살피는 것은 의의가 있다.

두 번째는 자본주의와 여성 의식의 변화·모성과의 상관관계이다. 우리나라의 1990년대는 외형상으로 민주화와 산업화가 최초로 조화를 이뤄가는 시기로 설명된다. 1960년대부터 1980년대까지는 각각 민주화 없는 산업화나 산업화 없는 민주화의 시대로 규정되어 왔다. 1970년대에 이어 1980년대에 산업화가 가속화되면서 가족제도의 붕괴로 인해 대가족제도가 핵가족제도로 바뀌게 되는데, 이 때 가정에서 위치하는 어머니의 절대적인 역할이 달라지면서 전통적인 모성도 와해되기 시작한다. 또한 고등교육이 보편화되어 여성들의 의식구조가 달라졌으며, 경제성장으로 여성들이 직업전선에 뛰어들면서 경제력이 생기고, 기존의 여성성과 남성성의 관계도 바뀌기 시작한다. 자본주의가 꽃을 피우는 1990년대 들어서는 남녀불평등 구조, 남녀차별의 관습 등의 갈등이 심화되면서 가부장제가 근본적으로 흔들리게 되었다.

세 번째는 이러한 변화 속에서 90년대 여성작가들에게 여성이라는 성적

---

23) 줄리아 크리스테바 외, 김열규 외 공역, 『페미니즘과 문학』, 문예출판사, 1995, 219~221쪽.

특성은 변화된 사회를 세심하게 읽어내기 위한 논리로 활용되기 시작했다는 점이다. 더욱이 여성성의 담론에 대한 최근의 사회적 관심과 맞물려, 여성성은 작가들에게 하나의 소설적 전략으로 떠오르고 있다. 1970~1980년대를 거쳐 1990년대를 살아가는 여성들은, 모성에 대해 '본능적 사랑'과 '사회적 의무'의 양극단 사이에서 개인의 경험과 그것에 대한 주관적 해석에 따라 다르게 개념 짓는다. 모성을 본능적 사랑으로 정의하는 사람들은 여성의 삶에서 생물학(female biology)이 가지는 중요성을 인정하고, 임신이나 출산과 같은 생물학적 경험을 통해 발현하는 여성 고유의 속성으로 이해하며 모성을 여성의 정체성으로 이해한다. 반면 모성을 사회적 역할로 생각하는 사람들은 모성이란 여성에게 부여된 사회적 의무이지 여성적 본능이나 정체성의 문제는 아니라고 말한다. 이때의 모성은 제도적으로 억압되기 때문에 거부하고 싶은 부정적 현실의 상징이다.24) 이는 우리 사회의 모성 이데올로기가 주체적인 여성에게는 굴레와 억압으로 작용하므로, 모성을 거부함으로써 가부장적 제도와 이데올로기를 거부하는 전략으로 삼는다. 여기서 중요한 점은 모성이 여성 고유의 속성이거나 사회적 제도로 인한 책임감이라는 양분된 생각이 아니다. 모성이 어떤 것이든, 여성들은 전통적인 규범이나 지배적인 사회관념을 무조건 수용하지는 않으며 자신들의 일상적 경험에 비추어 개념을 수정해 간다는 것이다. 따라서 모성을 생물학적 본능으로 규정해온 전통적 규범에 대해 여성들은 의문을 품기 시작했으며 이러한 변화를 여성작가들은 통찰하고 있는 것이다.

본고에서는 이러한 이유들로 연구 범위를 1970~1980~1990년대 발표된 여성소설로 한정시킨다. 즉 1970년대부터 활발하게 진행된 페미니즘에 대한 인식의 변화가 작품 속에서 모성성을 어떻게 그리고 있는지를 고찰하며, 급격한 속도로 밀려들어온 산업화, 민주화의 영향이 모성의 변모를 어떻게 형상화하게 하였는지, 그리고 이러한 1970~1980년대를 거친 30대

---

24) 신경아, 「1990년대 모성의 변화 ― 희생의 화신에서 욕구를 가진 인간으로」, 『모성의 담론과 현실』, 나남출판, 1999, 393~394쪽.

의 여성들이 자본주의의 정점에 선 1990년대에 들어 모성에 대한 자각이 어떠한지를 논의할 것이다. 그러나 기존의 현대소설 논의에서 모성성이 문학사를 통해 지속적으로 연구되지 못했기 때문에 모성에 대한 계보적 고찰이 없어 작품 선정에 있어서 주관적 관점이 끼어들 수밖에 없었다. 그러나 모성적 담론을 논하기에 무리가 없는 작품들과, 모성을 다루는 작가의 성향적 연계에 의한 작품들을 주목해 보았다. 또한 선택과정에서 작품을 통해 구현된 모성적 패러다임이 사회적 패러다임과 맺는 상관관계가 좀더 구체적인 것을 선정하려 했다. 동시대 사회의 산물로서, 작품들이 놓여져 있는 사회적 현실에 대한 개괄은 작품에 대한 일종의 사전 참조틀로써 결코 무시할 수가 없는 역사적 사실로서 나름대로 존중되어야 하기 때문이다. 이러한 이유들로 1970년대의 오정희·1980년대의 박완서·1990년대의 전경린·공선옥의 4인 작가를 선정한다.

연구 대상을 위의 방법으로 선택한 것은 현대여성 소설에서 페미니즘적 글쓰기를 하는 작가를 정하는 과정에서 모성을 어떤 연결성으로 맥락화 해보려는 의도를 갖게 되었기 때문이다. 따라서 1970년대의 여성소설을 대표하는 오정희를 선택했으며, 모성을 논하는 여성소설에서 오정희 계보를 이을 1990년대의 작가를 전경린으로 정했다. 그리고 1980년대의 여성작가를 박완서로 결정했고, 1990년대의 작가 중에서 박완서의 계보를 이을 작가를 공선옥으로 선정했다. 3장에서 이 작가들의 작품에 드러난 모성성을 밝혀낸 후에 4장에서는 딸이 말하는 어머니와, 어머니 자신이 직접 말하는 모성이 어떠한지 살필 것이다. 이는 누가 보는가에 따라 같은 문제가 달리 해석될 여지가 있기 때문이다. 또한 대상에 있어 여성작가로 한정시키는 것은 여성의 문제를 여성의 시각에서 구체적 경험을 통하여 그려내는 것이 보다 더 정공법적이라 판단했기 때문이다. 이렇게 결정하는 이유들은 각각의 작품을 고찰하면서 밝혀질 것이다.

오정희의 소설은 '나'의 정체성 찾기에서 출발한다. 그는 놀라울 정도의 선험적 감각으로 여성의 내면에 존재하는 의식들을 간파하는 작품활동을 해왔다. 낙태, 삶의 불구성, 불임, 가족 간의 왜곡된 관계, 비정상적인 성장, 이런 다양한 소설적 주제 속에는 여성적 시각과 삶이라는 공통분모가 있다. 그의 문학에는 여성적이며 생명 지향적인 특성이 있는데, 이는 작가가 소설을 통해 궁극적으로 재현하려는 의지의 발현이라 본다. 그의 작품들은 생명이 처음 시작된 풍요로운 모성의 대지를 회복하고자 하는 열망과 전복 의지로 가득 차 있기 때문이다. 이러한 오정희의 1970년대의 소설 중에서 모성성을 논할 수 있는 「번제」, 「저녁의 게임」을 대상작품으로 선별해 보았다.

박완서 글쓰기의 근본은 전쟁과 가난, 어머니에 대한 기억에서부터 출발한다고 보아도 과언은 아니다. 그의 소설 속 어머니는 자식을 위해서 모든 것을 희생하는 관습적이고 통념화된 모성의 이미지를 보여주는가 하면, 때로는 가부장제의 질서를 옹호하며 여성의 정체성 수립을 방해하는 부정적인 면의 어머니 모습을 보여주기도 하고, 생명에 대한 사랑의 근원으로 묘사되어 반생명주의적 현실에 대한 비판자의 역할을 하기도 한다. 필자의 판단으로는 현대소설에서 모성성의 이미지를 가장 다양하고 극명하게 보여주고 있는 작가가 박완서가 아닌가 한다. 본고에서는 1980년대의 범주 안에 있는 「엄마의 말뚝1」, 「울음소리」를 논의 대상으로 선정했다.

전경린은 1990년대 우리 문학의 분열적 징후들을 보여주며, 특히 정체성에 대한 위기를 반영한다. 그의 여성 인물들은 공통적으로 가정의 존재 조건에 대해 환멸을 느끼고 일탈적 욕망을 추구한다. 인물들의 일탈을 눈여겨봐야 하는 이유는, 그들의 행위가 단순히 소재적 차원에서 파악되기보다는 결혼이라는 제도 속에서 은폐되어 있던 삶에 대한 자각이나 내면에 감추어져있던 정열을 의미하는 것이기 때문이다. 이는 여성적 삶에 몰두해 있는 그의 여주인공들에게서 모성성이 약화된 이유이기도 하다. 이러한 그의 소설에서 「봄 피안」과 「밤의 나선형 계단」을 논의할 것이다.

공선옥은 1990년대 여성작가들 중 전경린과 명확한 대비를 이룰 정도로 모성에 대한 강박, 혹은 고착화 양상을 보인다. 그의 소설에서는 아버지나 남편 등 남성 인물들은 대부분 1980년 광주라는 역사적 사건을 이유로 부재한다. 그 어머니들은 자식을 비롯한 남은 가족들의 생계를 책임지기 위해서 일을 해야만 하지만, 자식을 기르는 어머니 노릇하기는 그녀들의 삶의 전부가 된다. 그러나 그의 어머니들은 자신의 삶이 가부장제에 의해 어떻게 억압되고 길들여졌는지 알지 못하기 때문에 가부장제가 기대하는 어머니의 역할을 내면화함으로써 어머니로만 환원되는 여성의 정체성을 드러내게 된다. 이러한 모성을 논의하는 자리에서 여성 작가들의 계보를 이어가는 일은 의미 있는 일이 될 것이다. 비록 시작하는 본 논의가 미흡하더라도 그 시발점이 된다는 것으로 의의를 찾고자 한다.

II. 모성성 연구의 이론적 담론

1. 모성성의 개념과 모성 이데올로기

모성은 여러 학문 분야에서 제각기 다른 정의가 내려질 만큼 한정되기 어려운 개념이다. 따라서 모성의 본질을 이루는 것이 무엇인지, 어머니를 진정한 어머니로 끌어올리는 요인은 무엇인지 아무도 명쾌하게 대답할 수 없다. 학문이란 단지 모성 본능이나 양육 행위에 대한 개념만을 가질 뿐이므로, 실생활에서 체험하는 그 이상의 미세한 감정이나 행위들은 포착해내지 못하기 때문이다. 모성의 일차적 개념은 임신·출산·수유 등 여성의 생물학적 재생산과 양육에 관련된 행위와 성향을 말한다. 그러나 어머니라고 말할 때 발화되는 말은 매우 복잡한 담론의 망 속에 위치하고 있다. 어머니는 물리적인 지시 대상을 가리킬 뿐 아니라 담론과 경험 그리고 이미지까지 포함하는 다층적 차원을 갖는다. 우리가 어머니라는 말을 이론적이고 추상적으로 하고자 하더라도 무의식적으로 역사성과 유한성을 갖는 '어머니들'이라는 경험의 차원이 개입한다. 이렇듯 모성을 일컫는 어머니는 담론의 효과와 실제 경험의 접합점에 있다.

본고에서는 모성(maternity)과 모성성은 동일한 개념으로 사용한다. 모성이란 일반적으로 motherhood, 즉 어머니임, 모권, 모성애, 어머니 구실과 sexuality, 즉 남녀의 성 뿐만 아니라 성에 대한 태도나 규범, 이해, 가치관, 행동 그리고 그와 관련된 사회문화 제도가 결합된 개념이기 때문이다. 따라서 모성은 생물학적인 성(sex)과 사회・문화적인 성(gender)을 동시에 포함하는 광의의 개념이다. 따라서 모성은 자녀 이외에도 이성, 사회 등 모든 관계에 나타난 여성의 특성까지를 포함하고 있다. 그러나 이 이하 모성에 대한 필자의 주장은 어머니인 여성으로서의 개념으로 한정시킨다.

근래에 서구에서 활동하는 페미니스트들을 중심으로 '어머니'는 어떤 존재이며 무엇이 모성인가? 하는 근본적인 문제에 대한 논의가 활발하게 전개되고 있다. 모성에 대한 페미니스트들의 논쟁은 크게 두 가지의 흐름을 가지고 진행되는데 그 첫 번째가 모성을 여성 억압의 통제기제로 상정하는 입장이다. 이들은 어머니라는 이름으로 억압받고 희생당하는 여성의 입장을 강조함으로써 모성이나 어머니에 대한 예찬은, 여성을 전통적인 가부장제의 유지 수단으로 받아들인다. 그래서 여성들이 진정한 자신의 모습을 찾고 정체성을 확립하기 위해서는 모성은 극복되어야 할 대상이라며 모성을 부정한다. 그러나 이에 반해 모성을 여성의 힘의 원천으로 보는 입장에서는 여성 특유의 가치를 존중하면서 여성이 가지는 차별에 주목한다. 이들은 여성의 특이성은 바로 여성의 신체에 있다고 보고, 어머니와 아이가 공유하는 구별되지 않는 육체 공간이 자리하는 생산을 위한 터로 '코라'를 상정한다. 이들은 어머니와 아이가 분리될 수 없는 하나로 얽힌 이곳이 여성의 상상력, 여성의 힘과 아이덴티티의 원천이라고 주장한다. 그러나 어떠한 입장이든지 지금까지 모성에 대한 논의는 무분별한 예찬이거나 성에 대한 압박의 수단으로 보는 등 극단적인 대립을 보여주고 있다.

이와 같이 여성의 모성성은 자아실현의 장으로서의 자발적인 측면과 이데올로기로 상정되는 억압의 측면이 있다. 본고에서는 분석할 작품들을 이러한 면들 중 한 가지에 초점을 두거나 이들의 양면성, 혹은 역설적 기능 등에 주목해서 분석한다. 결과는 여성 인물들이 여기에 어떻게 반응하고 대응하는가, 즉 그 허위성을 폭로하는데 주력하거나 한 쪽의 가치를 재발견하거나 양자와 타협을 꾀하거나 하는 식으로 나타날 것이다.

일반적으로 모성적인 것은 힘, 단호함, 자유, 능동성 등을 특징으로 한다고 규정한다. 그러나 사회적 규정은, 남성은 자녀를 양육할 수 없고, 여성은 어머니가 될 때 비로소 자기 정체성이 생기는 것이라고 강요한다. 그리하여 여성의 모성은 사회적, 경제적, 정치적 영역에서 여성의 능력과 한계를 규정하는 본질임과 동시에 자연스럽고 불가피한 것이 되어, 유아의 잠재의식과 사회화 과정을 거쳐 내면화되기에 이른다. 이처럼 모성은 종종 남성에 대한 여성의 의존을 정당화하는 이데올로기로 작용하기에 이른다.

이런 모성 이데올로기는 여성의 최대 행복을 오로지 아이를 잘 키우는 데에 두기 때문에, 여성의 정체성을 훌륭한 어머니가 되는 것에서만 찾도록 강요한다는 데 그 문제가 있다. 나아가 여성들이 자기 정체성을 찾고자 하는 대사회적 통로를 막아버리고, 훌륭한 어머니에 대한 사회적 보상을 제공하여, 여성의 역할을 '아이의 양육자'에 한정시킨다.[1] 즉 자아를 추구하는 한 개체로서의 여성이 아니라, '모성으로서의 여성'만을 인정하는 것이다. 또한 자아에 집착하는 여성들에게는 가차없이 창녀나 마녀로 비하시킴으로써 모든 죄악의 원천인 양 몰아세울 수 있는 근거를 마련하기도 한다.

현실 속에서 모성 이데올로기의 위력은 대단하여, 다양한 메커니즘을 통해 여성의 성역할을 미화하고 정당화한다. 모성 이데올로기는 우선 여성이 모성의 역할을 통해서만 비로소 여성으로서의 자기 정체성과 존재 가치를 확보할 수 있다는 허위의식을 심어준다. 즉 모성을 여성의 본능으로 규정함으로서 모성에 대한 여성의 집착이 극히 자연스럽고 자발적인 것임을 강조할 뿐 아니라, 가사에 관한 임무도 모성의 연장으로서 자발적으로 수행해야 하는 것으로 믿게 만든다. 모성이 사회 제도적으로 규정되는 측면을 도외시하고 모성의 생물학적 측면만을 강조하는 이 이데올로기는 여성

---

[1] 자포니쿠스 기획, 『어머니와 창녀—새로운 페미니즘을 위하여』, 지인 출판사, 1994, 14쪽.

의 삶을 생물학적인 조건에 의해 운명지워진 것으로 인식하게 만든다. 더 나아가 여성이 문화나 사회·정치보다 자연에 더 가까운 존재라며 신비화하기까지 하는 것이다.

또 다른 면은, 현재의 가부장제 아래서 모권이라는 개념은 자녀 잉태와 자녀 양육의 긍정을 뜻한다. 그런데 이 모성(maternity) 역시 여성에게 끊임없이 허위적인 여성성을 덧씌우는 가부장제 이데올로기의 기제로서 작용하고 있다. 이를테면 모성(motherhood)을 여성의 고유한 영역으로 규정함으로서 여성다움은 곧 어머니 노릇(mothering)을 충실하게 이행하는 데 있는 것처럼 미화한다. 이렇게 미화된 모성은 시대와 사회를 달리하며 반복, 재생산 과정을 거치면서 남성의 지배체제를 더욱 공고히 하는 데 기여하고 있는 것이다. 이를 통해 모성은 신화2)화되고 끊임없이 재생산되기에 이른다.

그리하여 가부장제가 지배권을 획득해가는 역사의 과도기 동안에 여성은, 여전히 출산 능력의 기준에 따라 그 가치가 결정되었다. 잠재적인 출산 능력이야말로 상품으로서 여성의 가치를 결정지었던 것이다. 여성은 오로지 자신의 모성에 의해서만 가치를 평가받게 되었다. 다시 말해 여성의 자유와 존엄성은 축소되었으며 단지 재생산을 위한 일종의 도구가 되어버렸다. 가부장적인 남성은 자신의 아내를 임신시키고 자신의 아내가 자신의 아이를 낳아주기만을 기대한다. 여성은 아이를 낳고 기르는 일 외에는 아무런 가치가 없는 존재가 된 것이다. 이러한 가부장제에서 모성은 아이 낳고 기르기에 자신의 능력을 한정시켰다. 따라서 이 사회에서의 '모성 거부'란 단순히 '임신의 거부' 나 '어머니 되기의 거부'에만 머무르지 않는다. 오

---

2) 여기서의 신화란 사회적이고 역사적이며 이데올로기적인 문화를 자연적이고 본래적인 것으로 뒤집어놓는 것을 말하는 바르뜨의 용어이다. 즉 이데올로기란 기호의 의미를 한정짓고 결과적으로는 사회적 의미해석의 조건을 정한다. 바르뜨에 의하면, 사회가 '성모'를 끊임없이 재생산하는 것은 가부장제가 성모를 사회적으로 보상함으로써 모성을 강요하고 나아가 자신의 남성 우월적 이데올로기를 정당화하기 위한 전략으로 볼 수 있다.

히려 생물학적 모성을 강요하는 가부장제 이데올로기3)에 대한 거부로까지 그 의미가 확장되는 것이다.

반면에 모성의 문제에서 급진주의자들은 여성의 정체성의 핵심으로 모성을 설정하지 않는다. 그들은 '여성적 정체성'과 같이 여성이 지닌 정체성을 어떤 한 가지 성격으로 정의하려는 시도 자체를 거부한다. 그들에게 모성이든 다른 어떤 것이든 '여성적 정체성'을 규정할만한 요소를 찾을 수 없기 때문이다. 그들은 또한 "여성이 갖는 어머니로서의 경험의 중요성을 부정할 필요는 없지만 모든 형태의 사회적 상호작용 중에서 왜 그것만이 인간관계의 일반적인 패러다임으로 간주되어야 하는가?"라는 의문을 제기한다. 어머니와 자녀의 관계가 보살핌 관계의 '자연적인' 패러다임으로 설정됨으로써 모든 사회적 관계의 긍극적인 패러다임이 되어버린 것을 비판하는 것이다. 그들은 배타적인 모자(녀) 관계란 특수한 문화적 구성물이며 보살핌 윤리가 모든 형태의 사회적 상호작용에 대한 적합한 접근이 될 수는 없다고 생각한다.

이러한 관점에서 보면 모성은 오히려 해체되어야 할 그 무엇이다. 주체위치로써 '어머니'를 연구하는 것은 기존의 페미니스트 연구에서처럼 모성이란 무엇인가, 여성의 어머니 경험은 어떤 것인가 하는 데 관심을 두지 않는다. 주체위치로서, 담론적 실천·권력관계망·사회적 장(場)의 한 지점으로서 어머니됨을 연구하는 것은, 권력과 저항의 작용이 어머니에게 가능성을 부여함과 동시에 어머니됨이 줄 수 있는 안정적이고 단일하고 일관된 경험의 가능성을 저해하는 과정을 밝히는 것이다. 그것은 구체적으로 어머니됨에 내재된 대립, 즉 모성애·보살핌과 함께 어머니의 분노·폭력의

---

3) 가부장제 이데올로기는 이원론적 사고에 기인한다. 즉 남성과 여성이라는 성이 이분법적 대립을 근거로 이성/감성, 선/악, 정상/비정상, 정신/육체, 삶/죽음 등과 같이 실제로는 하나의 연속체로서 존재하는 통일체를 대립적인 이미지로 분리시켜 포착한다. 이는 다시 가부장제 하의 여성에게 두 대립적 이미지가 통합된 온전한 인간으로서가 아니라, 남성의 속성인 이성·선·정상·삶 등의 공적 영역에서 가두어진 반쪽의 삶을 강요하는 통념을 말한다.

관계를 탐구하는 것이다. 궁극적으로 이러한 접근은 여성에게서 '어머니'라는 정체성을 벗겨내는 것을 추구한다. 여성은 심층적인 의식 속에 자신에게 덧씌워진 정체성들로부터 해방되려는 욕구를 가지고 있는데, 이는 그 욕구들이 근본적으로 억압적인 것이기 때문이다. 가부장적 사회에서 여성에게 주어진 억압적 정체성들에서 벗어나는 것을 여성해방이라고 보는 포스트모던 페미니스트들은 어머니라는 정체성 안에 포함된 모순들을 파헤침으로써 여성=어머니라는 전통적 공식을 파괴하려고 한다.

2. 페미니즘 비평의 이론적 담론

페미니즘 비평은 1960년대 미국의 여성 해방 운동이라는 보다 큰 정치적 문맥의 영향 하에서 여성이 남성과 차이 있는 존재로서가 아니라, 차별적으로 열등하게 취급당하였다는 점, 문학 중심으로 볼 때는 여성작가들과 독자들은 언제나 불리한 입장에서 일 해 올 수밖에 없었다는 현실의 자각을 그 출발점으로 한다. 그러므로 페미니즘 비평은 지상 인구의 절반에 해당하는 여성의 부당한 대우에 대한 습관적이거나 의도적인 무관심을 향하여 의심스러운 눈초리를 보내는 것으로, 여성의 조건 속에 내재되어 지식을 생산하고 구조화하는 권력관계에 대한 저항적 태도를 고수하고 있다고 볼 수 있다.

가장 보편적인 페미니즘 시각의 출발점에는 '여성적 심리'가 있다. 이는 남성과 여성의 심적·정서적 차이를 강조하면서 여성정서의 적극적인 면을 강조하는 경향으로, 대개는 여성들의 모성적 성향이나 관계지향성을 주로 거론한다. 이것을 좀더 이론적으로 해명하기 위해서는 경험에 의존한 관찰이나 일반적인 전제 외에 심리학에 의존하는 경우가 많다. 여성이 독특한 경험세계 및 사유의 틀을 지니게 되는 과정을 해명하기 위해서는 특히 인성발달의 초기 과정에 관심을 기울여야 한다는 논자들에 주목할 필요

가 있는데, 이들이 흔히 원용하는 틀은 '대상관계이론'을 페미니즘 시각에서 설명하는 것이다.[4]

또한 정신분석과 페미니즘 사이에는 전통적으로 긴장관계가 지속되어 왔다. 정신분석은 성 심리학적인 사회화 이론으로서 페미니즘 이론의 가장 중요한 기초 학문들 중의 하나이면서, 동시에 가부장적인 학문으로서 비판의 표적이기도 하다. 그러나 케이트 밀렛(Kate Millett)처럼 정신분석학의 여성성 이론을 격렬하게 비판하는 이론가도 경전화된 작가들의 작품들이 나르시시즘적인 남성의 환상에 불과하다는 정체를 밝히려 했을 때는 정신분석의 방법을 간과할 수 없었다. 이같은 사실은 프로이드가 기존의 페미니즘 관점에서 보면 기존의 지배적인 사회질서 및 성 질서를 옹호하는 변호자로 보일지 모르겠으나, 그의 '무의식 이론'만은 서구문화의 가부장적인 구조에 동요를 일으키기에 충분했다는 사실을 반증하는 것이다.

유명한 페미니스트 정신분석학자인 미첼도 정신분석학이 페미니즘 연구에 유효한 것은 무의식 속에서 우리가 어떻게 관념의 유산과 인간사회의 법칙을 획득하게 되는지를 보여주기 때문이라고 말 한 바 있다.[5] 또한 카

---

4) 대상관계 이론에서는 자아형성에 있어서 유아가 타인과 맺는 관계를 중시하는데, 초돌로우는 이런 틀을 바탕으로 성별분업 구조와 연결지음으로써 페미니즘의 논의로 끌어낸다. 어머니나 여성만이 양육을 담당하는 현재의 제도에서는 아이가 양육자와 맺는 관계는 여아냐 남아냐에 따라 달라진다는 것이다. 유아는 자아와 비 자아와의 구별이 없는 공생상태에서 점차 독립된 개체로 성장하는데, 이런 과정은 유아의 성별 정체성 확립과 함께 이루어진다. 남아의 경우, 독자적 주체가 되기 위해서는 물론이요, '남성'으로서의 정체성을 확립하기 위해서도 어머니로부터의 분리를 확실히 할 필요가 있다. 그러나 여아는 어머니의 성별에서 동일시되며 따라서 남아와는 다르게 분리의 요구가 상당부분 완화된다. 결국 남아는 (어머니라는) 타자와의 구분과 대립에 기반하여 자아를 형성하는 반면, 여아는 타자와의 교호적인 관계 위에서 자아를 형성하게 되는 것이다. 따라서 타자에 대한 남성적 인식이 '분리와 차이'에 집중하며 '추상적·객관적인 경향'이 강하다면, 여성적 인식은 '유대와 연관'을 중시하며 '구체적·주관적인 경향'이 두드러진다는 것이다. 여기서 더 나아가 초돌로우는 여성이 아이를 키우고 남성은 일하는 현행의 성적으로 분업화되고 불평등한 사회는 여성의 육아에 의해 재생산 된다고 지적하였다.

렌 호르나이(Karen Horney)·뤼스 이리가레이(Luce Irigaray) 혹은 크리스타 로데-닥서(Christa Rohde—Dachser) 등과 같은 비판적인 정신분석가들은 프로이드의 정신분석 자체가 어느 정도까지 가부장적인 무의식[6]에 의해 지배되고 있는지를 이미 제시한 바 있다. 그 때문에 문학 텍스트를 페미니즘 시각으로 읽는다고 할 때 정신분석학적 이론을 이용하는 것은 정신분석에 대한 페미니즘적 수정을 전제로 하여 이루어지는 것이다.[7]

정신분석학적 페미니스트들은 모성의 정체성을 프로이트적인 오이디푸스 모델에서 찾지 않고 전(前)오이디푸스 단계나 전(前)상징계 혹은 언어 이전의 기호계에서 찾는다. 이들의 글쓰기에서 전오이디푸스적 영역은 이상화된 여성 관계 속에서 다시 발견될 수 있기 때문에, 돌이킬 수 없이 상실된 것이 아니라 지속적으로 현존하는 강력한 신화적 공간으로 표상된다. 그것은 전상징적이고 전(前)문화적이기 때문에, 가부장제와 로고스에 대한 제안—주체/대상 이원론과 권력 관계가 도전 받고 재정의 되는, 여성적 지식과 경험이 공유되는 세계—으로 나타난다. 또한 정신분석학적 페미니즘들은 오이디푸스 삼각관계에 기반한 프로이트의 정신분석학적 발전의 플롯을 거부하거나 수정하여 받아들이고 있다. 이처럼 모성성의 분석을 통해 여성적 주체의 형성 과정이나 여성적 특수성을 꿰뚫어보는 정신분석학적 페미니즘은 프로이트의 패러다임(특히 오이디푸스 삼각관계)에 기대거나 이를 변형시킴으로써 자신들의 작업을 수행해 왔다.

또한 '페미니즘 가족 로망스'내에서 아버지의 현존은 더 이상 중심적이지 않으며, 오히려 아이와 어머니의 지속적 관계를 불가능하게 하는 하나의 장애물 혹은 반동인물로 기능한다. 그래서 이리가레이는 아이의 원초적 상처를 거세가 아니라 탯줄의 절단으로 본다. 이처럼 남성과의 분리나 가

---

5) 이연정, 「모성론에 관한 비판적 고찰: 서구 페미니스트 논의를 중심으로」, 서울대학교 사회학과 석사논문, 1994, 28쪽.
6) 이러한 무의식에 대한 분석은 정신분석 자체를 비로소 가능케 해주었던 것이다.
7) 레나 린트 호프, 이란표 역, 위의 책, 121~122쪽.

부장적 문화와 분리되려는 것은 페미니즘 재현의 기본적인 것이다. 아버지
와의 분리와 어머니와의 연계 가능성을 고려하는 '페미니즘 가족 로망스'
는 여전히 딸의 경험에만 의존하기 때문에 어머니의 지위를 불안정한 위치
에 놓는다. 즉 어머니와의 동일시와 투쟁을 함께 서술하지만, 여전히 다른
한편으로 아버지나 남자 형제들과의 거리 두기에 대한 딸의 로망스이기도
하다. 따라서 페미니즘 가족 로망스 내에서 어머니의 지위는 극단적인 양
가성을 띠게 된다.

아드리엔느 리치는 페미니즘 가족 로망스 내에서도 여전히 끈질기게 잔
존해 있는 이 같은 증상을 "어머니 공포증(matrophobia)"으로 보고 이를 페
미니스트 여성 사이에 널리 퍼져있는 편견으로 본다. 많은 딸들은 그들의
어머니가 그들이 벗어나려고 투쟁하고 있는 타협과 자기혐오를 가르쳐 왔
으며, 어머니를 통해 여성적 현존에 대한 제한과 평가절하가 강제로 전수
되어 왔다고 본다. 어머니를 넘어서 그녀에게 작용하는 권력을 보기보다는
어머니를 혐오하고 거부하는 것이 훨씬 더 쉽다. 그러나 어머니에 대한 혐
오가 어머니 공포증으로까지 나아가는 곳에는, 또한 어머니를 향한 깊은
근저의 견인력, 즉 감시를 늦추면 어머니에게 완전히 동화될 것이라는 두
려움이 존재한다.8) 즉 어머니는 여전히 부상하는 딸들의 주체성에 대해 하
나의 객체로, 대상으로밖에 존재할 수 없다. 그럼에도 불구하고, 페미니즘
가족 로망스는 어머니로부터의 단절을 통해 ―많은 소설, 시에서 그랬던
것처럼―자기 정체성을 형성하기보다 어머니―딸의 관계를 통해 자기 정체
성을 형성하고 발견할 것을 지시한다. 그래서 발생의 전언어적인 계기, 즉
전오이디푸스 단계로 돌아가 어머니― 딸이 갖는 결속의 특수성에 대해 다
시 볼 것을 권고한다.

따라서 페미니즘 가족 로망스는 다양한 형태의 모성 담론을 위한 공간
을 창조하게끔 여성 소설의 새로운 국면을 개척할 수 있는 것이다. 그렇다

---

8) 서강여성문학회, 『한국문학과 모성성』, 태학사, 1998, 14쪽.

고 해서 어머니의 서사를 딸의 서사의 대체물로 보아, 일방적으로 지지하는 방식이 되어서는 안 될 것이다. 오히려 딸과 어머니의 복수화된 목소리를 담아내는 과정이야말로 모성적 담론을 통한 여성 정체성 형성을 가능하게 할 것이다.

한편 해체주의의 거장인 데리다는 남성은 '구조의 구성에 있어서 중심에의 욕망을 지배하는 규칙'을 스스로 떠맡는다고 말하고 '중심은 자연적인 장소를 가지고 있지 않다'고 결론짓는다. 고전적 사고 체계에 있어서 중심의 개념은 다른 것을 희생하는 대가로 특권화 되는 이념(예를 들어 신, 자연, 남성 등)의 이익을 위해 고안된 하나의 구축물일 뿐이다. 그러므로 해체주의는 그와 같은 권력체계에 대항하기 위해 담화를 탈중심화 한다.

만일 존재와 의미의 제1원인이 존재한다는 논리 중심적 오류에 의해 갇혀있는 우리의 사고를 탈중심화 하는데 성공하게 된다면, 전적인 현존, 토대에 대한 보증, 게임의 기원과 목적에 대한 향수를 극복하게 될 것이고, 그것을 유지하는 논리 중심적인 전제들에 의문을 제기함으로써 새로운 인본주의에 도달하게 될 것이다. 왜냐하면 기존의 휴머니즘은 세계사의 중심에 남성을 놓고 있으며, 여성은 남성에서 배제되기 때문이다. 그러나 남성적으로 구축된 리얼리티를 탈중심화하고 페미니스트적인 리얼리티 구축을 중심화 하는 관점으로 해체주의를 본다면, 그것은 단지 온유한 해체주의에 가담하는 것일 뿐이다. 해체주의는 탈중심화를 방법으로 하여 새로운 중심점을 찾고자 하는 것이 아니며, 텍스트적인 차원에서 어떤 욕망을 영원한 혁명으로 되풀이하기 때문이다. 해체 가능하지 않은 것이란 없고, 또 해체 가능하지 않은 해체된 상태란 없기 때문에, 어떤 구조라도 대립을 일소시키는 동시에 자신은 손대지 않은 채 남고자 할 수는 없다. 이러한 문제들이 페미니즘과 해체주의의 만남의 깊이를 어느 정도에 두어야 하는가 라는 다소 난해한 문제가 야기될 수도 있다. 그러나 해체주의는 파멸이 아니라 오히려 원상태로 돌려놓는 것이며, 이를 통해 텍스트의 의미들은 새로운 힘을 얻을 수 있을 것이다.

이상의 분석 체계들은 페미니즘을 보는 관점에 따라 일관성 있게 선택, 발전되었다기보다 상호 혼재하여 영향을 주고받는 관계에 있다고 볼 수 있다. 신좌익에서 탈퇴하여 출발한, 급진성을 띠었던 미국의 페미니스트들은 후에 프랑스 페미니즘 비평에 영향을 받아 여성성을 적극적으로 강조하여 여성만의 독자적인 문화를 발굴, 함양할 것을 주장하는 급진주의적 페미니즘 비평을 전개하였다. 한편 프랑스의 페미니즘 비평은 데리다, 라깡의 해체주의 및 정신분석학에 영향을 받으며 이론적 발전을 이루었다. 여성 억압문제를 계급 문제나 인종문제 등 여타의 억압 관계와 관련시켜 보고자 했던 영·미의 사회주의적 페미니즘 비평도 중요한 조류이다.

지금까지 페미니즘 비평 담론을 개략적으로 살펴보았지만 사실, 페미니즘 비평이 무엇인가에 대해 답하는 일은 그리 간단하지 않다. 페미니즘 비평은 단일한 이론이라기보다 차라리 하나의 강력한 운동이며, 같은 관심사를 가진 여성들의 집단이 복합적이고 다양한 방법론과 이론으로 무장한 것이기 때문이다.

이러한 페미니즘 이론으로 문학 텍스트에 구현된 어머니상의 재현양상을 보면 대체적으로 두 가지로 분류된다. 카플란의 연구에 따르면, 인류의 어머니 이미지는 역사적 상황에 따라 변천했는데, 그 유형은 가부장제에 순응하는 어머니는 천사 이미지로, 가부장제에 저항하는 어머니는 악녀 이미지로 유형화된다. 이는 라브찌의 신화적 모상(母像)과도 연관되는데, 마리아적 여성은 천사, 성녀, 어머니의 축으로 연결되면서 순종, 의무, 희생 순수성 등의 자질을 지닌다. 반면에 이브적 여성은 마녀, 악녀, 애인의 축으로 연결되면서 반항, 권리, 독립, 관능성 등의 자질을 지닌다.9) 따라서

---

9) 노애경, 「최정희 소설의 모성의식 연구」, 동아대학교 교육대학원 석사논문, 2000, 10쪽. 첫 번째 유형의 어머니는 천사 이미지를 지닌다. 그녀는 가부장제에 순응하는 존재로 헌신 이미지 또한 지닌다. 아이의 요구만을 기꺼이 수렴하고 수용하므로 그녀의 욕망은 없다. 두 번째 어머니의 유형은 악녀 이미지를 지닌다. 부정적인 유의 이러한 어머니 이미지는 가부장적인, 천사적인 어머니 모델에서 동떨어져 나와 가부장적인 요구에 부응하지 않는 이미지이다. 이 두 번째 어머니 이미지는 여성의 글

'신화적' 모성성은 가부장제에 순응하는 어머니의 특질을 나타내고, '탈신화적' 모성성은 가부장제에 저항하는 어머니의 특성을 나타낸다고 이해할 수 있다.

우리 문학에 구현된 전통적 모상의 재현양상을 살펴보면 어머니는 위기의 순간에 부상되는 인물이었으며, 그 역할은 위기에서 남성 주인공, 구체적으로 아들을 도와주는 조력자이다. 어머니는 남성을 도와주는 대상으로 존재하고 부차적인 인물로 라브찌식의 '신화적 모성성'을 구축하고 있다. 그러나 현대소설에서 드러나는 모성성은 신화적 모성에서 벗어나 현실적 삶을 살아가는데 팔을 걷어붙인 억척스러운 어머니이거나, 때로는 부재하는 아버지 자리까지 대신 한다. 뿐만 아니라 한 인간으로써 자신의 정체성을 찾아 모성과 대립, 갈등 양상을 빚어내기도 한다. 현실과 이상의 괴리가 늘 존재하듯이, 모성에 있어서도 이상적 어머니와 현실적 어머니 사이에는 거리가 있기 마련이다. 따라서 텍스트를 통해 작가들이 추구하는 모상(母像)도 각기 다르게 드러날 것이다.

이상에서 살펴본 모성에 대한 논의는 무분별한 예찬이거나 여성성에 대한 압박의 수단으로 보는 등 극단적인 대립의 양상을 띠고 있다. 본고에서는 앞으로 논의를 진행시킴에 있어 위의 개념에 유의하면서도, 각 작품의 보다 세밀하고 구체적인 분석에 초점을 맞추고자 한다.

쓰기와 관련해서 나타난다. 여성이 글을 쓰기 시작하면서부터, 역사적으로 텍스트에 어머니가 주체로 등장하여 자의식적인 이성이 있는 존재로 부상되면서부터, 가부장제에 저항하는 어머니의 이미지가 텍스트 속에 구현되었다.

Ⅲ. 한국 현대소설에 표현된 모성의 양상

1. 사회 제도와 모성 간의 갈등

해방 후 진척된 근대화 사업은 시공을 기능적으로 조직함으로써 남성 중심의 근대적 목적성이나 물질적 진보로 대표되는 현실의 논리를 일상적 삶 속에 관철시킨다. 그러나 1970년대에 발표된 오정희의 초기 소설에서 당대 문학의 주된 경향, 즉 물신주의의 부정성, 계층 갈등, 분단 상황 등은 거의 소재로 등장하지 않는다. 이러한 점으로 인해 오정희 소설은 종종 '성숙한 남성의 형식으로서의 소설'의 면모를 결여하고 있다는 비판을 받기도 한다.

최윤에 따르면, 여성 소설의 인물 설정은 그 자체가 주변적이며 비공식적이다. 여성 작가의 작품에서 자주 발견되는 자전적 글쓰기와 성장 소설적 형식은 여성의 시간에 대한 인식이 개별적이며 비선형적이라는 점을 말해준다.[1] 따라서 사소함, 개인성, 평면성, 주정성이라고 비판받는 여성 문학의 특징은 여성들이 남성들과는 다른 방식으로 시간과 공간을 체험하고

---

[1] 최윤, 「근대와 한국 여성 소설」, 『"근대", 여성이 가지 않은 길』, 또 하나의 문화, 2001, 196쪽.

있다는 증거로 해석되어야 한다. 이렇게 볼 때 가부장적 근대–국가의 주체성이 여성을 적극적으로 동원함으로써 구축된다고 할 때 사적인 내러티브, 내성적이고도 자의식적인 글쓰기 방식은 소극적인 것일지언정 근대성에 대한 회의와 거부를 뜻한다.[2]

오정희는 초기 소설에서부터 모성에 대한 일방적인 옹호나 비난에 머물기보다는 복합적인 방식으로 모성을 다루어왔다. 즉 오정희 소설에 나타나는 모성은 기존의 모성 이데올로기로부터 벗어나 있으면서도 모성에 대한 일방적인 부정에만 그치지 않는 균형감각을 보여준다. 그 중에서도 본고는 「번제」, 「저녁의 게임」을 대상으로 하여, 모성 이데올로기를 거부한 여성이 자신의 고유한 성 정체성을 어떠한 방식으로 찾아가는지에 초점을 맞출 것이다. 그 여정에 앞선 연구가 큰 도움이 되었음은 물론이다.

여성의 역할이란 무엇보다도 인간의 애정을 전달하는데 있다고 보는 것은 여성을 자궁으로 보는 시각, 더 나아가 가부장적 관점과 일맥상통한다. 이렇듯 여성은 출산과 수유를 통해 자신의 자궁 속에 담긴 인류의 정수를 대대손손 전달한다[3]는 시각은 '집안의 천사'로서의 어머니의 형상을 통해 공고해진다. 어머니는 이타성의 화신이자 욕망이 없는 존재로 신비화되어 왔다.[4] 그런데 오정희 소설의 어머니들은 헌신이나 자기희생이라는 미덕

---

2) 조혜정, 「남성중심 공화국의 결혼 이야기」, 『성찰적 근대성과 페미니즘』, 또 하나의 문화, 1998, 148~150쪽. 1970년대는 여성들의 자의식이 급성장하면서 국가의 근대화 기둥에 동원된 객체로서의 여성의 자아에 대한 비판적 인식이 싹트던 때이다. 오정희의 여성 인물들은 주부로서의 역할을 수행하지만, 어머니, 아내 노릇의 도구성을 누구보다 잘 간파하고 있다. 이는 오정희 소설에서 공적 가치가 아닌 자기 자신에 대한 지독한 관심, 즉 자기 정체성에 대한 회의와 찾기의 욕망으로 나타난다.
3) 아드리엔느 리치, 김인성 역, 『더 이상 어머니는 없다』, 평민사, 1995. 여성들이 재생산과 자녀들에 갖는 잠재적인 관계, 즉 어머니 노릇의 구체적인 경험과 그러한 잠재력을 남성의 통제하에 두려고 하는 제도를 "모성이라는 제도"로 규정하면서 이를 구체적인 어머니 되기의 경험과 구별짓는다. 어머니 되기의 경험이 여성의 주체로서의 경험이라면, "모성이라는 제도"는 여성이 타자로서 부과 받는 경험이라는 것이다.

과는 거리가 멀다.5) 이러한 모성상은 다분히 충격적으로 다가오는데, 이는 모성은 여성의 몸속에 깃든 고유한 본성으로서 자연의 명령과 동일시되거나 완전한 여성의 징표로 여겨짐으로써 여성들의 자기 상실을 강요해온 우리문화의 시각으로서는 당연한 결과이다.

근대는 모성의 발명을 통해 여성을 가부장적 핵가족의 순종적이고 이타적인 어머니로 위치시키는데, 이는 여성의 섹슈얼리티에 대한 통제와 맞물려 이루어진다. 이렇듯 어머니가 욕망 없는 자로 규정될 때 역설적으로 여성은 풍요로운 어머니일 수 없다. 이러한 모성은 여성에게 자기발견과 고양의 경험이 아닌 히스테릭한 분열을 안겨주는 불가시적 폭력이 된다. 어머니는 모성 담론의 중심부에 위치하지만, 여성의 오지가 되기도 한다. 이러한 모성 이데올로기에 대한 반감은 오정희 소설에서 가부장제가 만들어 낸 풍요롭고 이상적인 어머니상에 대한 급진적인 해체를 통해 나타난다.

1) 제도화된 모성의 거부와 주체 의식 — 오정희

(1) 모성 해체에서 회귀로 …… 「번제」6)

여성에게 있어서 모성은 억압적인 요소와 성취적인 요소를 동시에 가지고 있다. 그럼에도 기존의 관념화된 모성은 신비화되고 위대화시킨 측면만 강조되어왔고, 그 이면인 어머니의 고통과 우울, 혼란과 폭력, 제도화 속에

---

4) 모성 이데올로기는 여성의 최대 행복을 오로지 아이를 잘 키우는 데에 두기 때문에 여성의 정체성을 훌륭한 어머니가 되는 것에서만 찾도록 강요한다는 데 그 문제가 있다. 나아가 여성들이 자기 정체성을 찾고자 하는 대사회적 통로를 막아버리고, 훌륭한 어머니에 대한 사회적 보상을 제공하여, 여성의 역할을 '아이의 양육자'에 한정시킨다.

5) 「저녁의 게임」에서는 아기들은 어머니에 의해 살해당하고 「봄날」에서는 태어나기도 전에 낙태된다. 「꿈꾸는 새」에서는 아이를 낳는다 해도 모성에 대해 지속적으로 회의하며, 「미명」에서는 애초에 모성애 따위는 없었노라고 한다.

6) 오정희, 「번제」, 『불의 강』, 문학과지성사, 2003. 이하 쪽수만 기입.

서의 모성에 대한 갈등을 드러내는 것은 터부시되어 왔다. 그러나 최근에
들어서는 여성들이 신비화된 모성에서 탈피하여 그 어두운 면인 모성에 대
한 고통이나 거부 등의 새로운 각도로서의 모성 의식을 보여주고 있는데
그 중 오정희 소설도 이에 속한다.

제도화된 모성성은 여성을 가장 효율적으로 관리하고 통제해 온 가부장
제 이데올로기의 거점이다. 「번제」는 낙태를 하고 정신병원에 감금된 여
자의 임신중절에 대한 죄의식과 이에 대한 속죄 의식을 내면의 세계를 통
해 그리고 있는 소설이다. 소설의 첫머리에서 주인공의 꿈으로 제시되는
내용처럼, 이 소설에서 아이를 지우는 행위는 일종의 의식처럼 치러진다.
주인공인 나는 어린 여자아이가 되어 어머니에게로 돌아가기 위해 태아를
살해하는데, 이는 마치 어머니의 자궁으로 회귀하기 위해 아이를 죽이는
것처럼 보인다.

> 아직 물이 찬데. 어머니는 내가 헤엄이라도 치려는 줄 아는지 사뭇
> 걱정스러운 음성으로 소리를 쳤다. 나는 바둥거렸다. 그러나 덫은 단단
> 했다. 그 사나운 발톱으로 나를 옭은 채 놓아주지 않았다. 어머니, 내가
> 보여요? 그럼 보이고말고, 어서 돌아오너라. 나는 열심히 자맥질을 했
> 으나 그것은 점차 어려웠다. 뱃속의 아이가 목에 건 돌멩이처럼 걷잡을
> 수 없는 중량감으로 끌어내리고 있었다. 어서 돌아오너라. 어머니는 소
> 리쳤다. 멀리서 손짓하는 어머니는 꽃처럼 보였다.
> 해변에는 파도가 가화(假花)처럼 펄럭이고 아이는 내 목을 감은 팔에
> 힘을 주며 외쳤다. 날 살려줘. 날 살려줘. 나는 의연히 내 목에 지렁이처
> 럼 얽힌 아이의 두 팔을 잡아뗴었다. 그리고 곧 되돌아 이젠 새털처럼
> 가벼워진 몸으로 어머니를 향해 헤엄쳤다.　　　　　　(159~160쪽)

자신의 아이를 '목에 건 돌멩이'나 '지렁이'로 간주하며 떨쳐버리려는 주
인공의 행위는 사회적 통념으로는 도저히 받아들일 수 없는 모성이다. 그
러나 주인공의 목을 조르듯, 굴레처럼 여겨지는 '돌멩이'나 '지렁이'에서 해

석될 수 있는 것은, 자의적인 고통보다는 타의에 의해 지워진 고통의 의미가 더 강하게 느껴진다. 모성이 아이를 짐처럼 여긴다면 분명 그 이유는 환경적 요인에서 비롯되기 때문이다. 위에서처럼 태아 살해 행위는 흔히 오정희 소설에서 자기정체성 확인 과정에서 만나게 되는 시행착오로 해석 된다. 즉 태아 살해의 행위를 여성인물의 자아탐색에 있어서 일종의 과도기적 행위로 보고 있는 것이다.[7] 이러한 해석은 주인공의 태아 살해가, 아직 어머니와 분리되지 않은 유아기적 상태에 있는 주인공이 그 원초적 공간에서 분리되지 않기 위해 행하는 것이라는 해석을 전제하고 있다. 그러나「번제」에서 나타난 태아 살해 행위는 어머니와의 미분리 상태에서 어머니에게로 회귀하기 위한 수단이기보다는 오히려 어머니와 결별하기 위한 시도로 봐야 한다.[8] 이는 소설에서 남자 친구와의 성적인 결합과 임신 그리고 이어지는 낙태에 대한 회상의 과정에서도 드러나는데 이는 주인공이 처한 가부장적 현실에서 자신을 지탱하기 위한 자기 보존 방법이라 할 수 있다.

> 그날 밤 나는 그에게 꽤나 감상적인 글귀를 써보냄으로 어머니와의 완전한 결별을 시도했다. 내게 있어 가장 소중한 것은 항상 네 몫이었고 나는 옛 여인들처럼 믿음 깊고 정절 깊은 네 아내가 되는 것을 소원하였다 ……. 내 무릎에 네 흰머리를 누이고, 그렇게 참다랗게 늙어가는 것 외에 내가 어떤 것을 원하겠느냐 (175~176쪽)

주인공이 자신의 남자 친구와의 성적 결합으로 임신을 했는데, 왜 그 남자 친구와의 관계를 유지하기 위해 낙태를 해야 하는가의 문제이다. 그것은 제도권 내에서 환영받지 못하는 혼전 임신이라는 사실 때문일 것이다. 따라서 스스로 어머니 되기를 거부하는 이유는 어머니와의 결합이나 아이

---

7) 김경수, 「여성성의 탐구와 그 소설화」, 『문학의 편견』, 세계사, 1994, 376~378쪽.
8) 심진경, 「오정희 초기소설에 나타난 모성성연구」, 『한국문학과 모성성』, 태학사, 19
   98, 233쪽.

에 대한 적대감 때문이 아니라, 미혼 여성의 모성을 인정하지 않는 가부장 사회에서의 규범 때문이다. 이는 여성의 섹슈얼리티를 생산성과 쾌락으로 이분하여, 생산성에는 위대한 모성이라는 찬사를, 쾌락에는 음탕한 창녀라는 여성 폄하감을 덧씌우는 가부장제의 성 윤리에 대한 도전이기도 하다. 그렇기 때문에 어머니 되기를 거부하기 위해 내세우는 '남자 친구와의 결합'이라는 표면적인 이유는 결국 가부장제적 질서에의 합류라는 좀 더 근원적인 문제로 들여다 볼 수 있다.

> 다시 해봐, 정신 차려서.
> 그가 종내 퉁명스럽게 소리치며 내 손에 화살을 쥐어주었다.(중략)
> 나는 맥없이 활을 내려놓았다. 비로소 과녁에 정확히 꽂혀 부르르 떨고 있는 화살이 눈에 들어왔다.
> 근사한데. 그가 감탄하는 빛을 감추지 않으며 남아있는 단 하나의 화살을 내 손에 건넸다. 싫어. 나는 고개를 저었다.
> 아주 정통으로 맞혀버리는 거야.
> 그가 의아한 듯 나를 바라보았다. 나는 거듭 뿌리쳤다.
> 그의 어깨 너머 바다가 역시 한 마리 뱀으로 비비적거리고 있었다.
>
> (170~171쪽)

그와 다정한 한 때를 보내는 회상부분에서 감지되듯이, 그녀의 낙태 뒤에는 가부장제 윤리의 이중적 요소가 숨어 있음을 발견할 수 있다. 남자가 여주인공에게 화살을 쥐어주며 과녁에 정확히 맞추기를 강요하지만 여자는 그것을 오히려 망설이며 거부한다. 이것은 달리 표현하면 남자는 가부장제의 표상이 되고, 한 마리 뱀[9]으로 비비적거리고 있는 바다는 태아를 잉태한 자궁을 의미하는 것으로써, 여주인공에게 혼전임신에 대하여 그 책임을 전가하며 낙태하기를 강요하고 있는 것으로 보아진다.

---

9) 뱀은 정신분석학에서 상징성를 지니고 있는데 여기서는 생명의 탄생을 의미한다.

　　사랑과 성은 여성이 가부장제 사회에서 제도에 편입되는 유일한 길이기에 여자는 편지를 쓰고 로맨스를 꿈꾸지만 편지는 "짐짓 지어낸 듯" 작위적이며, 의사에 대한 로맨스의 환상 이면에는 "정맥이 나무 줄기처럼 싱싱하게 뻗어있는 손을 물어뜯고 싶다"는 공격욕이 자리해 있다. 결국 「번제」에서 태아 살해라는 비정상적인 형태로 나타나는 어머니되기의 거부는 가부장제적 질서 속으로 편입되고 싶은 욕망을 드러내는 한 수단이라는 것이다.

　　이렇듯 어머니 되기의 거부의식과 가부장제로의 편입에 대한 무의식적인 욕망은 모순적인 것으로 보여진다. 그러나 기존 질서 속으로 편입하고자 하는 욕망이 역설적으로 기존 질서에 의해 범죄로 낙인찍힌 태아 살해라는 비정상적이고 병리적인 형식으로 나타나고 있다는 것에 주목해야 한다. 이는 역으로 「번제」에서 나타나는 모성성 및 가부장제적 질서를 바라보는 태도가 그리 단선적인 것이 아니며, 그 내부에는 심각한 갈등과 모순, 균열이 자리 잡고 있다는 것을 암시한다. 가부장제 질서에 대한 일방적인 수용이라기보다는 거기에서 배척당한 데 대한 강한 반동 심리의 일환으로 해석하는 것이 타당할 것이다.10)

　　「번제」는 이러한 여성의 이상 행동이 광기의 차원으로 나타나는 것을 정신병동에 갇힌 여성을 통해 극단적으로 보여주고 있다. 화자의 광기는 태아 살해라는 부도덕한 행위, 즉 진정한 여성의 미덕을 위반한 것으로 나타난다. 앞에서 설명한 것처럼 여주인공의 태아 살해 행위는 일차적으로 어머니와의 분리를 통해 남성과 결합하기 위한 의도적인 노력이라고 볼 수 있다. 그러나 이러한 노력은 실패로 끝나게 된다. 이는 서술자의 환상 속에서 자주 남자 친구와 동일시되는 의사인 '그'와 로맨스를 꿈꾸다가 좌절하는 것으로도 알 수 있다.

　　　　너의 외마디 비명은 반복되었다.
　　　　아이야, 내게 안기렴.

---

10) 심진경, 위의 책, 234쪽.

　　나는 너를 향해 두 손을 내밀었다. 비로소 낮의 내방자가 내게 무엇
이었는가를 확연히 알 수 있었다.
　　너는 다가오지 않았다. 조금도 내게 가까이 올 의사는 없는 듯했다.
실제로 내 손이 닿을만치 가까이 오면 나는 너를 교살했을지 모른다.

(169쪽)

　　주인공이 죄의식의 환상에 시달리는 것은 자신의 아이를 살해한 데서
오는 것이다. 그리고 그것은 근본적으로 혼전 임신을 터부시하는 기존의
가부장제적인 규범에 얽매여 자신의 모성성을 제거한 데 대한 죄의식으
로 해석되어야 한다. 그리고 이러한 죄의식이 광기로 나타나게 되는 것이
다. 더구나 주인공의 광증은 가부장제의 권위를 상징하는 남자 의사에 의
해 낱낱이 해부되고 관리되고 있다. 의사는 나의 사고를 순응시키고 지배
하면서 나를 식물적인 상태에 머물게 한다. 그래서 나는 피지배자가 일반
적으로 그렇듯이, 지배자에 대한 전이 속에서 의사에게 로맨스를 느끼기
도 하고 가해하고 싶다는 사나운 충동에 사로잡히기도 한다. 그러나 이 소
설에서 광기는 어느 관점에서 보면 죄의식을 넘어서기 위한 일종의 자기
치유의 시도라고 볼 수 있다. 대개의 경우 그러한 시도는 자아의 황폐나
파탄으로 끝나기 십상이지만, 이 작품 속에서 그것은 여성의 진정한 모성
적 정체성으로 나아가기 위한 과도기적인 심리적 상황으로 볼 수 있다. 왜
냐하면 이러한 심리의 근원에 있는 것은 바로 가부장제적 규범과 그것에
대한 무비판적인 추종에 의해 훼손된 자신의 진정한 모성성을 발견하기
위한 끈질긴 노력이기 때문이다. 이러한 여성의 노력이 비정상적인 광기
의 모습으로 나타나는 것이야말로 가부장적인 규범과 억압 속에서 여성
의 진정한 모성적 정체성이 얼마나 획득되기 어려운 것인가를 역설적으
로 보여주는 것이다.
　　따라서 주인공의 태아살해는 어머니와의 결합 혹은 어머니 자궁으로의
회귀 욕구 때문에 이루어진 것이라기보다는, 오히려 태아살해로 인한 죄의

식이 어머니 자궁으로의 회귀를 촉발시켰을 가능성이 크다.11) 그렇게 본다면 태아 살해에 대한 죄의식과 이로 인한 비정상적인 행위는 정신병적 징후, 즉 억압된 것의 신경증적 표출이 된다. 다시 푸코식으로 해석한다면, 광기 만연한 비정상, 뒤틀림, 왜곡, 비이성 등의 그로테스크한 이미지들은 남성 중심의 가부장적인 사유 체계를 형성하는 힘과 권력에 대한 인식의 소산이자 이에 대한 거부의 표현이라고 볼 수 있다. 이는 정신병동의 여성 환자와 남성 의사라는 「번제」의 이야기 구조에 의해서도 충분히 설득력 있게 이해할 수 있다. 소설의 표층에 드러나는 여성의 비정상적인 말과 행위는 의사의 냉정한 진단적 시선에 의해 정신병 혹은 히스테리로 분류된다. 그러나 이처럼 여성의 낙태와 그로 인한 정신적 혼란의 양상을 신경증적으로 진단하는 것은 감시자이자 의사인 남성의 시각이므로, 이러한 남성적 시각의 왜곡을 거둬내어 광적인 여성 행동의 의미를 새롭게 해야 할 것이다.

> 의사는 내게 수면제를 먹이고 창에 커튼을 달아주며 단순히 햇빛 때문이라고 말하는 것이지만 의사의 지시대로 침대에 누워 눈을 감아도 눈앞에는 오래도록 출렁이는 바다 건너 한 마리의 어린양이 피를 흘리며 죽어가는 것이 남아있어 나는 자꾸 손을 씻는 것이었다. (177~178쪽)

나는 태아를 번제의 제물로 바친 것에 죄의식을 느끼고 광증을 보이는데, 그 광증은 가부장제의 권위를 상징하는 남자 의사에 의해 관리된다. 의사는 나의 사고를 순응시키고 지배하면서 나를 의지없는 식물적인 상태에 머물게 한다. 그런 상황에서 나는 의사에게 로맨스를 느끼기도 하고 가해하고 싶다는 '사나운 충동'에 사로잡히기도 한다. 이런 광기는 모성을 포함

---

11) 프로이트는 어머니의 자궁으로의 회귀를 죽음 충돌을 야기시키는, 즉 원형질로 회귀하고자 하는 욕망이라고 말한다. 이러한 프로이트의 말을 따른다면, 이 소설의 '나'가 어머니의 자궁으로 회귀하려는 욕구는 에로스 혹은 삶에 대한 거부 의식이라고 볼 수 있다. 즉 태아를 살해한 죄의식에 의해 촉발되는 죽고자 하는 욕망이 환상 속에서 어머니 자궁으로의 회귀로 나타난 것이라는 해석도 가능하다.

한 여성 개체로서의 자아를 찾으려는 적극적 행위의 결과로서, 자기 내부에 있는, 즉 이제껏 자신이 정상적으로 지녀왔던 가부장제 속에서의 자기-이미지와의 우연한 맞부딪침에서 오는 동요로 볼 수 있다. 프로이트가 말한 본능적 자아와 초자아의 대립을 남성 중심적 이데올로기와 연결지어 생각할 때, 모성에의 피할 수 없는 이끌림과 본능적인 두려움의 이중감정을 상정할 수 있다. 히스테리나 공포증 등을 드러내는 여성의 몸은 관습적인 여성성이 극단적으로 혹은 문자 그대로 각인되어 드러난 표면으로 볼 수 있기 때문이다. 따라서「번제」에서의 광기는 몸으로 보여주는 항의이며, 그 몸의 언어인 항의를 통해 가부장적 사고에 말을 거는 것으로 볼 수 있다. 왜냐하면 아버지의 언어적 · 문화적 규범에 대한 반항은 '어머니의 언어-어린시절 의미론 수준의 유아어, 즉 몸의 언어-로 회귀한 것으로 해석할 수 있기 때문이다. 헌터나 라깡의 범주를 빌려 해석하는 대다수의 페미니스트에게 있어 의미론 수준으로의 회귀는 퇴행적이며 동시에 '표현적인' 의사소통으로 보기 때문이다. 그러나「번제」에서도 마찬가지지만 가부장적인 사회에서 권력을 가진 남성들은 그 의사소통을 해석하려 하지 않고 방치하거나 모른 척 할 뿐이다. 그래서 나는 의사의 지시대로 침대에 누워 눈을 감아도 죄의식은 사라지지 않아 강박적으로 손을 씻는다.

너는 이제 나와 함께 있다. 볕이 방안 깊숙이까지 들어오는 오후, 너의 밝은 금발은 네게 후광을 만들고 벽면 높이 검은 틀에 끼워진 동정녀 주변에는 흡사 그림자처럼 서너 명의 아이들이 몽롱히 떠돌고 나는 어디로 가던 것이었을까. 도무지 기억할 수 없는 길을 헤매곤 하지만 햇살이 엷어질수록 이런 광경은 사라지고 방 한구석에서 나를 바라보고 있는 너를 발견하여 비로소 마음이 편안해지는 것이다. 나는 너를 팔에 안고 젖을 먹이고 싶지만 의사는 언제나 그건 부활절날 유년부 아이들이 가져온 인형이에요, 라고 퉁명스럽게 말하며 내게 수유의 기쁨을 허락하지 않는다.　　　　　　　　　　　　　　　　　　　　　　　　(176~177쪽)

나의 수유 행위는 내가 젖먹이는 아이가 '인형'이라는 사실을 상기시키는 의사의 말에 의해 저지된다. 나의 말과 행동이 정신병동으로 상징되는 가부장제의 억압적 이데올로기에 의해 정신분열적인 것으로 해석되지만, 이러한 분열적인 행위는 억압받는 여성의 입장에서는 기존 체제에 대한 저항으로 해석할 수 있다. 게다가 수유의 기쁨을 허락하지 않는 의사에게 "나 일론제의, 탯줄보다도 질기고 강인한 줄을 열 두어 발 정도 사다" 달라고 부탁함으로써, '나'는 스스로 끊었던 탯줄, 즉 아이와의 관계를 다시 잇고자 하는 강한 욕망을 보인다. 이처럼 가부장제적 권위를 상징하는 신에게 혼전임신의 산물인 태아를 제물로 바치는 번제 행위를 통해 자신의 모성성을 거부했던 주인공은, 그러한 태아 살해에 대한 죄의식과 이에 대한 속죄를 통해 가부장제에 의해 부정된 자신의 모성성을 회복하려고 노력한다. 그 결과 남성의 시선에 의해 정상과 비정상이 가름되는 현실 속에서 자신의 진정성을 찾고자 하는 노력은, 어머니 되기를 거부하는 것을 초월하여 스스로 모성적 체험을 극화하는 데로 나아가고 있다고 볼 수 있다.

여기서 한 가지 간과할 수 없는 것은, '나'의 욕망은 물론이고 죄의식조차도 가부장제를 상징하는 의사에 관리되고 제도화된다 해도 원초적인 생산성에의 욕망까지는 그럴 수 없다는 것이다. 아무리 오랫동안 굳건하게 굳혀진 제도라 해도 건강한 모성의 욕구를 막을 수 없는 틈새가 존재한다는 것이다. 그러므로 태아살해의 욕망을 생산성에 대한 거부로 등식화시키는 것은 곤란하다. 「번제」의 '나'는 생산성을 갈망한다. 비록 그 갈망이 자신의 정체성을 찾기 위한 일환이라 해도 생산하는 모성으로서의 주체성임에는 분명하다. 그래서 오정희 소설의 여성 인물들은 가부장제의 성 윤리에 대한 강한 도전을 하면서도 생산성이라는 식민화된 영토는 회복하고자 하는 면모를 보여준다.12) 사실 모성의 발명과 아동기의 발견이 근대의 산물이라는 사실을 고려한다면, 태아 살해의 욕망은 근대가 여성에게 부과한

---

12) 심진경, 위의 책, 249쪽.

억압적인 성 역할을 거부하고자 하는 적극적인 의지의 표명으로 해석되어야 할 것이다. 나아가 여성이 가진 가장 성스러운 영역인 모성 거부를 통해 다시 확인해야 하는 것은, 거부나 항의의 몸짓 속에는 침묵보다 훨씬 강렬한 가부장제에 대한 소통의지를 담고 있다는 점이다.

(2) 훼손된 모성, 억압된 자아의 해체 ······ 「저녁의 게임」[13]

오정희 소설 속 인물들의 몸은 상상을 불허하는 기괴하고 일그러진 욕망들이 요동치는 장소이다. 여성은 가부장제 문화 속에서 정신에 미달하는 몸으로 규정됨으로써 역설적으로 욕망의 주체가 될 자격을 박탈당해 왔다. 욕망의 박탈과 자기 상실은 가부장제 하에서 여성이 '정상성'을 획득하기 위해 가져야할 덕목이다. 이러한 면을 고려할 때, 기괴한 욕망의 전시장이 된 몸의 이야기는 가부장제에 대한 반 동일시의 역담론으로 볼 수 있다. 황도경에 의하면, "기괴하고 때론 탈윤리적인 양상을 띠고 나타나는 뒤틀린 성적 관계나 부서지고 해체된 육체의 풍경, 그리고 끝없는 갈증은 훼손된 자궁, 훼손된 어머니로 비유되는 생명 부재의 현실을 확인하게 하는 절규이자 동시에 이를 넘어서고자 하는 꿈"[14] 의 표현이다. 황도경은 이러한 몸과 성의 불건강성의 원인을 생명의 원천으로서의 모성성의 결핍과 연관짓는다.

심진경[15]과 이정희[16] 는 오정희 소설의 몸 징후에 대해 좀더 적극적으로 의미를 부여하고 있다. 심진경은 오정희 소설에 나타나는 모성은 기존의 모성 이데올로기로부터 벗어나 있으면서도 모성에 대한 일방적인 부정에 그치지 않는 균형감각을 보여준다고 평가한다. 이정희는 오정희 소설에서 몸은 훈육을 통해 지배를 행사하는 권력과 그것에 대한 거부가 상징적

---

13) 오정희, 「저녁의 게임」, 『저녁의 게임』, 동아출판사, 1995. 이하 쪽수만 기입.
14) 황도경, 『욕망의 그늘』, 하늘연못, 1999, 81쪽.
15) 심진경, 위의 책, 225~252쪽.
16) 이정희, 「오정희 ·박완서 소설의 근대성과 젠더의식 비교 연구」, 경희대학교 박사논문, 2001.

으로 이루어지는 "이데올로기 각축장(72쪽)"이라고 본다.

　이러한 논의를 바탕으로 「저녁의 게임」에 나타난 몸의 욕망이 단순히 억압에 대한 수동적 반응이 아닌 적극적인 항거의 의미를 가질 뿐만 아니라 식민화되지 않은 모성성[17] 회복의 단초마저 보여주고 있음을 살필 수 있다. 이 소설에서 여성의 몸이 욕망의 좌절이 아닌, 표현과 만족을 요구하는 생동하는 인간의 공간이라는 점에 근거한다. 그러나 욕망의 발현이 억눌려 있기에 욕망은 기괴하고도 일그러진 방식으로 표출된다. 이러한 여성의 몸을 히스테리적인 것이라고 명명할 수 있다. 히스테리[18]는 가부장제에 반역함으로써 욕망을 달성하고자 하는 몸의 전략이라고 할 수 있다. 최근 페미니즘 이론은 히스테리를 질병을 통한 항의, 몸을 언어화함으로써 이루어지는 가부장제에 대한 반역으로 해석한다. 남근 이성중심적인 상징체계 안에서 감정과 몸으로 등치된 여성은 오랫동안 침묵하거나 광기로 말할 수밖에 없었다.

---

17) 이 소설은 딸이 말하는 어머니의 모습이지만 딸은 나중에 모성을 가질 것이기에 이렇게 말해질 수 있다.

18) 이명호, 「히스테리적 몸:몸으로 말하기」, 『현대 담론으로 다시 읽는 "여성의 몸"』, 한국여성연구소 워크샵 자료집, 2003.8. 히포크라테스가 히스테리를 '자궁에 의해 생겨난 질식'으로 진단한 기원전 이천년 무렵부터, 히스테리는 자궁이 온 몸을 떠돌면서 일으키는 질병으로 간주되었다. 히스테리와 여성이 연결된 것이 이 때부터이다. 그러나 근대 정신의학의 대두와 더불어 히스테리는 그 병인으로 간주되었던 생리학적, 주술적 요인들로부터 벗어나 일종의 '정신장애'로 받아들여지게 되는데, 이로써 여성의 몸은 단순한 생물학적 유기체가 아니라 영혼과 연결된 몸으로서의 위상을 얻게 된다. 수천 년 동안 히스테리를 짓눌러왔던 '비정상적 병리'라는 낙인을 거둬준 사람이 프로이트다. 프로이트는 정상과 비정상을 나누는 절대적 기준 자체가 존재하지 않으며, 따라서 모든 인간은 근원적 의미에서 히스테리자에 다름 아니라고 본다. 히스테리에서 발견되는 '무의식적 욕망과 그것의 억압'이라는 기제는 정상인에게도 발견되는 지극히 '보편적인' 메카니즘으로, 정상과 비정상을 가르는 절대적 구획선은 없다. 다만 정도의 차이만 있을 뿐이다. 프로이트 정신분석학에 이르러 히스테리적 몸은 여성의 '마음의 진실'을 드러내는 텍스트로 받아들여지게 된 것이다.

푸코에 따르면 근대와 더불어 여성의 히스테리화가 진행되었다. 이는 히스테리가 생물학적인 여성의 자궁에서 기인하는 것이 아닌 여성에 대한 훈육의 산물임을 지적하는 것이다. 즉 재생산을 위한 성이 아닌 쾌락의 추구로서의 성은 여성의 정상성을 위협하는 것이기에 통제하고 관리함으로써 가부장제가 원하는 정상적인 몸으로 만들어야 하는 것으로 규정되었다. 즉 모성적이지 않은 여성의 성욕을 불법적이거나 비정상적인 것으로 만들어낸 결과로 나타난 것이 여성 몸의 히스테리화이다. 히스테리의 궁극적인 목적은 성적 욕망의 표현이라는 점에서 히스테리는 여성에 대한 과도한 훈육에 반발하는 여성 몸의 반란이라고 할 수 있는 것이다.[19]

크리스테바는 여아가 기존의 상징적 질서에 대해 실망하고 그것이 허위적일 수 있다고 믿는다.[20]는 것을 전제로 기호계와 상징계의 상호작용을 통한 아버지의 질서 아래 놓인 '언어'[21]의 전복을 주장한다. 그의 논의처럼

---

19) 임옥희, 「히스테리:여성의 몸 언어/권력/욕망」, 『페미니즘과 정신분석』, 여이연, 2003, 96~104쪽.

20) 줄리아 크리스테바, 『반항의 의미와 무의미』, 푸른숲, 1998, 212~213쪽. 크리스테바는 여성성이 남근상의 기이함, 혹은 환상과 실망 사이에 높여 있다고 말한다. 구조적으로 여자아이는 남근성에서 '감각적인 것'과 '상징적인 것' 사이에 '어떠한 분리'가 명시되어 있다고 느낀다. 그녀는 자신의 쾌락이 보이지도 않고 평가절하 된다는 사실을 알게 되고 자연스레 로고스와 욕망의 결합을 상징하는 남근과 자신을 분리시킨다. 덜 주목할만한 것으로 인지되는 상징적인 자연스러움은 여아에게 실망을 주고 감각/상징의 분리와 더불어 남근 상징적 체계가 '허위적인' 체계라는 믿음이 자리 잡게 한다. 결국 남성과 다르다는 이유는 주체―여성의 존재를 엄습한다. 여아에게 남근의 '이상함' 혹은 '허위성'은 이중화된 부정성의 또 다른 이름일 수 있는 것이다.

21) 줄리아 크리스테바, 『시적 언어와 혁명』, 동문선, 2000. 크리스테바에게 있어 언어는 '성차이를 포함한 생물학적 차이'와 '구체적/역사적으로 정해진 가족구조가 형성하는 객관적인 억압을 통해 형성된 타자와의 관계'에서 비롯된 사회적 산물이다. 크리스테바는 언어를 쎄미오틱(le semiotiqlie, 기호계)과 쎙볼릭(le symbolique, 상징계)으로 구성된다고 본다. 여기서 쎄미오틱은 '변별적 부호, 흔적, 지표, 전조적 기호, 증거, 새겨졌거나 글로 씌여진 기호, 각인, 형적, 상형화'다. 그리고 쎙볼릭은 '상징, 구문과 모든 언어적 범주'다.

「저녁의 게임」의 인물은 이미 '아버지의 질서', '상징적인 것'의 허위성을
알고 있다. 그래서 딸이 기억을 재현하는 방식으로 기억을 서술하는 것은
욕망에 대한 억압이 존재하기 때문이다. 진행되는 갈등보다는 지난 갈등에
대해 회고했을 때 '금기'를 어긴 반항행위에 대한 위기감이 줄어들고 그녀
의 행동 자체보다는 내면의 의미에 집중할 수 있게 된다. 또한 가부장제에
서 '금기'란 여성의 성욕 혹은 모성인데 아버지의 질서는 여성의 성욕과 모
성을 왜곡 폄하한다. 결국 그것은 상징의 질서에서 여성의 몸, 육체는 부정
적인 공간이기 때문이다. 스스로의 몸을 긍정하지 못하는 딸은 그 몸을 아
버지에게 항거하는 방식으로 사용한다.

　「저녁의 게임」에는 늙고 병든 아버지를 모시는 나이 든 미혼의 딸이 등
장한다. "모든 것은 어제와 다름없이 잘"된 문제가 없는 일상의 공간에서
딸은 아버지를 위해 심드렁하니 화투놀이를 해준다. 그러나 이 집안에서
밥을 짓고, 청소를 하는 딸은 정체를 알 수 없는 환청이나 환각22) 등의 병
리적 징후에 시달린다.

> 　그애가 휘파람 소리로 나를 찾아오던 것이 십 년 전의 일인가 아니면
> 그보다 더 오랜 꿈속의 일인가. 늦은 밤 들판을 가로질러 오는 휘파람 소
> 리에 문을 열고 나가면 그애는 마른꽃 냄새를 풍기며 서 있었다.(중략)
> 　종달새 소리가 자욱이 눈 위로 덮이어 그애는 눈을 껌벅이며 내게 말
> 했다. 리본이 안 어울려요. 그래 나는 붉은 리본을 묶기에는 너무 나이
> 를 먹었어. 커다란 리본을 다는 것은 미치광이나 창부뿐이지.　　(89쪽)

　소리나 냄새는 억압된 존재들의 회귀의 징후로 죽은 어머니와 동생으로
보여진다. 그런데 이들은 "십 년 전의 일인가 아니면 그보다 더 오래된 꿈
속의 일"인가 할 만큼 오래되어, 어느 날 갑자기 방문해 온 것이 아니라는

---

22) 환각이란 감각이나 지각을 자극하여 인식 또는 인지를 일으킬 만한 것이 객관적으
　　로 보아 외계나 자기 체내에 존재하지 않는데도 그와 같은 대상을 감각적으로 인지
　　하거나 인지했다고 믿는 병리적 증후를 가리킨다.

점에서 친숙한 타자들이다. 이들은 딸에게 불가항력적인 신비라기보다는 오히려 내가 좇아나서고, 의식적으로 떠올리기도 하는 존재들이다. 억눌린 삶을 살았거나 태어나기도 전에 살해된 이들은 죽은 이에 대한 살아남은 자의 관계와 책임을 묻는 여성들의 윤리감이 불러낸 영(靈)이기도 하다.

「저녁의 게임」에서 혼기를 놓친 딸은 정숙하고 순응적인 외적 표지 뒤에 일탈적인 섹슈얼리티를 감추고 있다. 아버지와 저녁을 먹고 긴긴 화투놀이를 하던 여자는 집을 빠져나와 야산의 밋밋한 언덕받이의 주택공사장에서 낯선 사내와 성교를 하고, 집으로 돌아와 채워지지 않은 욕망을 자위행위로 위무한다. 매춘으로 위장된 성교나 자위행위를 통해 도달한 희열은 지극히 평범해 보이는 여성들에게 감추어진 욕망의 정체가 무엇인가를 묻게 한다.

딸의 일탈적인 성적 몸은 가부장적 아버지의 폭력에 대항할 수는 없지만 완전한 순응이 불가능한 상태에서의 분열을 보여준다고 할 수 있다.23) 그녀의 일상적 습관의 하나인 화투놀이는 '게임'의 속성상 언제나 상대를 무너뜨리고 이기거나 지거나 하는 도전적 의미의 성격을 가지고 있다. 가부장적 코드로써 작용하는 아버지의 존재에게 딸은 화투놀이를 적당히 해주면서 권력자에게 동조하고 있는 셈이다. 이렇게 완고한 아버지와 순종적인 딸과의 비밀스런 게임이 진행되며 일상적 대화가 오가는 틈새에 어머니나 죽은 동생인 타자들이 존재한다.

> 그전에 번번이 네 혼담이 깨지던 것도 에미 탓이라고 원망했을걸. 나는 이마를 찡그렸다. 아버지는 화투장 뒷면의 가로질린 금을 손톱으로 긁어 지우려는 헛된 노력을 하고 있었다.
> "어서 나누세요."
> "그러자꾸나."
> 아버지가 한 장씩 화투를 나누었다.

---

23) 김은하, 「소설에 재현된 여성의 몸 담론연구」, 중앙대학교 대학원 박사논문, 126쪽.

그럴 기미는 너를 낳을 때부터 보였지. 온전했던 건 네 오빠 때뿐이었어.

"뭐 좀 할만하니?"

비 스무 끗을 젖혀 맞히며 아버지가 나를 건너다보았다.

"고름이 살 되겠어요?"

송학을 집어오며 나는 문득 귀를 기울였다. 들판 건너에서 휘파람 소리가 들리는 듯했다. 어쩌면 바람결에 묻어오는 마른 꽃 냄새가 코끝에서 감지되는 듯도 했다. 그럴 리가 없어. 나는 고개를 가로저었다.

"왜 영 신통치가 않니?"

"천만에요."

그애가 휘파람 소리로 나를 찾아오던 것이 십 년 전의 일인가 아니면 그보다 더 오 랜 꿈속의 일인가. 늦은 밤 들판을 가로질러 오는 휘파람 소리에 문을 열고 나가면 그애는 마른 꽃 냄새를 풍기며 서 있었다.(중략)

"굳은자를 가져가는 거야."

"그렇게 사정 없이 몰아가면 전 뭘 먹으란 말이에요?"

오빠는 어딜 가 있을까. 그 녀석 얘기는 꺼내지도 마라. 아버지는 버럭 화를 내었다. 그 녀석이 생기기 전까지는 모든 것이 순조로웠어. 아버지는 둘이서 하는 화투가 셋이서 하는 것보다 재미가 덜하다는 것 때문에 오빠의 부재를 노여워하는 걸까. 더러운 게임이야. 오빠가 어느 날 갑자기 식탁을 떨치고 일어나 팽팽하게 당겨진 줄의 한끝을 놓아버렸을 때 삼각의 구도는 깨지고 아버지와 나는 힘의 반동으로 형편없이 비틀거렸다. 나도 오빠처럼 훌쩍 나가버릴 수가 있을까. 침몰하는 선체에서 구명조끼를 입고 결사적으로 탈출하듯 그렇게 달아나 버릴 수 있을까. 나는 매조를 먹을까 칠띠를 깨뜨릴까에 긴장되어 있는 아버지의 얼굴을 새삼스럽게 바라보았다. 좁고 긴 얼굴, 매처럼 구부러진 코끝은 볼의 살이 빠짐에 따라 더욱 길게 늘어져 보였다. 아가, 날 데려가다오. 여긴 무섭고 쓸쓸하단다. 그러나 어디나 마찬가지예요. 화투는 아버지의 손에서 내 손으로 옮겨갔다.24)

(88~90쪽)

---

24) 이 소설의 의미를 관통하는 부분이기에 비교적 길게 인용하였다.

생선을 구워 저녁을 먹고, 고요한 저녁 시간을 긴긴 화투놀이로 채우며, 일상적인 대화를 나누는 식탁 위의 풍경은 평온한 듯 보인다. 그러나 그것은 진실의 발설을 억제하느라 생긴 긴장에서 비롯된 위장된 평화에 불과하다. 진실이 들추어지는 순간, 사실상 내밀한 결속력은 이미 사라진 채 가까스로 유지되고 있는 가족이라는, 형식은 붕괴해 버릴 것이기 때문이다. 따라서 비밀이 되어버린 진실은 드러난 풍경이 아닌 감추어진 것에, 쏟아낸 말이 아닌 침묵 속에 존재한다. 탐욕스럽고 이기적인 아버지가 권위로, 연민을 불러일으키는 노추의 몸으로 덮어두고 싶어하고, 딸이 공모자가 되게 하는 은폐된 진실은 끊임없이 살아가는 자들의 몸을 빌어 귀환해와 부녀 사이의 가장된 평온을 흔들어댄다.

집을 감싸고도는 아이의 울음소리와 아이를 얼르는 이층 여자의 노래 소리는 실물의 소리인 동시에 환영의 소리이다.[25] 그것은 죽은 어머니와 동생의 소리를 연상시키기 때문이다. "유치원 보모였던 어머니는 퍽 많은 노래를 알고 있었고 목소리가 고와 노래 부르기를 즐겨했다"는 서술은 이러한 판단을 뒷받침한다.

> "저도 몹시 울었다면서요?"
> 수국 껍질을 모아들이며 나는 아버지의 말을 받았다.
> 잘 자라, 내 아기 밤새 편히 쉬고 아침이 창 앞에 다가올 때까지.
> "네 에민 목청이 좋았었지."
> 그건 사실이었다. 유치원 보모였다는 어머니는 퍽 많은 노래를 알고 있었고 목소리가 고왔던만큼 노래 부르기를 즐겨했다.　　　　　(85쪽)

자장가를 부르던 아름다운 어머니는 "머리통이 물주머니처럼 무르고 크

---

25) 오정희 소설에서 집은 아늑한 공간이 아니다. 오히려 극도의 긴장이 흐르고 음험한 비밀로 가득한 집을 연상시킨다. 대부분의 작품에서 집은 가부장제 하에서 여성들의 굴절된 삶이 드러나는 상징적 공간이다. 이 작품에서도 집은 가부장적 아버지에 의해 딸과 어머니를 비롯한 가족 구성원들이 상처 입는 공간이다.

게 부풀어 오른, 연골체의 갓난아이"를 낳은 뒤 아기를 죽인다. 어머니의
광기의 이유는 명료하게 밝혀지지 않는다. 아버지는 그것을 동자 혼이 씌
인 탓이라고 말하지만, 아이를 살해하기 전 어머니는 불구의 아이를 낳은
이유가 "아버지의 생활이 문란해서"라고 노래하듯 말하는데, 영아살해라
는 여성의 광기의 원인을 여기서 찾아볼 수 있을 것 같다. 이런 어머니의
광기는 가장으로 받들어지고 있는 남편의 억압에 대한 극단의 거부 행위라
고 볼 수 있다. 그러나 아버지는 어머니의 욕망을 헤아려 보려는 노력도 없
이 미쳤다고 속단하고는 사이비 정신요양원에 강제로 수용시켜 끝내 죽게
만들었다.

> 병원에서 호송차가 왔을 때 어머니는 식탁 아래로 기어들었다. 아가,
> 난 싫어. 좀 말려줘. 그리고는 호송인들에게 반짝 어깨를 들리어 나가며
> 내가 안 보일 때까지 고개를 비틀어 돌아보며 소리쳤다.　　　　(88쪽)

그리고도 모자라 딸에게 "가족이란 생각하듯 그렇게 대단한 건 아니야.
너부터도 내심 네 엄마를 가까이서 보지 않아도 된다는 걸 다행스럽게 생
각하고 있지 않니?"라고 말한다. 이기적인 남편으로 아내를 업신여기고 존
중하지 않은 가부장적 태도에서 억눌린 여성의 삶을 유추해 볼 수 있다. 이
의 토대는 딸과의 관계 속에서 드러난 아버지의 탐욕스럽고 이기적인 모습
에서 보여진다. 중증의 당뇨병 환자인 아버지는 딸의 불미스러운 밤 외출
을 눈감아 주면서도 딸을 놓아주지 않는다.

> 살그머니 현관문을 열고 들어서 나는 몸에 배인 찬공기를 손바닥으
> 로 훑었다. 아버지는 여전히 식탁에 앉아서 재수패를 떼고 있었다.
> "뭐가 떨어졌어요?"
> "님이다. 어서 자거라."　　　　　　　　　　　　　　　(95쪽)

아버지는 딸이 문화 코드로서의 섹슈얼리티를 이미 몸속에 보유하고 있는 상태라는 것을 알고 있다. 그렇기 때문에 게임을 통해 딸의 현실과 의식을 모두 지배하려는 욕구로 팽배해 있다. 그러나 그는 이미 현실에서 가부장적 권위를 상실해가는 중이며, 자신에 대한 딸의 저항을 만만찮게 느끼고 있다. 그러기에 딸의 밤 외출을 알면서도 모른 체 내버려두는 것이다.

화투놀이를 통해 서로가 쥐고 있는 패를 알고 있으면서도 늘상 딸이 져주는 데서 만족감을 느끼며 탐욕스럽게 화투패를 긁어가는 아버지는 자신의 타락함과 허약함을 은폐하기 위해 권위를 필요로 하는 이기적인 인물이다. 아버지의 노추가 역겨우면서도 안타까운 딸은 침묵 속에서만 항의한다. 화투놀이 장면은 아버지와 딸의 일상적 대화가 단절되는 사이에 '항의'와 '부인'의 말을 병치시켜 두고 있다. 딸은 침묵 속에서 어머니의 광기의 원인을 들추어내며, 어머니를 기도원으로 보내버린 아버지의 이기성을 추궁한다. 반면 아버지는 어머니의 광증은 다산 때문이며, 기도원으로 보낸 것은 합리적인 선택이었다고 맞선다. 그러나 침묵은 발화되지 못한 언어이기 때문에 아무것도 변경시킬 수 없다.

화투놀이의 끝과 함께 여자는 아버지의 약을 챙기는 착한 딸 노릇을 수행한다. 따라서 아버지와 딸의 속임수 같은 게임의 평온은 끝내 파열하지 않는 듯 보인다. 그러나 아버지를 두고 훼손된 집을 빠져나와 낯선 사내와 성교를 하는 딸의 이상 행동은 아버지를 미워하면서도 공모자일 수밖에 없는 참담한 현실을 벗어나기 위한 것이다. 이러한 상황에서 딸은 아버지의 부도덕에 부합하는 증오스런 자신의 내면을 지닐 수밖에 없다. 그래서 기괴하고 일그러진 욕망으로 가득한 딸의 히스테릭한 몸은 규범화된 여성성의 이면에 자리한 광기를 표출함으로써 사실상의 '아버지의 법'을 부정한다. 딸이 억눌린 자기 자신의 동일성을 찾아 가족이라는 허울 속에 감춰진 아버지의 위선을 드러내고자 하는 심리는 그렇게 읽혀진다.

딸의 내면 속에 있는 어머니의 존재는 거울 속에서 어머니와 분리된 것을 깨닫지 못하는 상상계26) 영역에 속한다. "아가, 날 데려가줘. 여긴 무섭고 쓸쓸하단다"라는 비명 같은 목소리를 기억하는 딸에게서 어머니를 유기했다는 아버지 대신의 죄의식을 엿볼 수 있다. 엉터리 기도원, 정신병원으로 보내진 어머니를 떠올리며 "심하다고 생각하지 않으세요?" 라고 묻는 딸에게 아버지는 "모르는 소리야. 달리 무슨 수가 있었겠니?"라고 대답한다. 어머니에 대한 아버지의 싸늘한 태도를 보며 딸은 아버지에 대한 거부의식을 더 쌓아간다. 그렇게 딸의 어머니에 대한 연민은 아버지에 의해 차단당하고 그로 인해 딸은 소외와 억압감을 더 느낄 수밖에 없다. 그래서 표면적으로는 순종적이지만 심층적으로는 전복적인 행위를 꿈꾸고 있는 것이다. 그래서 딸은 아버지에 의해 미친 여자로 규정되어 버려진 어머니를 기억하며 창녀 되기를 실행하는 것이다. 오빠처럼 "침몰하는 선체에서 구명조끼를 입고 결사적으로 탈출"할 수 없는 딸은 낯선 사내와 메마른 성관계를 갖고 돈을 요구한다. 스스로 창녀 되기를 실현하는 것으로 아버지의 권위를 한껏 조롱한다.

광녀27)나 창부28)는 가부장 제도에서 이탈된 형태로 인지되지만 오히려

---

26) 엘리자베스 라이트, 박찬부·정정호 외 역, 『페미니즘의 정신분석학 사전』, 한신문화사, 1997, 277~278쪽. 라깡은 상상계라는 말을 사랑의 원천이 되는 상상력의 풍부함을 의미하는 것으로 사용하지 않는다. 오히려 열락을 약속하는 베일에 가려진 대상을 덮고 있는 심상들에 대한 신념을 의미한다. 그는 첫 번째 거울 단계 이론에서 유기체로서의 육체는 그 자신이 속한 종(種)의 모습을 띠는 이미 주어진 어떤 것으로 보았다. 유아는 부분적인 사물들을 통해서 혹은 주위 환경 내에서 어머니와 자신을 동일시한다. 그는 나르시스트적 병리 현상은 생물학적 혹은 환경적 결함보다는, 동일시 관계들에 의해 야기된다고 했다.

27) 김복순, 「여성의 광기와 그 비관적 내면의 문체」, 『인문노총』 제17호, 명지대 인문과학연구소, 1988, 134~135쪽. 여성의 광기는 여성이 생물학적, 성적, 혹은 문화적으로 거세를 강력하게 체험하면서 생기는 것이다. 따라서 여성의 광기는 가부장제 사회에서 거세당한 여성들의 '진실된 인식의 한 형태로 재현된 것'으로 읽을 수 있다. 이때 미친 여자는 가부장제를 전복시킬 수 있는 인물이 되고 여성의 광기는 이제 여성문학의 새로운 가능성으로 상정될 수 있다.

28) 뤼스 이리가라이, 『하나이지 않은 성』, 241쪽. 창녀의 육체는 이용당했다는 사실

가부장제를 전복하거나 가부장제에 저항할 수 있는 존재이다. 마찬가지로 딸이 스스로 창녀 되기를 선택한 것은 가부장제가 규정한 성 윤리에 대한 도전이다. 결국 아버지의 집에서 아버지를 도우며 순종적으로 지내는 듯하지만 아버지의 법을 어기는 것으로 아버지에 대한 저항을 드러내는 것이다. 그것이 어머니를 이해하고 동정하는 최선의 방식일 것이다.

> 나는 빈 집에서처럼 스커트를 끌어 올리고 스웨터도 겨드랑이까지 걷어 올렸다(중략). 방은 조용한 어둠 속에 가라앉기 시작했다. 이윽고 집 전체가 수렁 같은 어둠 속으로 삐거덕거리며 서서히 잠겨들기 시작했다. 여자는 침몰하는 배의 마스트에 꽂힌, 구조를 청하는 낡은 헝겊 쪼가리처럼 밤새 헛되고 헛되이 펄럭일 것이다. 나는 내리누르는 수압으로 자신이 산산이 해체되어가는 절박감에 입을 벌리고 가쁜 숨을 내쉬며 문득 사내의 성냥불빛 앞에서처럼 입을 길게 벌리고 희미하게 웃어 보였다. (96쪽)

딸의 자학과 자폐의 절망감을 처절하게 보여주는 이 장면에서 여자의 웃음은 아버지와의 끝나지 않는 게임, 즉 허위에 감금당한 채 견뎌야 할 삶의 폭력성을 여실히 보여준다. 딸은 창녀 되기에서는 성희를 느끼지 않았지만 집으로 돌아와 찬 방바닥에 몸을 뉘고 위층의 여자가 아이를 재우는 소리를 들으며,[29] 아버지가 아직 방으로 들어가는 기척이 없다는 것을 떠올리며 자위행위 속에서 성희를 느낀다. 이는 한편으로는 어머니와의 일치를 꿈꾸는 것이며, 또 한편으로는 성희를 통해 억압된 자아를 해체하며 아버지의 권위를 배반하는 행위이다.

여기서 여자의 웃음은 광기의 증거라기보다는 광기의 흉내내기에 가깝

로 이 여성의 육체는 가치를 얻는다. 가부장 사회에서 여성의 성은 순수하거나(처녀) 사악하다(마녀)는 이분법적 논리에 의해 전자는 남성의 성욕으로부터 보호받아야 하고 후자는 성을 파는 계산된 유혹을 통해 이익을 얻는다.

29) 예전 자신의 어머니도 그러했을 것을 생각하며.

다. 여자의 일탈적인 정사는 답답한 현실을 벗어나기 위한 소극적인 탈출 의지로만 해석되어서는 안 될 것이다. 이때의 정사는 다분히 연회적인 요소를 갖는다. 매춘녀로 분한 여자는 정숙하고 순응적인 여성성이라는 규범을 한껏 조롱하는 듯 보인다. 광기의 징후인 여자의 웃음은 가부장제의 무력한 희생자인 미친 여자의 그것이 아니라, 오히려 자신의 성 정체성을 지켜 나가려는 안간힘으로 보인다. 성녀와 악녀라는 이분법을 비틀고 조롱하는 여자에게 광기는 일종의 자기 찾기의 전략일 수 있다.30)

매끄럽고 아름다운 포장지로 싸여진 상자를 열었을 때 아름답고 순결한 여성의 몸이 실은 창녀이자 미친 여자의 것이라면 그것은 가부장제 문화의 가장 끔찍한 악몽일 것이다. 왜냐하면 가부장제는 거세불안을 피하기 위해 여성의 몸을 소유하고, 여성성을 낭만적인 신화로 만들었기 때문이다. 그런 의미에서 "네 에민 나비 같았지"라며 자그맣고 연약하며, 목소리가 고와 노래를 잘 부르던 여성스러운 모습으로 어머니를 기억하려는 아버지의 허위는 "뙤년들보다 더 더러웠지. 죽자고 목욕을 안 해도 향수는 꼭 뿌리곤 했어. 워낙 사치하고 허영심이 많았거든"이라는 기도원 사람의 말과 충돌한다. 이는 건장한 사내들에게 밀려 호송차에 실려간 어머니가 온전한 정신을 가지고 살지는 못할 것이라는 면에서 의미를 끌어낼 수 있다.

프로이트 정신분석학31)에 따르면, 여자아이가 자신의 거세를 받아들이는 것은 성적 만족의 원천으로서 열등한 음핵(클리토리스)을 버릴 뿐만 아니라 자신의 남근 결핍을 인정하는 것을 의미한다. 여자아이는 사춘기가 되기 전에 활발한 자위행위적인 음핵활동을 부분적으로 억압하고, 성감대를 음핵에서 질로 이전해야만 '정상적인' 여성이 된다. 즉 남근적 성욕을 버리고 수동화된 섹슈얼리티를 갖게 될 때 여성다움을 획득할 수 있다. 이러한 설명에 따르면 「저녁의 게임」의 딸의 자위행위는 음핵의 쾌감을 포기하지 않으려는 것으로, 이들은 전 오이디푸스의 남성기에 고착되어있다고

---

30) 김은하, 위의 책, 129쪽.
31) 엘리자베스 라이트, 박찬부 · 정정호 외 역, 위의 책, 72~73쪽.

볼 수 있다. 이는 어머니에 대한 가부장적인 아버지의 태도를 체득한 딸의 거부의식일 수도 있다. 그래서 정상적인 여성 혹은 어머니가 되고 싶지 않은 내면을 드러내는 것이다. 뿐만 아니라 여자의 모성적 정체성은 아버지의 질서를 거부한 곳에서 획득되는데 딸은 그러한 아버지를 부정하고 다산하다 죽은 어머니와의 상상계에서 벗어나지 못하고 있다. 즉 정상적인 모성이 아닌, 훼손된 모성과 지독히도 노추한 가부장적 아버지에게서 자란 딸은 정상적인 모성을 획득하지 못하게 된다.

오정희 소설에서 섹슈얼리티는 여성들의 정복될 수 없는 자아, 즉 여성의 독립성과 여성 속의 심원한 창조적 본성의 표현이라 할 만하다. 왜냐하면 성적 리비도란 생명의 에너지이기 때문이다. 에로스는 현실이 아무리 금지해도 단념치 못하고 평생토록 충족되기를 꿈꾸는 삶의 에너지이다. 오정희의 여성들은 욕망을 억압한 채 순종적인 딸과 어머니로 살기를 거부한다. 이는 여성의 잠재된 욕망의 표현인 동시에 억압을 향한 항의의 의미를 갖는다. 또한 여성의 어머니 되기는 어머니로부터 분리되는 것인 동시에 자신의 어머니와 깊이 결속되는 것이기도 하다. 그것은 어머니에게로 회귀해 가고자 하는 퇴행의 욕구인 동시에 어머니에 대한 깊은 이해에 이르는 것이기도 하다.

모성과 여성성의 성장은 매우 긴밀하게 뒤얽혀 있기 때문에 이 두 개념을 확실하게 구별짓는 일은 어렵다. 그러나 여성이 어른이 된다는 것은 모성성의 상태로 돌아가는 것으로 이해해도 될 것이다. 여성의 어머니 되기는 어머니로부터 분리되는 것인 동시에 자신에게 내재된 모성성과 깊이 결속되는 것이기도 하다. 그것은 어머니에게로 회귀해 가고자 하는 퇴행의 욕구인 동시에 어머니에 대한 깊은 이해에 이르는 것이기도 하다. 흔히 어머니와의 동일화에는 자아를 상실하는 융합, 혼란, 히스테리, 마조히즘, 독립되지 못한 약한 자의식 등등 온통 부정적인 연상들과 결론들이 중첩된다. 그래서 어머니와 딸이 사랑으로 엮여 있다면, 그들의 관계는 퇴행적이라든가 병적이라는 의구심을 불러일으키기 십상이다. 이러한 현실을 가리켜 크리스테바(Julia Kristeva)는 가부장적 사회 구조 속에서 주체가 되기 위해서는 필연적으로 모친살해가 수반된다고 비판한다.

「번제」에서 중심적인 모티프로 나타나는 모성성 거부를 '모성은 곧 여성 성장의 완료'라는 관습적인 관점에서 볼 때, 이 소설의 여성 인물은 여전히 미성숙한 유아기나 사춘기의 상태에 머물러 있을 수밖에 없다. 그러나 문제는 이들의 모성성 거부가 단순히 어머니 되기의 거부에만 머무르지 않고 생물학적 모성을 강요하는 가부장제 이데올로기에 대한 거부로 확장된다는 것이다. 정신병동을 배경으로 여성의 광기가 극화되고 있는데, 여기서는 특히 '남성 의사/여성 환자' 간에 발생하는 억압과 광기의 메커니즘이 서술자의 분열증적 시선으로 포착되고 있다. 이처럼 「번제」에서는 여성적 광기를 통해 여성의 육체를 통제하는 가부장적 질서에 대한 무의식적·의식적 거부의식이 나타날 뿐만 아니라, 한걸음 더 나아가 이러한 가부장제적 규범에 대한 거부의식은 자신의 진정한 모성성에 대한 탐색의 시도로까지 확장되고 있다.

이처럼 두 작품뿐만 아니라 오정희 소설에 나타나는 모성성은 매우 복합적이고 다층적인 양상을 보이고 있다. 모성은, 유교적인 전통이 막강한 영향력을 발휘하고 있는 가부장제 문화 속에서 전쟁과 왜곡된 근대화라는 파행적인 삶의 방식을 체험한 여성에게 그렇게 단순한 문제가 아니기 때문이다. 모성 이데올로기는 모든 여성은 어머니가 되고자 하는 가장 근원적인 갈망을 가지고 있으며, 어머니가 됨으로써 정체성을 획득하는 것이라는 관점이다. 오정희 소설이 모성의 거부에서 모성의 긍정으로 변이해가는 것은 사실이다. 그러나 모성적 주체성 획득의 과정에는 제도화된 모성에 대한 치열한 거부와 위반의식이 자리 잡고 있다는 점을 간과해서는 안 될 것이다.

2) 자아찾기와 소외로부터의 탈주 ― 전경린

전 장에서 1970년대에 발표한 오정희의 소설을 분석해 보았다면, 이 장
에서는 1990년대에 활발하게 활동한 전경린의 작품을 논의해보려 한다.
오정희가 이미 심도 있게 보여주었던 여성과 모성의 문제와 일상에 대한
깊은 탐색의 시선을 전경린에게서 기대해 볼 수 있기 때문이다. 이들 모성
의 공통점은 모성이 그 자체로 존재하는 것이 아니라 사회나 환경 등의 외
적 요건에 의해 훼손되거나 부재하는 상태로 나타난다는 점이다. 그러나
오정희가 가부장적 제도를 전복시키기 위한 전략으로 모성 해체를 감행한
후 모성회귀의 모습을 보인다면, 전경린의 모성은 사회 문화적인 시대적
특수성에 기인하거나 여성의 정체성 찾기의 전략으로 인해 모성 부재 현상
을 보이기도 한다. 오정희의 모성이 '기괴하고 때론 탈윤리적인 양상을 띠
고 나타나는 뒤틀린 성적 관계나 부서지고 해체된 육체의 풍경, 그리고 끝
없는 갈증은 훼손된 자궁, 훼손된 어머니로 비유되는 생명 부재의 현실을
확인하게 하는 절규이자 동시에 이를 넘어서고자 하는 꿈'이라고 표현된다
면, 오정희의 모성은 여전히 생명의 어머니의 꿈을 버리지 않는 것으로 말
할 수 있다. 그러나 전경린의 모성은 자신의 여성적 정체성에 문제가 생기
면 과감히 아이를 버리고 가정을 탈출하는 일탈적인 어머니이다. 전경린에
게 모성은 탈피하고 싶은 굴레이기 때문일 것이다.

전경린은 눈에 보이지 않는 위태로운 환멸의 일상을 뛰어넘고자 하는
면에서 1990년대의 작가들 중에서 독특한 위치를 가지고 있다. 1990년대
문학에서 일상성의 심미화를 적나라하게 보여주는 예는 여성영역에서 찾
아볼 수 있으며, 이들은 가족과 자아라는 테마를 천착하고 있다. 여성존재
로서 드러내는 고통과 억압, 욕망과 비원은 권태롭고도 편안하게 보이는
생활 속에 잠긴 소외된 체험을 상기시킨다.

이처럼 여성작가들이 일상성의 영역을 복권시켜서 1990년대 소설의 중

요한 부분을 형성하였고, 가부장적 가족과 신비화된 모성에 대한 거부, 사랑에 대한 냉소나 일탈적 욕망 드러내기 등 1990년대 여성들의 변화한 인식과 삶의 태도를 드러내었다고 긍정적으로 평가하기도 하는[32] 반면, 문화산업의 논리와 맞물리면서 상업주의의 면모를 드러내었고, 사인(私人)성의 공간에 침잠함으로써 사회적 맥락을 놓치고 있다고 부정적으로 평가하기도 한다.[33]

전경린 역시 '여자들의 이야기'를 핵심으로 삼고 있는, 1990년대라는 시대에 감응하는 내밀한 이야기를 들려준다. 짧은 시일 내에 독자들에게 강렬한 기억을 남긴 이 작가는 불행한 일상을 뒤흔드는 정념의 사랑과 여성성에 대한 성찰, 내면에 대한 깊은 관심, 사물에 대한 강렬한 상징적 비유를 통해 독자에게 다가왔다. 전경린의 여성들은 오히려 생활세계를 박차고 비상함으로써 존재의 기쁨을 찾는, 엄연한 의미에서의 일상초월적인 여성들이다. 이렇듯 피안의 세계를 지향하는 인물들에게서 남성과 싸워 자신의 삶을 변혁한다거나, 누추한 삶의 고통을 현실적으로 일깨운다든가 하는 것은 본질적인 관심사가 아니다. 그는 누구보다도 강렬한 여성의 목소리로 말하고 있음에도 불구하고 그의 소설은 주변부로서의 여성적 생활체험을 저항적으로 일깨우지는 않는다. 그의 여성인물들은 자기를 무의미하게 만드는 생의 관습적인 고리를 끊기 위해 필사적으로 가출과 탈주를 감행한다.

라깡 식으로 이야기하면, 전경린 소설의 인물들은 아버지의 질서에 아직 편입되지 않은 상상계의 불안하고 흔들리는 상태에 놓여 있다. 그들은 이미 기존 질서에 편입한 성인일지라도 무의식 속에 파묻혀 있던 '유동적이고도 불안한 광기의 시간'을 끊임없이 그리워한다. 그의 소설에서 '어머

---

32) 김양선, 「근대 극복을 위한 여성문학의 논리」, 창작과 비평, 1996 겨울호; 백지연, 「일상성의 신화와 이야기의 욕망」, 문학동네, 1998 가을호; 이상경, 「시대의 부채의식과 여성적 자의식에서 출발한 1990년대 여성소설」, 실천문학, 1999 여름호.
33) 류보선, 「불임의 사랑, 모성이라는 공포」, 동서문학, 1998 봄호; 김주현, 「상품미학 시대에 여성작가들의 글쓰기」, 문학정신, 1996 겨울호.

니'의 존재가 다분히 일탈적으로 묘사되는 것도 이와 관련이 있다. 이러한 어머니의 존재에 걸맞게 딸들 역시 온전한 일상으로 진입하지 못한다. 이러한 전경린의 여성인물들이야말로 결핍, 부재, 의미의 부정, 비이성, 혼란, 비존재(non—being)로 규정되는, 그동안 주변화되고 은폐되었던 고유의 여성성(femininity)을 갖고 있다. 그래서 이 여성성은 흔히 상정되듯이 풍요롭고 전능한 어머니에 대한 애착과 거리가 멀다. 소설에서는 오히려 '기원'으로서의 어머니를 부정하고 결별하는 데서 여성인물들의 자립적 근거가 가능해진다.

이러한 전경린의 작품들은 1990년대 우리 문학의 분열적 징후들을 보여주며, 특히 정체성에 대한 위기를 반영한다. 그의 작품 속에는 1990년대를 살아가는 30대 기혼 여성들이 주로 등장하는데, 그녀들은 공통적으로 가정이라는 존재 조건에 대해 환멸을 느끼고 일탈적 욕망을 추구한다. 일탈은 주로 성적 일탈에 초점이 맞춰지는데, 주인공들의 불륜은 단순히 소재적 차원에서 파악되기보다는 결혼이라는 제도 속에서 은폐되어 있던 삶에 대한 자각이나 내면에 감추어져 있던 정열을 의미하는 것으로 파악되어야 한다. 이러한 점은 본고에서 그의 작품 세계의 주인공들이 1990년대를 살아가는 30대의 결혼한 어머니들이라는 점을 중요하게 생각하는 이유이다. 뚜렷한 지향점과 변혁의 열망이 존재하던 1980년대에 20대를 보내고, 일상과 다양성의 시대인 1990년대에 접어들어 결혼이라는 현실과의 타협점을 찾아 안주한 30대 여주인공들의 불안한 사랑과 일탈에는 분명 사회적 함의가 있을 것이기 때문이다.

임상심리학자인 대니얼 J. 래빈슨[34]에 의하면, 여자와 남자의 삶의 내용을 다르게 만드는 것은 우리 사회와 개개인 속에 존재하는 '성의 분리'이다. 그리고 무엇보다 여자의 인생을 조형하는 큰 힘은 여성 자신들의 내면에 공존하고 있는 전통적 가정주부 형상(현모양처)과 반전통적 형상이다. 전

---

34) 대니엘 J. 래빈슨, 『여자가 겪는 인생의 사계절』, 세종연구원, 1998.

자의 형상은 여성들에게 부드럽고 비이기적이고 가족을 희생적으로 보살 필 뿐만 아니라 내 자신의 욕구보다는 타인들의 욕구를 충족시키며, 내 자 신의 성취보다는 남편이나 자식의 출세를 도와서 그들에게 의존하라고 말 한다. 그러나 후자인 반전통적 형상은 보다 독립적이고 보다 많은 자아를 추구하며, 유능한 성인이 되어서 자신을 스스로 돌볼 수 있는 능력을 갖추 라고 한다. 인생의 주기가 진행되는 과정에서, 이 두 심상은 여성들의 내면 에서 끊임없이 서로 대립되어 치열한 싸움을 하고 있다. 각 발달 시기마다 이들이 어떻게 그 위력을 발휘하느냐에 따라, 그리고 여성들마다 두 형상 사이의 갈등을 어떻게 해결해 나가느냐에 따라 인생의 선택과 방향이 달라 지고 있다. 대체로 여성들은 20대에 전통적 가정주부 형상이 우세해서 전 통적인 결혼 기획 안에서 아내와 어머니가 되는 인생 항로를 선택한다. 그 러나 30대에는 그 위력이 차츰 약화되어 아내나 어머니의 역할을 만족보 다는 의무로 느끼며, 자녀들에 대한 개입과 투자가 감소하고 자신의 독립 을 향한 큰 발걸음을 내딛는다. 이들은 더욱 독립적이고 유능하고 자신의 정신세계를 지닌 성숙한 여성으로 발돋움하려 하나, 뒤늦게 자신의 내적 자원을 탐색해보고 새로운 삶을 시작해서 공적인 세계 속에 자신이 설 자리 를 마련한다는 것이 쉬운 일은 아니다. 이들은 젊은 날 자신이 치르기로 약 속한 가족에 대한 보살핌과 사랑을 모두 수행했으나, 그 보상을 받을 곳이 없다는 것을 발견하고 때론 젊음을 희생당한 듯한 느낌을 받기도 한다.[35]

    1990년대 전경린 소설 속의 여주인공들은 대부분 래빈슨의 인생 주기에 의하면 20대의 성인 초기 입문기를 거친 30대 전환기에 해당한다. 성인 초 기 입문기에는 사랑, 결혼, 원래의 가족들과의 분리, 삶의 양식 등과 같은

---

35) 80년대에 미국에서 30~40대 여성였던 여성들을 대상으로 한 것이므로 우리 나라 의 경우와는 다소 차이가 있을 수 있다. 한국 사회에서 여성들의 삶의 변화는 미국 보다 더 급격한 것이었다. 한국의 여성들은 대체로 전통적 가정주부 형상을 내면 에 지니고 있어서 결혼한다기보다는 공적 영역에 진입하는 것에 실패해서 가정에 안주하는 경향이 짙다.

중요한 선택을 하게 되고, 젊은 성인으로서 자신의 삶을 계획한다. 즉 이 시기는 새로운 세계와 새로운 세대에서 자신이 설 위치를 마련하기 위한 첫 시도이다. 그러나 30대 전환기에 들어서는 앞 시기의 인생구조를 재평가하고, 다음 구조를 형성하는 데 필요한 새로운 가능성들을 탐색해본다. 대부분의 여성들에게 이 시기는 다소간의 발달적 어려움이 있는 때이다.36) 또한 30대라는 나이는 우리의 근대화가 본격적으로 시작되고 전개되었던 시기와 일치하는 나이로서, 여주인공들은 1970년대와 1980년대를 거쳐 1990년대에 30대에 이르렀고, 그 과정에서 이들은 진정한 자아의 나가 아니라 타자(특히 남편과 자식)와의 관계로 살아갈 것을 강요당했다. 더욱이 고도로 조직화된 자본주의적 일상성은 일상이라는 틀을 통해 타자와의 관계 속에 여성을 고착화시켰다.

이처럼 30대라는 세대적 경험과 더불어 여성들의 자기 경험은 가정과 모성이라고 하는 좁은 사적 영역 속에 제한되어졌던 것이다. 그것은 다시 말해 어머니로만 살아가는 30대의 그녀들이 공적 영역에 속해있는 30대와는 또 다른 이중적인 자기 모순을 경험할 수밖에 없다는 의미이기도 하고, 자기 정체성이 더 심하게 훼손되어져 왔다는 뜻을 내포하기도 한다.37) 또한 앞으로 다룰 두 작품 속의 30대 여성들은 20대에 경제성장과 졸업정원제의 영향으로 과거 어느 때보다 여대생이 증가하면서 대학에 입학한 후, 여성의 주체적 삶의 모델을 꿈꾸었던 여성들이다. 게다가 변혁의 희망과 이념적 남녀 평등 사상을 고취받은 인물들이지만 결혼과 그 이후 출산, 양육으로 이어지는 전통적 결혼 기획 내에서 20대의 꿈과 목적을 성취해 나갈 수 있는 인생 구조의 가능성을 박탈당하게 된다. 이는 여성들 자신의 의지 때문이 아니라 공/사 영역을 분리하여 남녀를 각각 배치하는, 가부장적 자본주의의 전략 때문이다. 그 결과 그들은 정체성의 혼란과 좌절감을 느끼게 되어 가출, 쇼핑 중독 등의 일탈적 행동으로 나아가게 된다.

---

36) 대니얼 J. 래빈슨, 위의 책, 56쪽.
37) 공임순, 「90년대의 왜곡된 사회화와 그 병적 징후」, 문학사상, 1997 8월호, 282쪽.

이러한 여성이 등장하는 전경린의 소설은, 헌신적이고 보살핌의 화신이며 자신의 욕망이 없는 무성적 존재로서의 어머니가 아니라, 성적 욕망이나 자신의 본능에 충실하는 모습을 보여준다는 면에서 다소 충격적이다. 이는 모성으로 환원되지 않는 여성의 욕망의 실체를 들춰낸다는 의미인데, 이러한 입장은 여성의 정체성을 모성으로 환원하고자 하는 기존의 통념과 배치된다는 점에서 의의를 갖는다. 모성으로 환원된 여성의 정체성은 사실상 모성으로 환원되지 않는 여성의 또다른 정체성인 시민권, 성적 주체성 등과 항상 대립되고 각축하는 양상으로 나타난다. 즉 사회참여를 강조하게 되면 모성은 항상 제약과 걸림돌로 작용하게 된다. 여성의 몸에 대한 자기결정권이나 성적 욕망을 강조하게 될 때에도 모성과 충돌을 일으키게 되는 것이다.

(1) 광기의 모성, 부재하는 어머니 ……「봄 피안」[38]

이미 언급했듯이, 1990년대는 여성의 시대라고 일컬어질만치 여성들의 활약이 두드러지고, 소설은 여성의 문제들을 여러 측면에서 그려내고 있다. 1980년대 여성소설이 대타의식을 주로 그려내고 있었다면 1990년대의 여성소설이 그려내는 것은 대자의식[39]이라고 부를 수 있다. 이는 여성

---

[38] 전경린,「봄 피안(彼岸)」,『염소를 모는 여자』, 문학동네, 1996. 이하 쪽수만 기입.
[39] 남성중심사회의 이분법적인 인식에서 여성은 '남성이 아닌 다른 존재'이다. 남성은 세상의 중심이며 이성, 힘, 진리 등의 공적 영역 가치로, 여성은 중심의 주변부이며 감성, 허약함, 비진리라는 개인적이며 내밀한 가치를 부여받는다. 그리하여 남성다움은 권력을 의미하는 반면, 여성은 사적이고 정적인 존재로 규정되어 왔다. 남성은 크고 위대한 일에 종사하는 것으로 인식되고, 여성은 상대적으로 열등하며 감정적인 존재로 규정되어 활동영역도 가정의 육아로 제한되었다. 그리하여 1980년대 여성소설은 대체로 남성과 맺고 있는 관계의 부당한 현상들을 그려내는데 상당히 많은 공력을 기울였다. 이 때의 작품들에서 주로 드러나는 것은 여성은 남성중심사회의 타자라고 하는 대타의식이다. 즉 여성이 여성과는 '다른' 남성들과 어떻게 살아가고 있는가 하는 현상을 고발하는데 치중했다.

으로 살아간다는 것이 어떤 의미가 있는가하는 것과 성 이분법적 대타의식을 벗어나 어떻게 조화를 이루며 살아갈 것인가를 고민하고 있다는 것이다. 그리하여 여성성의 대표적 속성으로 상정되는 모성을 남성중심사회가 강요하는 신화로서가 아니라 여성 자신의 시각으로 탐색하는 작품들이 1990년대에 두드러지게 나타난다. 즉 남성을 의식한 대타의식에서 스스로의 시각으로 자신들의 삶을 짚어나가는 대자의식을 드러내는 작품들이 등장하는 것이다. 결국 1990년대 여성소설의 성과는 모성에 집중되어 있다고 해도 지나친 말이 아니다. 그러나 전경린은 모성성에 집중하지 않는다. 오히려 여성성에 더 깊이 천착하는데, 그러한 여성소설에서 모성이 다뤄지는 방식 또한 의미를 갖는다. 모성을 여성의 정체성으로 생각해온 여성들이 그 모성에 집중하지 않는 이유가 있을 것이기 때문이다. 이러한 전경린은 자신의 여성성을 위해 일탈을 하거나 무언가를 결정해야 할 때 모성으로 갈등하는 경우가 거의 없다. 자식에게 이해 받고자 하지도 않는다. 오로지 자신의 인생인 것이다. 그러나 유일하게 「봄 피안」에는 자식을 만나고 싶어, 자식을 빼앗아간 전 남편으로부터 되찾으려는 일념으로 미쳐가는 여자가 등장한다. 전경린 스스로도 "우리가 파란 하늘이라고 부르는 것은 사실은 눈에 보이는 심연이라고" 또는 "있는 것과 없는 것 사이의 심연 속에 현실보다, 현실의 현실보다 더 강한 구름의 다리가 있다고" 「봄 피안」에서 쓰고 있듯이, 삶의 심오함과 만나는 타락이란 야만의 상태로 하강하는 것만이 아니라 운명을 철저히 사는 비극의 상태로 상승하는 것이기도 하다. 이 작품에는 두 여자가 등장한다. 한 여자는 잔인하고 패덕하여 한국판 푸른 수염이라고 불러도 좋을 남자 '터미네이터'에게 이상한 정념을 바치며 얽매여 살았고, 그래서 '미친년' 소리를 듣는다. 그녀는 결혼 십 년 만에 남편의 변심으로 억울하게 쫓겨나 창녀로 전락한 인물이다. 또 한 여자 '나'는 남편과 자식을 둔 유부녀이지만 마음 속에는 다른 남자 '그'에 대한 열정이 정리될 수 없는 방식으로 남아 있다. 나는 그에 대한 위험한 사랑으로, 미리엄마의 터미네이터를 향한 불투명한 정념을 이해한다. 그것들은 모두

'제 빛깔을 찬란히 드러내며' 꽃 피워야 할 '제 운명'이라고 생각한다.

두 여자는 갖고 싶은 것을 갖지 못해 시들해가고 미쳐간다. 미리엄마는 한 때 남편이었던 터미네이터가 아이들을 빼앗아 갔고, 나는 그를 만나지 못해 생에 활력을 잃어간다. 전경린의 여성들이 대부분 사랑 때문에 갈등한다면, 이 소설의 미리엄마는 유일하게 자식을 위해 제 삶을 송두리째 건다. 그것도 정상적인 어머니의 모습이 아닌, 광적인 모성을 보여준다. 이 모티프는 사랑이든 모성이든, 전경린 소설의 정열적인 삶의 방식 때문일 거라는 추측을 해 볼 수 있다. 「사막의 달」에서처럼 여성인물의 모성적 성격이 비중을 갖는 소설에서도, 여주인공은 아이는 안중에도 없고 마녀적 사랑[40]에 탐닉한다. 따라서 그들이 사랑을 선택하거나 가출 등의 일탈 행위에 돌입할 때에도 자식은 문제가 되지 않는다. 그래서 전경린에게 모성은 여성의 정체성이 될 수 없을 뿐만 아니라, 자신의 사랑, 혹은 자신의 삶을 선택해야 하는 경우에도 모성으로 인한 특별한 갈등을 겪지 않는다.

> 가슴이 출렁 혼들린다. 그에게서 세 번째 짧은 편지가 왔었다. 암호처럼, 그저 날짜와 시간만 적혀 있었다. 그를 본 뒤로 육십여 일이 흘러 갔다. 나는 스스로 가슴 위에 무거운 돌덩이를 눌러놓고, 병을 앓듯 누운 채 날들을 보낸다. 쓰고 뜨거운 약기운처럼 피안의 날들이 이마 위로 하루하루 지나간다. 이렇게 보낼 수 있는 데까지 날들을 보내면 누군가 이편과 저편을 갈라줄지, 그 사이로 강을 흘려 보내줄지…… 아직도 나는 보내야 할 마지막 편지를 완성하지 못하고 있다. (112쪽)

나는 '그'에 대한 마음을 정리하지 못하고, '쓰고 뜨거운 약기운' 같은 날들을 보내고 있다. 답답하고 지루한 일상을 구제해 줄 수 있는 것은 그의 사랑밖에 없다. 엊그제는 나의 서른세 번째 생일이었고, '한밤중에 돌아온

---

40) 황현산, 「운명 만들기 또는 만나기—작품해설」, 『염소를 모는 여자』, 문학동네, 1996, 316쪽. 사랑이라는 이름으로만 정당화되는 사랑은 죄이며, 사랑밖에 다른 희망이 없는 여자는 마녀일 뿐이다.

남편은 서른 세 송이의 장미가 포장된 꽃다발을 들고 왔다.' 그러나 내게 꽃다발 따위가 위안이 될 수 없는 것은 자명한 일이다. 오히려 나는 그것을 몹시 심술궂은 장난 같다고 생각한다. 그것은 '어쩌면 실제로 의미 있는 경고일지도 모르며, 부드러운 종류의 항의인지도 모른다'고 말함으로써 자신의 마음이 다른 남자에게 가 있음을 남편이 짐작하고 있다는 것을 암시한다. 뿐만 아니라 '내 인생에 이제 다시는, 나이 숫자만큼의 꽃을 받고 싶지 않다'와 '서른 이후 나는 나이를 휘저어버렸다'에서 알 수 있듯, 나는 자신의 현존 상태를 부정하고 싶어한다. 남편이 있고, 아이가 있는 현실에서 벗어나 그에게로 가고 싶은 것이다. 나는 유럽에서 열흘 가량을 혼자 보낸다. 사랑하는 남자에 대한 마음을 정리하러 떠난 여행이지만 끝까지 마지막 편지를 쓰지 못했고, 현재까지도 자신의 마음을 정리하지 못하고 있다.

그런 어느 날 비가 그친 뒤 미리엄마가 들이닥쳤다. 늘 그렇듯이 누군가에게 쫓기듯이 허둥대는 모습으로. 그녀가 이 산골짜기를 떠나 간 뒤 꼭 1년만의 일이었다. 1년 전에 나는 옷 보따리를 들고 들이닥친 그녀를 계곡 바깥 버스 정류장까지 태워주었다. 그때 '그 년놈들이 돌아오면 때릴텐데, 또 맞으면 이번엔 꼭 죽을 것만 같애……' 미리엄마는 그렇게 말하며 울었었다.

> 며칠 전에도 두 팔이 묶인 채 몽둥이로 맞았다며 옷을 들어 여기저기 붉은 자국들을 보여주기 시작했다. 나가지 않으면 미친년으로 몰아 병원에 감금시키겠다고 협박을 하더라는 것이다. "그날 자칫했으면 두 손이 묶인 채 실려갈 뻔했어. 이제 무서워서 더 못 버티겠어." 그녀는 부들부들 몸을 떨었다. 내가 처음 미리엄마를 보았던 날도 파리채로 얼굴을 맞았다고 했었다. 얼굴이 잔뜩 부었고, 언제나 그렇듯이 눈 속이 붉게 충혈되어 있었다. (115~116쪽)

그렇게 경황없이 쫓겨갔던 그녀는 많이 변해서 돌아왔다. '머리를 남자

보다 더 짧게 자르고, 두툼한 모직 스커트는 너무나 짧아, 마치 엉덩이에 두른 벨트처럼 보였'으며, '두 귀에 꽂은 은색 이어링조차 귀를 부풀리고 있는 듯 고통스러운' 모습이다. 그런 그녀가 내 귓가에 속삭인 말은 '신이 엄마, 나 다음 달에 적금 탄다, 삼천만원이야'였다. 터미네이터, 엄밀히 말하면 남편과 그의 새 여자에게 아이를 빼앗겼을 뿐만 아니라, 정신병원에 끌려갈 뻔한 여자가 제 정신을 가지고 세상을 살아가기란 쉽지 않을 것이다. 그런 미리엄마가 할 수 있는 일이 무엇이었을까. 제 가정에서 자식까지 빼앗기며 버림받은 여자가 할 수 있는 일은 창녀였다. 돈이 모아지면 자립해서 자식을 찾아오겠다는 일념으로 한 일이 제 몸 파는 것이었다. 그리고 그 일은 제 정신 가지고는 버틸 수 없는 일이기도 하다. 무언가에 대한 집념으로, 자신을 포기하고 하지 않으면 안 되는 일이기 때문이다.

정신병원은 광기를 가진 인물을 그릴 때 종종 등장하는데 특히, 남성들이 여성, 혹은 모성을 억압할 때 그것을 은폐시키기 위한 수단으로 아내, 어머니를 감금시키는 장소다. 광기는 정신병적 징후, 억압된 것의 신경증적 표출이다. 이러한 비정상, 뒤틀림, 왜곡, 비이성 등의 그로테스크한 이미지들은 남성중심의 가부장적인 사유체계를 형성하는 힘과 권력에 대한 인식의 소산이기도 하다. 미리엄마를 정신병원으로 끌고 가려 한 행위도 이러한 사유체계를 반영한 것으로 볼 수 있다. 미리아빠는 가부장적 힘을 가진 가장 극악한 형태의 남성으로 그려진다.

> 성정이 거칠며, 법조차 두려워하지 않고, 제 멋대로 사는 사람이라는 정도는 소문을 들어 알고 있었다. 그는 외제 웨건을 타는데, 길에서 몇 번인가 스쳐간 적은 있었다. 터미네이터, 그에 대한 나의 첫인상은 그것이었다.
>
> 비대칭의 무표정 속에 야릇한 폭력성과 돌발적인 광기가 느껴지는 얼굴. 확 뜯으면 피가 흐르지 않고, 금속판 위에 복잡하게 얽힌 붉고 노란 전선들이 뭉쳐 있을 것만 같았다. 나는 그가 두려웠다.　　　　(116쪽)

내가 본 미리아빠의 이미지이다. 현대소설에 숱하게 등장하는 패악한 아버지의 모습이며, 그보다 한결 육체성을 부여받은 묘사이지만 자신의 이권을 위해서는 인간적인 어떤 것도 포기할 수 있을 것 같은, 기계적인 냄새가 나는 인물로 그려져 있다. 또한 밖으로 표출되는 남자의 폭력성은 '산 위 그들의 집에서 밤새 개들이 짖어대고 바람 소리 속에 난자당하는 듯한 여자의 비명 소리'가 실제로 증명해준다. 이런 남자에게 새 여자가 생기자 그 여자와 합세해서 아이들을 빼앗아간다. 그 과정에서 미리엄마가 감당했을 폭력과 억압은 정상적인 범주를 넘어섰다고 짐작된다. 그녀가 비참한 삶을 견디고 있는 것은 그들로부터 자신의 아이를 데려오기 위해서이기도 하지만 터미네이터와 그의 새 아내에 대한 복수에 희망을 걸고 있기 때문이다. 그만큼 터미네이터의 남성적 힘의 권력에 억압당한 상처가 위험수위에 달했다고 볼 수 있다.

미리엄마도 아이를 갖고 들어와 전처를 밀어낸, 두 번째 여자였다. 그녀는 전처의 두 딸과 자신의 딸인 미리를 키웠는데 계모짓을 꽤 가혹하게 했다는 소문이다. '밥을 굶긴다거나 비를 맞게 한다거나, 추운 방에 재운다거나, 손으로 구타한 것들이었는데, 종당에는 젓가락을 던져 아이의 머리에 큰 상처를 입혔다.' 그 일로 인해 남편이 학대죄로 고발했으며, 그녀는 범법자가 되어 위자료 한 푼 없이 쫓겨나게 되었다. 그러나 그녀는 형편이 그랬다고 한다. 자신도 그애들하고 똑같이 비 맞고 추운 방에서 자고 굶기도 하고, 그렇게 살았다고. 산 전체가 다 자기 땅이라는 말에 속아 팔자를 버린 것이 분해, 돈만 생기면 모으고, 조금이라도 모이면 한 평이라도 더 많은 땅을 사기 위해서였다. 그러나 새 여자가 생긴 터미네이터는 생활비 한 번 주지 않았던 자신의 책임까지 모두 몰아 미리엄마에게 뒤집어씌우고 아이들까지 빼앗아간 것이다.

터미네이터는 교묘한 속임수로 미리엄마를 고발하기 전에, 그녀 앞으로 되어있던 땅의 명의까지 다른 사람에게로 넘겨버렸다고 한다. 미

리엄마는 쫓겨나면서도 자신이 피땀 흘려 산 땅과 미리만은 절대로 포
기하지 않으려 했다. 그녀는 십여 년 동안 아이들 키우며 사는 동안 생
활비 한 푼 받은 적이 없었다고 한다. 그것은 아랫동네 사람들도 인정했
다. 미리엄마 자신이 산딸기, 고사리, 취나물, 둥굴레 뿌리, 혹은 산초 잎
같은 것을 훑어 머리에 이고 시오리 길을 걸어나가 내다 팔고, 농사를
짓고, 염소와 개를 키워 아이들과 산중 생활을 해왔다는 것이다.(117쪽)

미리엄마는 터미네이터가 가진 허구성을 깨닫고 절망한다. 그를 택한
것은 자발적이었으므로 원망을 삭여야 하지만 벗겨진 그의 가면 속에서 튀
어나온 것들은 너무 추하고 비굴하고 뻔뻔스러워 그녀는 인내의 한계점에
이르게 된다. 가정을 돌보지 않는 패악한 남편 때문에 생활력 강한 억척스
런 엄마로 살던 미리엄마가 창부가 된 것은 아이러니다. 제 자식 찾기 위해
부도덕한 어미가 되어버린 때문이다. 뿐만 아니라 자식 찾기 방식이나 그
들에게 복수하기 위해 삶을 유지해가는 것은 광적인 면모를 보여주는 것이
다. 여성의 광기는 여성이 생물학적, 성적, 혹은 문화적으로 거세를 강력하
게 체험하면서 생기는 것이다. 따라서 여성의 광기는 가부장제 사회에서
거세당한 여성들의 '진실된 인식의 한 형태로 재현된 것'으로 읽을 수 있다.
즉 미리엄마의 창부 되기는, 터미네이터가 휘두르는 가부장적 폭력에서 이
탈하여 적극적인 방식으로 가부장제를 전복하거나 가부장제에 저항하는
방식인 것이다. 그녀는 버림받아 쫓겨난 여자이지만 십 년 동안 터미네이
터의 아내였으며 그 기간 동안 폭력과 착취로 억압받으며 살았다. 뿐만 아
니라 생활이 문란한 남편에게 자신이 노력해서 얻은 재산과 아이들을 빼앗
겼다. 그래서 그녀는 가장 타락한 모습으로 자신을 탈바꿈시킴으로써 상대
에게 저항하게 되는 것이다.

　　"그때나 지금이나, 어쩌면 나 미쳤는지도 모르지. (중략) 누구라도,
이 험한 곳에서 전처 자식 둘이나 데리고 살아보라지…… 남자는 바깥

으로만 싸돌아다니고, (중략) 난 끝났어. 그러니 못할 게 없지. 벌써 알
아봤어. 사람 사서 년놈들 죽일 거야. 정상적인 방법으로는 안 되는 놈
이니까. 원수 같은 골짜기를 피로 물들이고 내 인생도 여기서 끝내는 거
야. 그게 바로 반전이라는 거지. 반전."   (121쪽)

미리엄마의 거부된 사랑은 광기로 돌변했다. 그 뒤틀린 광기는 '년놈들
을 죽일 수 있을 거라는 희망'으로 목숨 부지하게 한다. 내가 사랑 때문에
현실의 삶에 뿌리내리지 못하고 있다면, 미리엄마는 복수하기 위해 현실에
발붙이고 살고 있다. 1년 전에 정신병으로 몰려 병원차에 실려갈 뻔했던
그녀는 스스로 '미쳤다'고 생각하며 자폐적 절망을 보여준다. 이는 남편의
폭력성과 허위에 감금당한 채 견뎌야 했던 지난 시간이 그렇게 만들었으
며, 아이에 대한 열망과 집착이 광기로 몰아간 것이다. 그래서 미리엄마의
광기는 피폐해진 자기 찾기의 전략일 수 있다. 미리엄마와는 다른 상황에
서 갈등하고 있는 나는 과도한 집착으로 그녀의 삶이 조금도 순치될 가능
성을 갖지 못한다는 점 때문에 안타까워한다. 그러나 이렇게 살 수밖에 없
는 자신을 이해하느냐는 그녀의 물음에 고개를 끄덕인다. 모성이라는 그리
고 절박함이라는 이중적 동류항에 묶인 나는 자식을 빼앗아간 사람에 대한
복수심으로 미쳐가는 그녀에게, 다른 사랑에 대한 그리움으로 미쳐가는 자
신의 심정이 투사된 것이다. 그 대상이 불륜의 사랑이든 사랑하는 자식이
든 안타까운 것은 마찬가지이고 생을 견인해가는 힘을 갖게 한다는 점에서
는 동일하다. 그래서 나는 그녀에게 '텅 빈 마음으로 이해'하고 용서하라고
말한 뒤 스스로의 자괴감에 빠진다.

나는 고개를 끄덕였다. 때론 잊으라는 말이 어떤 말보다 더 잔인하고
무의미할 수도 있다. 잊고, 아무 일 없는 듯이 돌아가서 다시 사는 일이,
흡사 스스로 목숨을 끊는 일과 같을 수도 있다. 살아도 죽은 것과 같은
삶. 어떻게 그녀에게 잊으라고만 할 수 있을 것인가.   (127쪽)

나에게 '그를 잊는 것은, 목숨을 끊는 일과 같'듯이, 미리엄마가 아이를 잊는다는 것은 '목숨을 끊는 일과 같'을 수 있는 것이다. 그래서 두 사람 모두 '살아도 죽은 것과 같은 삶'이 된다. 가장 소중한 것을 잃어본 사람만이 소중한 것을 잃은 사람의 마음을 헤아릴 수 있는 것이다.

> 그녀는 그 피비린내 가득한 반전을 제 삶의 끝이라고 정하고 있다. 파멸을 향해 한 점 두려움도 없이 치닫는 그녀 앞에 잊으라든가, 용서하라는 말은, 차라리 얼마나 창백한가.
> 삶의 매혹이란 저마다 제 운명을 꽃피우는 데 있는 것은 아닌지. 자기 존재의 시간을 알고, 꽃이 피어날 때와 질 때의 위기를 피하지 않는 사람들. 그들은 제 빛깔을 찬란히 드러내며 두려움 없이 파탄을 향해 치닫는다. 불 붙은 날개를 펄럭이며 제 운명의 끝을 송두리째 드러내는 이들, 그들은 불을 피해가려 하지 않는다. 불행의 신비, 불행의 매혹은 거기에 있다. 파멸하지 않은 영혼은 그것을 피해 간 존재들일 뿐. 안전 속에 제 운명을 의탁해 온 사람들, 그것이 평범한 사람들의 이름이다. 그들은 상처 없는 것을 자랑하지만 나는 그들을 단 한 번도 사랑해 본 적이 없다. 나 자신까지 포함하여. 나는 무엇을 두려워하나.   (127쪽)

미리엄마의 원한은 실로 극렬한 것이지만 나는 그녀의 전도된, 극악한 정열에서 '불행의 신비, 불행의 매혹'을 감지한다. 복수가 가져다 줄 '피비린내 가득한 반전'을 자기 인생의 끝으로 상정한 미리엄마의 행동은 파멸을 무릅쓰고 "제 운명을 꽃피우는" 용기의 표현으로 여겨지는 것이다. 이러한 미리엄마의 비극에 감응한 나의 심리적 추이 또한 중요하다. 나는 '그'라는 남자를 향한 내밀한 마음이 말해주듯이 괴로운 정열에 시달리고 있으며, 번뇌와 고통을 넘어선 '피안'을 꿈꾸고 있기 때문이다. 그러나 '나'가 미리엄마와의 만남을 계기로 깨닫는 것은 정열의 명령에 따르는 길에 정열을 넘어서는 길이 있다는 것이다. 피안은 "언제나 내가 놓은 불 안에 있었다"고 그녀는 말하고 있다.

　　'이러는 것이 무슨 소용이 있나…… 그러나 아무 소용도 없이, 빈 나
뭇가지에 물방울꽃 맺히듯, 서로의 가슴에 사무치는 것이 또 무슨 죄가
될까.'(중략)
　　피안은 저쪽에 있지 않았다. 그것은 언제나 내가 놓은 불의 한가운데
에 있었다. 나는 지금 그에게로 간다, 그뿐이다.　　　　　　(129~130쪽)

　　내 사랑은 결국 미리엄마의 광기를 구제하는 순간 그것과 마찬가지로
불투명한 것이 되고 미친 짓이 되고 만다. 꽃 피는 것은 내가 아니라 운명
일 뿐이다. 세상에 이해 될 수 없는 그 사랑의 힘으로 세상에서 도려내어
순결하게 간직해야 할 자아는 그 자아가 부정되는 운명 속에서만 꽃피기
때문이다. 이러한 전경린의 정열의 삶에 대해, 황종연은 작가의 소설적 변
론은 한국의 여성작가들이 이제까지 남긴 어떤 불륜의 로맨스보다도 급진
적이라고 말한다.[41] 혹자는 그러한 정열의 급진주의가 내포하는 몰윤리적
맹목성에 염려를 느낄지 모르지만, 그것이 그저 '본데없는' 천격의 방종이
아니라 개인의 자유를 확인하려는 열정이라는 것이다.

　　결국 나는 그에게로 간다. '피안은 내가 놓은 불의 한가운데 있'기 때문
에 내 마음자락 따라가는 길에 그 정열을 넘어서는 길이 있다는 걸 깨달았
기 때문이다. 그런 나에게 '빈 나뭇가지에 물방울꽃 맺히듯, 서로의 가슴에
사무치는 것이 또 무슨 죄가' 되랴.

　　이런 나에게 아이 생각은 전혀 없다. 이 소설은 나의 여성성인 사랑에 대
한 정열과 미리엄마의 광적인 모성의 구도가 주축이 되기 때문에 두 여성
의 대립구도를 명백히 하기 위한 소설적 전략이라고 볼 수도 있다. 그러나
전경린의 다른 소설에서와 마찬가지로 여성인물이 자신의 정체성을 향해
나아갈 때 모성은 그다지 중요하지 않다. 심지어는 아이를 빼앗긴 미리엄
마의 광기 앞에서도 나는 자신의 모성에 대해 갈등하거나 회의하는 일도
없다. 즉 나에게서 어머니의 모습은 없다. 나는 분명히 아이를 낳아 기르

---

41) 황종연, 『비루한 것의 카니발』, 문학동네, 2001, 315쪽.

고, 그 아이가 다니는 학교에 마중나가기도 하지만 그것은 습관적인 관성일 뿐, 내 의식 속에 아이는 없다. 그래서 1990년대의 여성소설들이 모성과 여성적 욕망 사이에서 갈등하고 일탈을 꿈꾸다가도 결국 모성으로 귀착하는 것과는 다른 대비를 나타낸다. 따라서 전경린에게 모성은 여성 속에 내재한 속성 중의 한 부분일 뿐이지 삶의 방향을 바꿀 만큼 중요한 것은 아니다. 그에게 모성은 다중적 여성 정체성의 한 부분일 뿐, 모성이 여성 정체성의 전부가 아니라는 것을 입증한다.

이 소설에서 주인공인 나에게 모성은 부재하지만 전경린은 여성들에게서 완벽하게 모성을 배제하지는 않는다. 그러나 여전히 비현실적인 모습이다. 그에게 모성이 거추장스러운 것일 수 있지만 모든 여성들이 똑같지는 않다는 것을 보여준다. 모성으로 광증을 보이는 미리엄마의 모습이 그랬고, 미리를 빼앗아간 무당의 모성도 마찬가지다. 무당은, 미리엄마가 전처를 밀어냈듯이, 미리엄마를 밀어내고 터미네이터에게 온 여자다. 그녀는 터미네이터의 폭력을 자극시켜서 전처의 자식들은 물론 미리까지 모두 데려갔다. 무당은 영험했던지 경제사정이 좋아서 도시로 나가 아파트까지 준비해서 아이들을 키운다. 경제력을 가진 여자를 원하던 터미네이터가 무당을 끔찍이 아꼈음은 너무 당연한 일이다. 무당은 아이들의 눈높이로 자신까지 아이가 되어 같이 "물장구를 치며 목욕"을 하거나 "여자애들과 산딸기를 따 먹"으러 다니는 등 아이들과 잘 어울려 지낸다. 미리도 무당의 손길을 받으면서부터는 궁핍함의 상징이었던 버짐이 사라지고 더 안정적이게 달라진다.

> 그러나 겨울이 올 무렵 무당도 터미네이터에게 속아 돈을 떼먹혔다는 소문이 나기 시작하더니 어느 날, 무당은 자신의 흰색 승용차에 아이들을 다 태우고 산을 떠나버렸다. 그녀는 정말로 그 여자아이들을 사랑한 것 같았다. 무당은 남자와 헤어지게 되어도 미리와 미종, 미주, 세 여자애는 자신이 키울 것이라고 했다 한다. (중략) 얼마 후 터미네이터도

> 그들과 합류해 도시에 있는 무당의 아파트에 살고 있다. (중략) 터미네
> 이터 역시, 무당에게 톡톡히 신세를 지고 있을 것이라는 짐작이 틀리지
> 는 않을 것이다.   (119쪽)

위의 인용문에서 권력은 경제력에서 나온다. 세상에 대한 진심이라곤 전혀 없던, 허구투성이인 터미네이터, 미리엄마에겐 그토록 폭력적이던 터미네이터가 무당에게는 헌신적이다. 무당이 굿을 하러 가면 박수 노릇도 해주고 그녀의 뒷치닥꺼리를 도맡아준다. 까닭은 무당이 아이들의 가정교사를 둘만큼 부자이기 때문이다. 터미네이터는 한 번 무당을 속이고 배신했지만 밑천이 떨어지자 다시 무당에게로 돌아온다. 터미네이터는 무당을 사랑하는 게 아니고 그의 경제력에 기대어 기생하고 있을 뿐이다. 무당은 남자가 떠나도 아이들만은 자신이 감당하겠다고 한다. 터미네이터가 무당을 떠나지 않는 또 하나의 이유가 된다. 그렇게 유추한다면 무당이 모성을 끝까지 지켜갈 수 있는 이유는 그녀의 경제력 때문이다. 무당에게 경제적 능력이 없다면 터미네이터는 미리엄마를 쫓아내듯 같은 방식으로 무당도 쫓아버렸을 것이기 때문이다.

푸코는 권력이 어떤 실체에서 발현되는 현상이 아니라고 말한다. 그래서 권력을 잠재태, 혹은 가능태로 이해하지 않고 오직 현 상태 속에서만 포착할 것을 요구하며 이런 맥락에서 권력의 실체나 본질보다는 권력이 작동하는 구체적이고 실증적인 방식에 주목한다. 권력과 성의 관계는 부정적인 성격을 지니며, 권력은 단지 '금지'의 기능만을 담당한다. 즉 권력은 성에 대해 규칙을 부과하는 심급으로 작동하며 성은 합법과 비합법, 허용과 금지의 이원적 체계 속에 위치하게 되는 것이다.[42] 그렇게 보면 「봄 피안」에는 남성이 만든 가부장적 문화나 힘의 권력이 모성을 파괴했다고 말할 수 있다. 최소한 미리엄마의 모성의 발현은 터미네이터가 금지시켰음을 자명하게 읽을 수 있다. 그러나 한 단계 더 나아가서 보면 작가의 모성은 다른

---

42) 미셸 푸코, 김부용 역, 『성의 역사』, 민음사, 1997, 99~100쪽.

형태로 존재한다.

이 소설에서 나와 미리엄마 이외의 또 다른 모성, 즉 무당의 모성이 작가 전경린의 모성으로 보여진다. 나를 통해 보여주는 여성은 결혼이라는 사회적 제도로 인해 자신의 사랑에게 달려가지 못해 고통스러워하는 모습이고, 무당을 통해 보여주는 모성은 경제력이라는 권력을 갖는 자가 모성도 지킬 수 있다는, 모성에 대한 새로운 인식을 보여준다. 그러나 문제는 여기서 그치지 않는다. 무당이라는 직업, 즉 무당이 어떤 일을 하는 여자이며 그 성격이 무얼 의미하는지를 함께 살펴보면 모성을 자연으로 귀착시킨다는 것을 알 수 있다. 무당의 기원은 샤머니즘이며 그것은 문명 이전의 종교이며 생활이었다. 그렇게 보면 전경린은 무당의 모성을 통해 그의 이상적 모성을 말하는 것으로 보여진다.

작가는 모성과 여성을 확연하게 구분 짓는다. 위의 논의처럼 여성성은 결혼이라는 사회·문화적인 맥락에서 보여주고, 모성성은 자연적 상태로 돌려주고 있다. 오히려 모성은 이데올로기나 제도 이러한 사회적인 성격을 갖기보다는 무당이 상징하는 것처럼 제의적이거나 원시적이어서 자연의 상태가 되어야 한다는 것이다. 이러한 모성은 다분히 이상화 되어 있는데 정신분석 페미니스트들의 주장처럼 전 상징계, 혹은 언어 이전의 기호계에서 찾을 수 있다. 어머니의 존재는 현실속에서 고통 받는, 아등바등하는 구체적인 모습이기기보다는 오히려 비의적이어서 신비로운 존재여야 한다는 것이다. 그렇다면 현실에서 이러한 모성의 존재는 가능한가. 이 불가능한 일에 모성을 기대한다면 결국 그에게 모성은 존재 불가능한 것이 되고 만다.

(2) 다중적 정체성의 한 부분으로서의 모성 ……「밤의 나선형 계단」[43]

「밤의 나선형 계단」에서 딸의 눈에 비친 엄마는 계속되는 가정의 경제적 궁핍 속에서 아이들 양육과 가사일을 완전히 팽개친 상태이다. 여자애

---

43) 전경린,「밤의 나선형 계단」,『현대문학』, 1998 3월호. 이하 쪽수만 기입.

와 어린 남동생에게 하루종일 피자와 콜라만 먹이고, 이월에도 거실에 선풍기를 방치해두며, 식탁 위의 엎질러진 우유 속에 시리얼이 엉겨붙어 있는 것을 치우지도 않는 엄마, 얼굴에서는 분 냄새가 나고 검은 보라색 립스틱을 바르며, 손에서는 담배냄새와 술 냄새가 나는 엄마가, 그나마 의욕을 가지고 하는 일이란, <바그다드 카페> 비디오를 보는 일뿐이다.

> 엄마는 지난 해부터 책도 읽지 않고 텔레비전 뉴스도 보지 않고, 신문도 읽지 않는다. 다만 어쩌다 틈이 나면 늘 똑같은 영화 한 편을 반복해서 본다. 영화 속에는 뚱뚱한 여자가 마술쇼를 한다. 공기 속 어딘가에서 비스킷을 꺼내고 귀 뒤에서 계란을 꺼내며 녹색 나뭇가지에 주전자로 물을 부어 커다랗고 화려한 꽃을 피운다. … (중략) 화면 속에는 뚱뚱한 여자가 새하얀 원피스를 입고 다시 사막 카페로 돌아왔다. 더욱 화려한 본격 마술쇼가 펼쳐지고 서른 일곱 대의 트럭이 카페 마당에 들어찬다. 카페 주인 여자는 완전히 다른 사람이 되었다. …(중략) 비디오를 보는 도중에 엄마는 두 번 더 삐삐를 쳤지만 전화는 한 번도 오지 않았다.
>
> (154~155쪽)

회사에서 해고된 남편, 생계를 위해 억지로 운영해야 하는 가게, 그래도 늘어만 가는 빚, 우편함에 쌓이는 청구서들을 엄마가 잊을 수 있는 때는, 영화 속의 마술에 도취돼 있을 때 뿐이다. 아빠가 엄마 모르게 아파트를 담보로 은행에서 대출 받아 쓴 사실이 탄로나 두 사람은 마주치기만 하면 언성을 높여 싸웠다. 그 뒤 엄마는 외박을 했고, '두 사람은 서로 전혀 모르는 사람들처럼 구는' 관계가 되었다. 두 사람은 서로를 회피하기 위해 아빠는 낚시에 빠졌고, 엄마는 연애에 빠졌다. 엄마의 남자에게서 오는 전화는 영화 속 종이꽃과 같은 존재이기에, 여자애는 '아무 소용도 없고 향기도 없는 속임수에 불과하다 해도 엄마는 그것에 의지해 장애물 경주 같은 생을 가로질러 갈 수 있을 것'이라 생각한다. 그러나 엄마는 그 남자와도 헤어진 것 같다. 엄마 인생의 종이꽃마저 없는 지금, 여자애는 아무래도 엄마가 가족을 버리고 가버릴 것 같다는 생각이 든다. 엄마에게는 태어난 해와 달인 비밀번호 635의 트렁크가 있고, 엄마는 집을 떠나는 것을 어렵지 않게 여기기 때문이다.

그러나 밤중에 깨어난 여자애는 결국 집을 떠나겠다는 엄마의 말소리를 듣고도 엄마를 붙잡지 않는다. 오히려 엄마 없는 생이 가난하고 고달프더라도 그것을 감내할 수 있다고 스스로에게 자꾸 타이른다.

> 여자애는 꿈 속에서 선생님을 이해하겠다고 결심한 것처럼, 전날 밤 엄마의 음성을 들으면서 엄마를 이해하려고 이미 결심했다. 겨울에 들판과 숲의 길들이 선명하게 드러나듯 ……엄마는 그 길을 따라갔다. 누구나 노력하면서 살고 싶은 것이다. 여자애는 엄마 없이도 자신이 할 수 있는 일들을 마음 속으로 천천히 세어본다. 배가 고프면 냉장고 문을 열고 무언가를 찾아 먹을 수 있고 계란 프라이를 만들 수도 있다.   (178~179쪽)

열두 살 난 여자아이의 생각이라고는 믿어지지 않는 위의 인용 부분은 아이가 엄마의 트렁크 속에, 자신이 아끼던 고양이 메메를 담아 호수에 빠뜨리는 충격적인 일을 감행한 다음의 일이다. 이는 사실은 엄마를 보내고 싶지 않은 마음의 표출인 동시에 (아이가 메메를 호수에 버린 것처럼) 엄마가 자신을 버리게 됨을 예비하는 행위이다. 여자애는 암흑 속에 내던진 메메의 푸른 눈동자를 보며 "가슴 속 어딘가가 베는 듯한 공포"를 느낀다. 이는 엄마에 의해 버려질 자신의 운명을 미리 보았기 때문일 것이다.

엄마의 트렁크를 버리려던 날 여자애는 계단에서 버려진 메메를 본다. "메메는 여자애의 다리 사이를 발작적으로 맴돌며 온 몸을 비벼댄다. 안아 올려달라는, 쓰다듬고 사랑해 달라는 하소연이다." 그러나 여자애는 호수 안에 지어진 물 위의 휴게소까지 따라붙는 고양이를 엄마의 트렁크에 집어넣어 물 속으로 밀어넣고 만다. 이 장면은 상당히 충격적인데, 그와 같은 형국으로 여자애는 엄마로부터 버림을 받는다. 엄마의 가출로 인해 버려진 여자애는, 그에 의해 죽음으로 내몰린 메메의 운명과 같아질 것이다. 엄마로부터 떨어진다는 것은 아직 성장하지 않은 아이에게는 곧 죽음과 같은 것일 수 있기 때문이다. 그러나 전경린은 다른 결론을 내린다. 여자애는 엄마를 이해하고 떠나보내는 것이다. 이 지점에서 여자애가 어머니의 딸이라는 사실은 매우 중요하다.

만일 여자애가 엄마의 운명을 이해하지 못한다면 어머니에게서 딸로, 그 딸의 딸에게로 반복되는 운명이 있을 것이기 때문이다. 작가는 그 초라한 운명의 연쇄를 끊고 싶어했으며, 이 때문에 아이는 엄마를 이해하려고 결심한다. 이는 엄마와 아이를 개체적 존재로 바라볼 간극을 만들고 있음이다. 그러나 아이의 행위가 무리임은 곧 드러난다. 작가의, 여성의 운명에 대해 사유한다는 것, 그것은 모성마저도 위험한 시험대 위에 올리지 않으면 안 되는 일이 되기 때문이다.

여자애는 아빠가 회사에 다니던 시절, 길고 평화롭고 다정한 저녁을 함께 하던 시절로 다시 갈 수는 없음을 진작에 깨닫고 있을뿐더러, 집 떠난 엄마를 이해하기까지 한다. 그러나 이는 아이가 진정으로 엄마의 처지를 이해하고 공감했기 때문이라고 보기에는 지나치다. 오히려 자신이 엄마로부터 버림받았다는 사실을 위장하려는 자기 방어기제의 일환으로 보[44]는

---

44) 방민호, 「꿈으로 피워올린 녹색 종이꽃의 세계」, 『바닷가 마지막 집』 작품 해설, 생각의 무, 1998. 방민호는 이 작품에 대해 그동안 여성에게 부속된 존재로서의 의미만을 지니고 있었던 '아이'가 이 작품에서 비로소 하나의 독자적 운명으로 처리되고 있으며, 특히 아이가 엄마의 운명을 이해하려 애쓰는 것은 어머니에서 딸로 이어지는 초라한 운명의 연쇄를 끊는 행위, 모성마저도 위험한 시험대 위에 올릴 수밖에 없는 일이라고 평하며, 그러기에 이 작품이 「염소를 모는 여자」보다 훨씬 문제적이라고 평하고 있다; 백지연, 『미로 속을 질주하는 문학』, 창작과 비평, 2001, 139쪽. 이 작품이 얼핏보면 딸이 자기 독립을 주장하는 어머니를 이해해가는 과정이 주제가 되는 듯하지만, 중요한 것은 성인 세계로의 진입에서 주저하고 서성거리며, 두려워하는 소녀의 강박관념이며, 엄밀히 말하자면 소녀는 트렁크를 들고 아파트 계단을 내려가는 어머니를 '이해'하는 것이 아니라, 어머니의 일탈을 '동경'하고 '모방'하는 것이라고 말한다.

것이 더 타당하다. 그래서 여자애는 '엄마 없이도 자신이 할 수 있는 일들을 마음 속으로 세어보며, 배가 고프면 냉장고 문을 열고 무언가를 찾아 먹을 수 있고 계란 프라이를 만들 수도 있다'라고 생각하며 자신의 삶을 준비하는 것이다.

> 엄마가 삐삐를 쳤는데도 전화는 하루종일 오지 않았다. 여자애는 전화가 오기를 기다렸다. 그 속 어딘가에 엄마의 종이꽃이 있을 것만 같았다. 아무 소용도 없고 향기도 없는 속임수에 불과하다 해도 엄마는 그것에 의지해 장애물 경주 같은 생을 가로질러 갈 수 있을 것이다. (156쪽)

유난히 검게 칠한 엄마의 검은 보랏빛 입술이 30분만의 외출에서 돌아와서는 환자처럼 창백해졌고 머리카락은 헝클어져 지푸라기가 묻어있다. 엄마가 그 잠깐 사이에 누군가를 만났고 그는 엄마가 사랑하는 남자라는 것을 아는 열 두 살의 여자아이다. 그런 아이가 엄마가 삐삐를 친 대상의 전화를 기다리는 것은 설령 그 남자가 엄마에게 '종이꽃 같은 존재'여서 '아무 소용도 없고 향기도 없는 속임수에 불과하다 할지라도', 그 남자를 만남으로써 현재의 시간을 견디며 자신과 가족을 버리지 않길 바라는 마음이기 때문이다. 그렇지 않다면 어떤 자식도 어머니의 불륜을 방조하고 그 행위에 대해 긍정하려 하지 않기 때문이다. 즉 여자아이는 엄마가 불륜이라는 방식의 종이꽃에 기대는 한이 있더라도 자신과 가족의 곁에 남아있기를 간절히 소망하는 것이다. 그러나 엄마는 떠나고 없다.

> 여자애는 엄마의 방문 앞에서 숨을 멈추고 선다. 그리고 아주 천천히 문을 열고 안을 엿본다. 파란색 커튼이 쳐져 새벽처럼 서늘하고 옅은 그늘이 드리운 엄마의 침대는 잘 정돈된 채 텅 비어 있다. 잠의 흔적은 어디에도 없다. 여자애는 자신이 트렁크 속에 갇혀 물 속에 빠진 고양이처럼 아득해진다. 어디선가 메메의 울음소리가 들려온다. 침대 아래인 것

같다. 침대 아래, 그 아래의 아래, 엄마가 사라진 까마득히 깊은 낭떠러
지 아래……   (177쪽)

짐을 싸둔 엄마의 여행용 트렁크를 들어다 물건들을 버리고 그 속에 메
메를 넣어 호수 속에 버림으로써 엄마의 가출을 막아보려 했으나 엄마는
떠나버렸다. 자신이 물속에 빠뜨린 메메의 울음소리는 엄마가 버린 자신의
울음소리처럼 깊고 아득한 낭떠러지에서 들려온다. 엄마를 잃은 아이의 절
망은 세상의 모든 따뜻함을 잃어버린 '꽁꽁 언 얼음장같이 커다랗고 무겁
고 무감각하게 느껴지는 발'에서 은유화된다. '엄마는 손으로 시금치나물
을 주물러 무치면서 어린 여자애에게 간을 보게 하고, 반찬을 만드는 틈틈
이 여자애가 쓴 시험지 답이 옳은지 점검하며 자주 미소짓던 길고 평화롭
고 다정한 저녁'의 기억을 가진 여자애에게 엄마의 떠남은 모든 것을 상실
한 것 같은 느낌을 갖게 한다. 엄마와의 시간들이 '잘 닫힌 원처럼 안전하
고 포근했'다면, 그 따뜻한 자궁 안의 시절을 깨치고 자신 스스로의 삶을
살아야함의 막막함이 아이의 모든 것을 얼어붙게 했을 것이다.

여자애는 많은 갈등을 하였으면서도 엄마를 이해하고 보내야겠다고 생
각했고 스스로 동생의 숙제를 돕겠다는 것으로 비어버린 엄마의 자리를 대
신하려 한다. 그리고 엄마가 자주 보던 비디오의 마술사가 되고 싶다고 생
각한다. 현실의 삶에서 채울 수 없는 욕망 때문에 절망하던 엄마가 마술을
보며 그나마 위안을 삼던 그 마음을 이해한 것이다. 그래서 먼 훗날 여러
곳을 여행하다가 우연히 엄마가 사는 마을에 도착해서 늙은 엄마의 집을
찾아가 마술사처럼 여러 가지 다양한 색깔의 꽃들을 만들어내고, 비둘기를
꺼내어 창밖으로 날려 보내고, 트렁크에 넣어 호수에 버린 메메를 꺼내 다
시 살려야겠다고 생각한다. 이는 엄마가 아닌 한 여성으로서의 엄마의 삶
을 이해하고 용서하는 여자아이의 성숙한 면모를 보여주는 것이다. 엄마로
인하여 절망했으되 엄마를 미워하거나 원망하지 않는 아이는 메메를 다시
살려내듯이, 먼 훗날 자신이 엄마를 진정으로 받아들일 수 있을 때 엄마와

의 관계를 복원시키고자 한다. 그래서 엄마의 웃는 모습이 여자애의 눈에 아프게 박힐 수 있는 것이다. 엄마의 떠남은 어쩔 수 없는 불가항력적이었으며 그들을 버린 게 아니라고 생각하는 것이다. 그래서 여자애도 엄마를 포기하는 게 아니라 이해하게 된 것이다.

그렇다면 이렇게 떠나야 하는 엄마의 반란의 이유는 무엇일까. 무엇을 거부하고, 무엇에 대항하기 위한 방식인가. 그리고 남편과 아이를 버린 여자에게 남는 것은 무엇인가. 그럼에도 엄마는 떠났다. 현실적인 삶의 무게와 남편의 무능에 대한 책임은, 흔히 말하는 보편적 관념으로는 엄마가 짊어져야 하는 짐이다. 그것이 일반적인 삶의 방식이다. 그러나 「밤의 나선형 계단」에서의 엄마는 엄마이기에 아내이기에 짊어져야 하는 책임을 지기보다는 그러한 생활에서 점점 망가져가는 자신의 모습에 더 견딜 수 없어한다. 앞에서 밝혔듯이 엄마가 가출하는 직접적인 원인은 남편의 경제적인 무능 때문이다. 그로 인해 엄마와 아빠는 남처럼 살면서 서로를 피하기 위한 수단으로 아빠는 낚시를, 엄마는 외도를 한다. 그러나 그 때에도 엄마는 아이들을 버리지 않았다.

> 아직 어스름인데, 벌써 어디선가 고등어 굽는 냄새가 난다. 미역국 끓이는 냄새도 나고 밥 끓는 냄새도 난다. 엄마가 올 시간이다. 이 시간에 가게는 가장 붐비는 시간이다. 그런데도 엄마는 몸을 빼고 나와 저녁을 짓는다. 엄마는 적어도 한 끼쯤은 자신이 식사 준비를 해주고 두 아이의 밥 먹는 모습을 지켜보는 것을 의무라고 생각한다.　　　　(160쪽)

화자인 여자아이의 표현대로 엄마는 자식들에게 밥 해먹이는 행위가 즐겁고 행복한 것은 아니지만 최소한의 의무라고 생각해서 그 의무를 실행하려 애쓴다. 의무일망정 자식들에 대한 관심을 버리지 않고 있었던 것이다. 날마다 반복되는 일상생활을 하면서 행복하게 기꺼이 하는 일은 많지 않다. 특히 주부일이란, 한 가정을 꾸려가는 책임으로 하게 되는 것처럼, 반복되는 일상사가 생산적이고 기쁜 일이지는 않다. 그러나 엄마가 처음부터 그렇게 엄마 역할을 심드렁하게 했던 것은 아니다. 여자아이가 보는 엄마는 '고무장갑을 끼어야 하는 삶을 모욕으로 느끼'지만, '고무장갑처럼 질겨질 바에는 지루한 녹색의 나뭇가지에 주전자의 물을 부어 종이꽃을 만들어 낼 사람'이다. 바닥을 모르고도 자신의 본질을 향해 추락해 버릴 수 있는 이 엄마는 분명 작가의 분신, 그의 내면의 극화일 것이다. 작가는 그처럼 여성이 자신이어야만 할 자기를 향해, 가족, 결혼이라는 제도의 바깥으로 이탈해 버리기 위해서는 아이문제를 이렇게 해결하지 않으면 안 되는 것이다. 작가 전경린을 다른 여성작가와 다르게 변별할 수 있는 지점이기도 하다. 아이는 그 자체로서 독자적인, 또 하나의 운명이라기보다는 엄마에 부속된, 여성에 부속된 존재로서의 의미를 지니고 있던 것에서 자식을 하나의 독자적 운명으로 인정해주는 것이다. 모성을 논의하는 자리에서 엄마가 딸을 독자적 운명으로 판단하는 것은 상당히 문제적일 수 있다. 자식을 개체적으로 인정하는 것은 좋지만 자칫 여성적 자신의 삶을 위해 어머니로서의 최소한의 책임까지도 방기해 버릴 위험이 다분하기 때문이다.

어쨌든 엄마는 아들의 유치원 회비 독촉 따위의 노란색 쪽지가 쌓인 바구니와 집을 팔아야 하는 상황이 벌어지지 않았다면 떠나지는 않았을 것이다. 현실에서 엄마가 비디오의 마술에 빠지고 삐삐를 치며 방안에서 울어야 하는 삶을 견디기란 어렵다. 엄마가 마술을 좋아했던 이유도 그것을 통해 자신의 현실을 잊을 수 있었기 때문이다. '삶은 그저 도취이며 마술'이고, '마술이 있는 동안은 아무도 슬프지 않'다.

그런 엄마였지만 여자아이의 동생 명에게 엄마란 세상에서 가장 아름답고 가장 마음씨가 곱고, 자신이 하루 빨리 자라서 보호해 주어야할, 세상에서 살아가기엔 가혹하도록 가냘프고 신비한 존재이다. 엄마는 아빠가 직장에 다닐 때는 하루종일 여자아이와 함께 있어 주었으며, 함께 놀이터를 가고 시장에 가서 반찬거리를 사오고, 미싱을 돌려 시장에서 떠온 초록색 천

으로 조그만 원피스와 냉장고 덮개를 만들고, 네 살 때부터 글자를 읽을 수
있게 가르쳐준 엄마였다. 이러한 평온을 깨뜨리고 엄마가 가출한 이유는
가난과 아빠의 무책임이었던 것이다.

<그 남자, 이혼한대? 아니면 근처에 집이라도 얻어준다는 거야?>
<그건 상관없는 문제야. 그게 아무것도 아니란 건 알지 않니? 너의
낚시 같은 것뿐이야. 난 다르게 살고 싶어. 너무 오랫동안 난 졸고 있었
어. …(중략) 너와 함께 이런 삶을 더 끌어가다가는 만신창이가 될 거 같
아. 너는 낚시로, 나는 일종의 히스테리로……우린 돌이킬 수 없이 타
락하게 돼.>   (167쪽)
하지만 난 달라졌어. 수중에 돈이 한 푼도 없어도 삶은 계속돼. 두려
운 건 가난이 아니라 두려움 자체에 매여 자신을 묶는 거야. (중략)
그렇지만 문제는 내가 원하는 것이어야 해. 난, 더 이상 너와의 삶을
원하지 않아.   (170쪽)

아빠는 엄마의 가출 원인을 새로운 남자를 만나기 위한 것으로 치부한
다. 즉 자신의 경제적 무능력과 아내를 무방비 상태로 방치해 둔 이유가 원
인이라는 것을 인정하지 않는다. 엄마에게 있어 남자는 딸이 그토록 간절
히 원했던 것처럼 자신의 생의 비참함을 잊기 위한 방식에 지나지 않았다.
아빠가 자신의 무능을 은폐시키기 위한 방법으로 낚시에 빠졌듯이, 엄마는
남자를 만나면서 남루해진 자신의 생을 견디고 있었다. 중요한 것은 경제
적 궁핍의 원인을 제공한 아빠가 가정을 책임지려 하지 않고 방기한 탓이
다. 엄마가 두려워하는 건 가난 자체보다도 가난으로 인하여 '단지 필요한
것은 충족시키고 필요하지 않은 것은 생각조차 하지 않는', 앞으로 나아가
지 못하는 정체된 삶이며, 그래서 '두려운 건 가난이 아니라, 두려움 자체
에 매여 자신을 묶는' 일이다. 가난을 극복할 의지가 보이지 않는 남편에
게, 그리고 그러한 삶에 대해 정면도전하지 않고 뒷전에서 방치하고 있는
남편에게 자신의 생을 맡길 수 없었음이다.

'끔찍해. 나도 이렇게 살려고 한 건 아니었어. 너에게 부도덕하다는 말을 하진 않을 거야. 나의 무능, 이런 현실 역시 부도덕한 거니까.' 아빠가 수긍하는 것처럼 무능은 부도덕이 되었다. 결국 엄마는, 죽어가는 화초도 엄마의 것이 되면 꽃을 피우게 되는 신비한 힘을 가난으로 인한 아빠의 무관심으로 잃고, 그 신비한 힘을 복원시키려 길을 떠난다. 여자애가 엄마를 이해하는 것처럼, '누구나 노력하면서 살고 싶은 것이다.' 단지 그 노력이 자식을 위하고 남편, 가족 모두를 위한 것이 아니라 자신의 삶에만 국한돼 있다는 데에 모성을 논하는 자리에서 이 소설이 특별한 의미를 갖게 한다.

결국 「밤의 나선형 계단」의 엄마는 결혼 후 줄곧 자신을 보호하고 정체성을 규정해 주던 안전하지만 답답한 생활을 버리고 떠나간다. 이는 '안주와 탈주'라는 두 가지 갈림길에서 모험의 길을 선택한 것이며, 그러기에 용기와 인내, 결단이 필요하다. 때문에 엄마의 떠남을 단순히 어머니로서의 의무를 방기한 것으로 해석하기보다는 여성들의 결혼 후 자동적으로 선규정되던 아내와 어머니라는 정체성이 부가하는 구속과, 그들(30대)로 하여금 미혼(20대) 때의 모든 꿈과 희망을 잃게 만드는 가정이나 사회 현실에 초점을 두어야 할 것이다. 그래서 이 소설은 결혼한 여성에게 남편과 자식을 제외하면 무엇이 남을 것인가라는 물음을 이제 바꿔야 한다는 방향의 전환점을 제공해 준다. 결혼한 여성에게 남편과 자식이라는 존재는 그들의 삶에 각각 한 부분일 뿐이지 전체가 아니라는 것이다. 그렇다면 모성으로 여성의 정체성을 찾던 모성이데올로기의 공고한 기반은 무너지게 된다. 그 무너짐의 양태가 다양해지는 만큼, 이제는 모성 논의의 방향도 다양하게 이루어져야 할 것이다.

전경린은 소설 속에서 여자의 삶이란 무엇인가를 끊임없이 묻고 있다. 「봄 피안」, 「밤의 나선형 계단」에서도 불륜이란 소재를 통해서, 가정과 모성성의 신화가 여자들의 삶을 옭죄고 있는 요인들을 보여준다. 이들의 불륜 모티프는 결혼이라는 제도적 틀로부터 자아 발견과 진정한 자기 정체성과의 대면이라는 고통스러운 내적 성숙의 과정으로 옮겨가는, 삶의 거듭남을 위한 필연적인 통과 제의의 한 방식으로 제시된다.

사회구성주의적 페미니스트[45]들은 여성 혹은 모성을 이러저러한 개념으로 규정하려는 모든 시도는 존재론적으로 오류이며, 정치적으로 보수적이라고 비판한다. 주체로서, 하나의 집단으로서 여성이라는 개념을 설정할 수 있는가라는 문제에 대해, 버틀러는 여성들을 하나로 묶을 수 있는 공통된 정체성을 찾으려는 시도는 성공할 수 없다고 대답한다. 그러한 정체성의 기초를 분리해낼 수 없기 때문이다. 관계지향성이나 모성, 여성적 삶의 일상성과 구체성, 섹슈얼리티, 여성적 글쓰기 등의 어느 하나를 여성적 정체성의 기초로 삼으려는 시도들이 성공할 수 없는 이유는 그러한 여성적 성향, 궁극적으로 여성이라는 범주가 그것이 정식화된 억압의 조건들로부터 분리되어서는 어떠한 의미도 지닐 수 없기 때문이다. 의미란 그것이 속한 사회적 상황과 문화적 맥락 속에서만 포착될 수 있는 것이므로 이러한 조건들을 초월한 어떤 종류의 보편성에 대한 가정도 성립할 수 없다는 것이다.

---

45) 사회구성주의 페미니즘에도 다양한 이론들이 포함된다. 성이 사회적으로 구성된다는 주장은 러빈(G. Rubin)이 1975년 "The Traffic in Women"에서 sex/gender체계를 제시함으로써 정식화되었다. 이후 gender개념을 중심으로 성적 정체성이 사회적으로 형성되는 과정에 관한 연구들이 이루어져 왔는데, 모성 연구에서는 초도로우나 퍼거슨 등 대부분이 여기에 속한다. 한편 포스트모더니즘과 포스트구조주의의 대두와 함께, sex/gender 개념 체계만으로는 본질주의 오류에서 벗어날 수 없다는 주장이 제시되었다. 그것은 사회적 성이 구성되거나 각인되는 전(前)사회적·전(前)언어적 근거로서 신체의 개념을 전제하고 있기 때문이다. 따라서 탈현대의 이념을 지향하는 페미니스트들은 신체 대신 주체 위치들(subject—positions) 개념과 그것들의 담론적 구성을 제시한다. 어떤 궁극적인 근거로 작용하는 신체나 신체적 특징과 관련된 전제들을 배제하고 단일한 여성적 정체성이라는 개념을 버려야만 완전한 의미에서 사회적 구성주의라고 볼 수 있다는 것이다. 이러한 포스트모더니즘과 포스트구조주의 계열의 페미니즘은 크게 보아 성적 정체성의 사회적 구성을 강조한다는 점에서 가장 급진적인 형태의 구성주의 이론이라고 분류되기도 한다. 이러한 입장을 지닌 이론가로는 페미니스트의 시각에서 푸코의 논의를 수용하고 있는 버틀러, 맥네이, 소위키 등과 라깡, 데리다 견해 쪽에 가까운 코넬 등이 있다.

2. 현실인식 주체로서의 모성

1) 인간성 회복 지향의 모성 — 박완서

박완서 문학에 나타나는 뿌리깊은 생명주의46)와 모성성은 그 자체를 방해하는 현대문명의 인간소외와 정치적·사회적 모순에 대한 비판의식으로 발전하여 인간의 참다운 삶의 가치를 돌이켜 보게 한다. 소시민의 물욕과 허위의식을 비판하고, 소외된 자에 대한 깊은 애정을 담은 것도 시대적인 비판 의식과 아울러 사랑과 평화를 지향하고자 하는 모성적 관점에서 비롯된 것이다. 가족을 이루고, 가족을 지키고, 그 가족 지킴의 모성적 원리를 사회로 확산하는 것, 그래서 사랑과 평화의 가족과 공동체를 이루는 것, 그것이야말로 박완서 문학의 한결같은 모습이다.

박완서를 통하면 오랜 세월 곰삭은 어머니들의 이야기는 자장가로, 검붉은 통곡으로, 쓸쓸한 웃음으로 그려진다. 그녀의 이야기가 시작되면 폐허에서 건져 올린 부서진 기와장 한 장도 깊은 상처와 질긴 욕망이 퇴적된 어머니의 고가로 복원한다. 이러한 그의 문학은 어머니 이야기의 전통을 잇는 것뿐만 아니라 오히려 애초부터 어머니와 함께 태어났다고 해도 과언은 아니다. 연작 「엄마의 말뚝1·2·3」을 통해 그가 성취한 어머니와 딸의 관계의 실감나는 문학적 재현은 그가 아니었더라면 어쩌면 이 땅의 여

---

46) 흔히 남성중심적 모성찬양론이 암컷의 강한 동물적 충동을 의미할 때가 많지만 박완서의 생명주의는 그런 모성본능 때문이라기보다 이념과 상관없이 목숨부지가 절대조건임을 의미한다. 이런 실존적 생명의식은 『엄마의 말뚝1·2·3』 연작의 구성적 동기화(compositional motivation) 가운데 하나인 몸(신체)으로 나타나며 특히 『엄마의 말뚝1』의 손의 코드화는 인상적이다. 할머니—어머니—담임선생님으로 이어지는 손의 기표가 전통적 어머니—과도기 어머니—신여성 어머니에 대응되는 문화적 기의들로 딸인 '나'의 자아 정체성 확인 과정이기도 한 것이다. 박완서 소설에서 몸의 기호학은 생명존중을 인간의 이상이며 가치라고 말로만 떠들면서 그 짐을 짊어지지 않은 남성들에 대한 실천적 메시지이다.

성독자들이 또 한참을 기다려야 했는지도 모르는, 한국사회와 여성에 대한 중요한 인식통로였다. 우리의 근대문학에서 모녀관계가, 특히 어머니와 딸의 관계성에 긴장과 균형이 서린 그러한 모녀관계가 중심 주제로 실감 있게 다루어진 예가 거의 없다는 점은 단순히 여성작가들의 문학적 자질 문제나 관심의 결여 문제가 아닐 터이다. 집 안에서는 '아버지의 부재'라는 역사적·문화적 조건이 모자관계를 강화시키고, 집 밖에서는 아들이 '아버지 찾기'를 해나가는 동안, 딸들은 아버지에게는 물론 어머니에게도 심리적 존재의 뿌리를 내리기가 여의치 않았다. 그래서 어머니는 부재하거나 침묵의 존재였다. 딸의 자유는 '아버지의 이름'으로 내려지고 딸은 어머니의 세계가 아닌 아버지의 세계로 진출한다. 이러한 우리의 문화지형도에 박완서는 당당하고 솔직하게 어머니의 삶을 앞세우고 어머니의 말을 어머니의 말투로 담으며 이 시대의 이야기꾼으로 나타난 것이다. 이렇듯 어머니 문제가 이 작가의 작품세계의 <본질적 영역>, <긴장력의 근원>임에도 불구하고,47) 모성관계에 관한 심도 깊은 연구가 충분히 이루어지고 있지 않다는 점은 그 현상 자체가, 의미 있는 연구주제거리이다.

(1) 인간성 회복을 위한 모성 ……「울음소리」48)

박완서 문학이 초기부터 일관되게 추구하고 있는 것은 중산층의 허위의식에 대한 비판과 생명에 대한 사랑을 들 수 있다. 이를 두고 이선영은 박완서 소설의 핵심은 비판의식과 생명주의라고 주장하는데 생명에 대한 사랑은 모성애로부터 출발하여 확대되는 양상을 보인다. 모성애란 기본적으로 여성의 삶 속에서만 가능한 것인데 이것이 생명주의란 포괄적인 개념으로 확장되려면 필연적으로 비판의식에 기초한 인간존재에 대한 애정이 있

---

47) 권명아, 「박완서 문학연구—억척 모성의 이중성과 딸의 세계의 의미를 중심으로」, 『작가세계』, 1994 겨울호, 333~334쪽.
48) 박완서, 「울음소리」, 『해산바가지』, 문학동네, 1999. 이하 쪽수만 기입.

어야만 가능하다. 즉 생명의식이란 인간존중사상인 것이다. 그러한 박완서가 추구하는 모성은 바로 생명을 탄생시키고 보살피는 것인데, 이는 여성만이 지닐 수 있는 큰 가치이다.

박완서의 글쓰기는 그가 말한 것처럼 토악질이고 난도질이며 허물 벗기기 작업이기 때문에, 인간끼리의 따뜻한 사랑이나 낭만적인 비전이 들어설 자리가 없었다. 그래서 긍정적인 것보다는 부정적인 것이 압도적으로 많은 것이 그의 1970년대의 문학의 특징이었다. 그러나 1980년대에 들어서면서 그의 글쓰기 방식이 변화하기 시작하며, 작품에 등장하는 어머니의 모습 또한 가족 내에서 국한되던 것이 사회적 차원으로 담론화 된다. 부정적인 안목, 날카로운 비판은 여전히 계속되고 있지만, 그 사이에서 작가가 긍정하고 싶어하는 담론들이 조금씩 보이기 시작한다. 이 시기에 생명의 본질을 응시하며, 훼손되지 않은 양상을 추적하는 일련의 소설들을 발표한다. 그 변화의 효시에 속하는 「그 가을의 사흘 동안」49)은, 6·25의 고착증에서 탈피하는 모성을 그려낸다.

「울음소리」50)는 도시화·산업화의 불모성을 극복하고 생명에 대한 갈구를 통해 모성성을 회복하는 모습을 그린 작품이다. 박완서의 작품이 1970년대는 체험의 끔찍함을 증언하는 토악질의 연속이었다면, 1980년대는 6·25로 고착된 상처를 딛고 다른 시각으로 긍정성의 소설을 쓰기 시작하는데, 「울음소리」는 그러한 작품의 효시인 「그 가을의 사흘 동안」(1980년)의 연장선상에 있으며, 그것을 더욱 발전시킨 작품이다. 「그 가을의 사흘 동안」에서는 생산성이 고갈된 상태에서의 모성의 회복이고 타인의 죽은 아이의 시체를 통한 모성의 회생이지만, 「울음소리」에 가면 생산성이 보태진다. 남편과의 화해를 통하여 아이를 잉태하는 일을 계획하는, 보다 풍요롭고 건강한 모성 회복이 나타나는 것이다. 그런 의미에서 박완서 문

---

49) 박완서, 「그 가을의 사흘동안」, 『복원되지 못한 것들을 위하여』, 동아출판사, 1995.
50) 박완서, 「울음소리」, 『해산바가지』, 문학동네, 1999. 1984년 발표작. 이하 쪽수만 기입함.

학의 1980년대적 특징을 잘 나타낸 작품으로 1970년대의 작품과 비교하여 그 차이점을 살펴보기에 적절한 작품이기도 한다.

생기 없는 공간인 아파트에서 앞집 부부싸움과 아이의 울음소리는 지겨우면서도 싫지만은 않은 일이다. '남편'은 아이의 울음소리에 대한 혐오감과 피해의식을 동시에 갖고 있으며, '나'는 앞집 부부싸움을 신바람 나는 구경거리로 생각하고 있다. 그 신바람 속에는 질투라는 자기 투사가 숨어 있다. 7년 전 이 부부 사이에도 아이가 있었다. 그러나 뇌성마비로 태어난 아이는 3주 동안 밤이나 낮이나 몸을 활처럼 빳빳이 뒤로 휘고 울기만 하다가 숨을 거둔다. 그들이 자신들의 첫 아기를 위해 할 수 있었던 것은 '아기의 생명을 빨리 거둬주십사'하고 기도하는 행위뿐이었다. 아기의 죽음으로 인해 이렇게 '아기를 모살한' 공동의 혐의를 정당하게 받아들이고, 아기의 울음소리로부터 놓여난 그들은 다시는 아이를 갖지 않기로 암묵적인 약속을 한다. 이때부터 남편은 아이의 울음소리를 세상에서 가장 싫어하는 소리로 느끼게 되었고, 아이가 없음으로 해서 부부는 공감대를 형성하던 것들을 상실해간다.

> 그들의 사랑의 행위가 만들어낸 최초의 작품이 뇌성마비아였다는 걸로 그들은 그 행위의 생산성을 저주했고, 철저히 배제하려 들었다. 그들은 그 점 마음이 딱 들어맞는 부부였다. 그들은 그 아기를 잃은 후 한번도 "그놈의 것"을 사용하지 않고 몸을 섞은 적이 없었다. 그녀의 몸의 리듬이 "그놈의 것" 없이도 생산성이 없는 시기에도 그들은 "그놈의 것"의 사용의 중단을 고려하지 않을 만큼 철저했다. (62~63쪽)

남편은 그녀에게 늘 정중하고 관대했지만 그녀는 가끔 남편에게 무시당했다거나 미움을 받는다고 느꼈고, 자신도 그를 "무시하거나 미워하는 걸로 앙갚음"한다. 그들은 공감을 상실한 부부이다. 위무 받고 싶은 아내의 심리적 갈망을 성적 요구로 오해하여 "그 놈의 것"이 없어 안 된다며 돌아

눕고 만다. 이들은 7년 동안 콘돔을 사용하지 않고는 성관계를 가진 적이
없다. 그들의 성행위에서는 생산성이 거세되어버린 것이다. 생산성이 배제
된, 모성이 부정된 그녀의 내부는 황폐한 불모지일 뿐이다.

　남편은 반도체 회사에 근무하는데 나이 사십도 되지 않아 머리가 하얗
게 세었다. 기술 문명의 총아인 반도체는 불모성의 이미지와 상통하고 있
다. 흰 머리의 기형아는 남편의 직업병이거나 산업 공해와 함수 관계를 가
지고 있다. 따라서 이들의 성관계는 생산성이 없는 것이고, 부부간의 사랑
과 화합이 아닌 의무적인 것으로 보인다. 아내는 남편과는 달리 아이를 갖
고 싶은 욕망을 가지고 있으니 부부는 서로 어긋나고 있는 것이다.

　칠 년 동안 생산가능성을 배제한 채 살아오던 그녀의 내부에 조금씩 균
열이 생겨난다. 그 균열을 조장하는 일차적인 원인은 '이물감'의 경험이다.
인간 본성의 왜곡이 병적 증상을 수반하는 것은 남편의 슬립 선호에서도
나타난다. "그녀는 닭살도 아니고 살집에 탄력이 없어질 만큼 늙지도 않았
지만 남편은 맨살보다도 얇고 매끄러운 화학 섬유를 통해 그녀의 몸뚱이를
만지기를 더 좋아"한다. 그래서 그녀의 잠옷은 언제나 나일론 슬립이 된다.
무더운 여름밤의 꿈속에서, 나일론은 콜타르와 엉겨붙어 주인공의 몸에 화
상을 입히는 악몽의 요인이 된다. 이렇듯 인공의 피부를 선호하는 그들은
자신의 피부의 존재 의의를 상실한다. 그래서 아내는 살 기운을 잃어가고,
남편은 머리가 세어진다. 이는 산업화의 지표와 조응하며, 주인공이 처해
있는 그 시대 전체를 상징한다.

　또한 집을 잘못 찾아온 술 취한 남자를 인식하는 최초의 느낌 또한 이물
감이다. '수술 후 잘못해서 뱃속에 넣고 꿰맨 핀셋이나 가위처럼 그 이물감
은 그녀의 몸속에 끝끝내 남아서 문득문득 무슨 변괴를 부리고 해를 끼칠
것 같'은 불안감으로 존재한다. 밤늦게 들어온 남편이 자신이 연구한 반도
체 기술에 대해서 설명할 때도 그녀는 '초극미한 세계에 대한 경탄보다도
불가해한 것에 대한 이물감이 오한처럼 기분 나쁘게 그녀를 엄습'하는 것

을 느낀다. 이러한 이물감의 경험에 대해서 그녀가 바라는 것은 '위무'의 행위이다.

　　그녀는 남편에게 그 이야기를 털어놓고 싶었다. 죄책감 같은 건 없었다. 그 작은 사건은 잘잘못을 가릴만한 일도 못 된다. 그러나 누군가에 의해 위무받고 싶었다. 그녀는 그녀가 경험한 한밤의 이상한 이물감을 시간이 지나면 저절로 잊혀질 사건이 아니라 집요하게 눌어붙어 번식할 세균성의 화근처럼 느꼈기 때문에 누가 그럴 리가 없다고 말해주길 바랬다.
　　　　　　　　　　　　　　　　　　　　　　　　　　　(62쪽)

그녀에게 나타난 이물감에의 경험은 다름 아닌 첫아기를 잃은 경험과 은밀히 맞닿아 있다. 자신이 원하지 않았던 경험, 생명에의 환희가 거세된 차갑고 섬뜩하며, 오한이 이는 경험, 이것은 다름 아닌 자기의 몸을 빌어 태어난 생명이 빛을 잃고 소멸해가는 과정에서 그녀가 느낄 수밖에 없었던 불모성에의 이질감을 의미한다. 따라서 그녀는 이러한 이물감의 경험을 그녀가 다시 체험할 수밖에 없는 상황을 위무 받고 싶은 것이다.

이러한 이물감에의 경험과 더불어 그녀의 내부의 더 큰 균열을 조장하는 것은 아이의 '울음소리'이다. 첫 아이의 죽음 이후 그녀와 남편은 아이의 울음소리에 대한 거부감을 가지고 있다. 끝없는 울음소리만 남겨두고 죽은 첫 아이에 대한 기억을 떠올리고 싶지 않기 때문이다. 이러한 그녀에게 긍정적인 기억으로 남겨진 아이의 '울음소리'에 대한 경험은 앞집의 아이에게서 비롯된다.

어느 날 부부 싸움 끝에 빈집에 혼자 남은 앞집 아이는 계속해서 울고, 그녀는 아이를 집으로 데려와 달래준다. '아이의 몸은 실하고 따뜻했고 귓바퀴는 섬세했으며, 그녀는 그 귓바퀴에 입을 대고 저어기 엄마 온다를 속삭일 때마다 그 말 말고 아이의 혼을 흠빡 빼앗을 마술의 언어를 쏟아 부을 수 있었으면 하는 헛된 바램으로 가슴이 울렁거렸었'다. 이렇게 울음소리

를 통해 그녀에게 되살아난 것은 아이에 대한 은밀한 애정과 관심어린 시
선이다.

> 아이가 처음으로 말을 했다. 목쉰 소리였지만 또렷했다.
> "아침이야."
> 아이가 줄기차게 기다린 건 엄마가 아니라 아침이었을까? 그녀는 실
> 없는 생각을 하면서 아이를 힘주어 안았다.
> "아침은 초록이야."
> "초록빛?"　　　　　　　　　　　　　　　　　　　　　　　(57쪽)

‘아침은 초록’이라는 아이의 말은 알리바바의 주문처럼 그녀 안에 닫혀
있던 녹슨 문을 밀어 여는 마술을 부린다. 이때부터 그녀는 창가에 쭈그리
고 앉아 아이가 명명한 초록빛 새벽을 기다리게 된다. 칠흑의 어둠은 그녀
의 내면의 어둠에 상응하고, 그 속에서 초록이 싹 트는 기미를 기다리는 것
은 자신의 갈망의 숨겨진 실체를 응시하는 행위이다. 그녀는 앞집 아이의
손목을 잡고 꽃밭을 거닐고 싶고, 아이에게 갖가지 꽃이름과 그 정확한 빛
깔을 가르쳐주고 싶기도 하다. "아침"이라는 시간과 "초록"이라는 색채, 그
리고 꽃밭은 아이와 동질성을 띠는 것으로 보아진다.

> 그녀의 얼굴이 점점 아득해졌다. 그녀는 또 아이의 울음소리를 듣고
> 있었다. 그러나 이번엔 성급하게 현관으로 뛰쳐나가진 않았다. 그녀는
> 그 소리가 문 밖이 아니라 아주 먼 곳, 그녀가 거쳐온 기나긴 무명(無明)
> 의 시간의 회랑(回廊) 저 끄트머리, 그 아득한 소실점(消失点)으로부터
> 들려오고 있다는 걸 알고 있었다. 이제 그건 이미 귀로 들을 수 있는 소
> 리가 아니라 그녀의 메마르고 갈라진 마음으로 골고루 스미는 습기 같
> 은 거였다.　　　　　　　　　　　　　　　　　　　　　　(58쪽)

자신의 내부로부터 들려오는 아이의 울음소리에 귀기울이는 순간, 그녀

는 '새롭고도 감미로운 그리움'으로 솟아나는 감정이 무엇인지, 누구를 향한 것인지를 감지하게 된다. 이렇게 아이를 갖고 싶다는 심경의 변화가 뚜렷한 가운데 남편이 어느 날 콘돔을 가지고 들어왔다. 그를 받아들여야 할 순간에 그녀는 예의 그 '그 놈의 것'을 똑똑히 응시하고, 그것이 바로 며칠 동안 기분 나쁜 이물감을 느끼게 한 것의 정체였다는 사실을 깨닫게 된다. 이는 이물감의 실체를 추상적인 것에서 모성, 즉 아이를 갖고 싶다는 자신의 욕구로 구체화하게 된 것이다.

> "여보 들어봐. 아이 우는 소리가 들리잖아."
> 남편이 이렇게 다정하게 속삭였다. 그러고 보니 아이 우는 소리가 들리는 것 같았다. 그러나 문 밖은 아니었다. 그들은 동시에 아주 멀리서 우는 아이의 울음소리를 듣고 있었다. 행복한 공감이었다. 아이는 그들이 같이 걸어온 아득한 시간의 회랑 저 끄트머리 쯤에서 울고 있었다. 거기서 남편을 만날 줄은 정말 뜻밖이었다. 더욱 뜻밖인 건 울음소리를 들으면서 자는 남편의 아름답고 싱그러운 미소였다. 비록 흰머리가 섞인 머리칼이 몇 가닥 늘어졌을망정 이마도 소년처럼 번듯하게 빛나고 있었다. 그녀가 남편에게서 그렇게 풍부하게 부드러운 감정을 느껴보기도 처음이었다. 마치 비로도에 싸인 것처럼 안락했다. 그리고 행복했다.
> 이제야말로 망설여서는 안 될 것 같았다. 그리고 정직해져야겠다. 그녀가 자신있게 남편의 뿌리가 입고 있는 그 흉측한 이물질을 벗겨냈다.
> 정욕보다도 훨씬 집요하고 세찬, 생명에의 갈구가 그녀를 무자비하게 비틀었다. (69쪽)

자신이 생산해내고 싶은 아이는 아득히 먼 곳에 있다. "그녀가 거처온 기나긴 무명의 시간의 회랑 저 끄트머리, 그 아득한 소실점으로부터 들려오는"것이다. 그곳은 존재의 회귀점이다. 그래서 생명에의 갈구가 되는 것이다. 따라서 아이를 가지지 못하는 생활은 존재의 무화(無化)를 의미한다. 아이는 없고 망령 난 노인만 있는 그녀의 집은 생성은 정지되고 소멸의 과

정만 남아있는 죽음의 공간이 된다. 아이의 울음소리에 대한 남편의 변화
는 생산성의 회복을 의미한다. 그가 세상에서 제일 싫어하는 것이 아이의
울음소리였는데, 그런 그가 아이의 울음소리를 들으면서 "부드럽고 아늑
한" 표정과 "아름답고 싱그러운 미소"가 감돌게 된 것이다.

이때의 아이 울음소리는 환희의 송가처럼 들린다. 모성성의 발현이 본
격화되는 것이다. 그러면서 부부간의 정서적·육체적 화합이 이루어지고
사랑과 연민이 복원된다. 아이를 가져야겠다는 결심을 하는 순간 위축되고
자유롭지 못하던 남편과의 소통도 가능해진다. 이들이 사는 공간인 아파트
가 상징하는 것처럼, 풀 한 포기 자랄 수 없는 불모의 세계에서 모성이 회
복되자 모든 것들과의 화해가 가능해진다.

아이를 갖고 싶은 내면의 욕망은 시어머니에 대한 그녀의 심리적 변화
과정을 동반한다. 시어머니는 아파트로 옮겨온 후부터 망령이 더욱 심해져
서 아랫도리를 벗고 돌아다닌다. '누구만 보면 더욱 치부를 활짝 드러내 보
이고 싶어하'는 시어머니에 대해서 남편이 '그곳으로부터 태어났다는 데
혐오감과 굴욕스러움을 느'끼며, '시어머니가 그곳을 허구헌날 드러내놓고
사는 건 아들에 대한 모독일 뿐 아니라 인간에 대한 악랄한 능멸이란 생각
까지' 하게 된다. 어머니의 육체를 자신의 근원적 공간으로서 회귀하고 싶
은 욕망의 대상으로 생각하기보다는 혐오와 공포의 대상으로 여기기 때문
이다. 그 망령 때문에 그녀는 효자였던 아들과 격리되고, 다른 모든 타인들
과의 관계에서도 완전히 고립되어 며느리에게만 의존하며 그녀의 삶을 망
가뜨린다. 이러한 시어머니에 대해 그녀는 살의에 가까운 혐오를 느끼지
만, 작품 후반부에 가면 그 혐오는 연민으로 바뀐다.

벌거벗은 배는 주글주글 몇 겹의 굵은 주름과 수많은 작은 균열로 푹
꺼지고 늘어진 게, 마치 함부로 도굴하고 메꾸어 버린 무덤자국 같았다.
저 배가 한때 쉴새없이 자식을 배고 기르느라 풍만하게 부풀었을 생명
감 넘치는 고장이었다는 걸 누가 알까? 그녀는 자기만이라도 그것을 알

아줘야 할 것 같았고, 그 곳에 귀를 기울이면 그 곳을 거쳐간 생명들의
흔적을 느낄 수 있을 것 같았다. 그녀는 처음으로 시어머니의 적나라한
노구(老軀)에 연민을 느꼈다.   (66쪽)

그녀는 시어머니의 "적나라한 노구(老軀)"에 처음으로 연민을 느끼며, 그
보다 더 진한 연민을 아파트를 처음 보고 느꼈을 시어머니의 "엄청나고 고
독한 이물감"에 대해 공감한다. 시어머니의 치부는 무수한 생명이 거쳐간
자리이며, 무덤 자국 같은 배는 쉴새 없이 자식을 잉태하고 키워내던 생명
의 보금자리이다. 자신의 불모화된 자궁, 모성에 대한 부정적 인식으로 인
하여 혐오스럽게 여겨졌던 시어머니의 치부가 한 순간, 풍요로움과 생명감
넘치는 고장과 일치되어 인식되는 현상은 그녀의 내부에서 일어나기 시작
한 생명에의 갈구, 모성에 대한 긍정적 인식과정과 궤를 같이 한다. 즉 시어
머니와 자신을 동일선상에서 바라봄으로써 시어머니를 이해하게 된다.

이처럼 「울음소리」는 생산성을 통한 모성성 회복을 위한 도전, 부부 관
계의 원점 회귀, 인간에 대한 연민의 확대, 이물감에서의 해방 등을 꼽으면
서 '수동적인 삶'에서 '능동적인 삶'으로 옮겨가는 긍정적인 부분을 보여주
었다. 토악질이나 복수로서의 글쓰기에서 본질 찾기의 글쓰기로 작가의 세
계관이 바뀌는 중요한 기점이 되고 있다. 뿐만 아니라 박완서는 「울음소리」
로 산업화, 도시화에 따른 문제점들을 모성을 통하여 극복하는 과정을 보
여준다. 그의 문학의 긍정성을 논할 때 「울음소리」에 나타난 사랑과 화합
의 모성성 원리에 뿌리를 두는 이유들이 여기에 있다고 하겠다.

(2) 근대성의 주체로서의 모성 …… 「엄마의 말뚝1」[51]

전통적으로 여성은 수동적이고 소극적이며, 우유부단하고 체제에 순응
하는 존재라는 특질을 가지고 있는 것으로 규정되었고 이러한 특성에 합당

---

51) 박완서, 「엄마의 말뚝1」, 『엄마의 말뚝』, 세계사, 2002. 이하 쪽수만 기입.

한 여성이 높게 평가되어 왔었다.52) 이와 같은 가치관 속에서 길들여진 여성들은 가정에서 남성을 자신보다 앞설 수 있도록 내조하거나 남성의 대를 이어줄 아들을 낳아주면서, 자신의 내적인 욕구나 솔직한 감정을 표현하지 않는 존재로, 주로 약하거나 혹은 인내하는 모습들로 상징화되어 왔다. 그러나 박완서 소설 속의 여성들은 이렇게 규범화된 수동적인 여성상을 거부한다.

특히 어머니로 표현되는 인물들은 전통적인 윤리규범에 반하는 입장을 취하면서 강한 여성의 모습을 보이는데『엄마의 말뚝』연작이나『그 많던 싱아는 누가 다 먹었을까』에서 주체성이 강한 어머니의 모습을 볼 수 있다.53)

『엄마의 말뚝』연작 세 편의 엄마 이야기는 구습과 무지로 남편을 잃은 한 젊은 여성이 '지식과 자유'로 상징되는 도시에서 어떻게 삶의 근거를 이룩하는가, 부재하는 남편을 대신하여 그녀 삶의 희망이 되는 아들의 의미는 무엇인가, 전쟁이라는 집단적 폭력은 그녀의 인생에 어떤 상흔을 남기는가 등의 물음을 통해 어머니의 일생을 묘사한다. 시부모를 봉양하며, 가문의 계승자인 아들을 낳아 기르고, 나이 든 후 시집의 안주인이 되는 것이 한국여성의 전통상인데, 이 텍스트의 어머니는 엄연한 양반가의 며느리임에도 불구하고 그런 보편적 여성상으로부터 비켜서 있다. 즉 맏며느리의 책임인 시부모 봉양이라는 전통적 가치 질서도 거부하고, 재산상의 권리를 포기할 만큼 어머니의 아들에 대한 열의는 대단해서 안위가 보장된 수동적 생을 거부하고 능동적이고 적극적인 모성의 삶을 찾아 도시로 향하는 것이다.

본고에서는 「엄마의 말뚝1」만 다루지만, 「엄마의 말뚝」연작의 표제어인 '말뚝'은 박완서 소설의 중요한 상징 중 하나이다. '말뚝'이란 먼저 일상의 근거지인 생활공간을 의미한다. 도시입성 이후 최초로 집을 마련하였을

---

52) 김미현,『한국여성소설과 페미니즘』, 신구문화사, 1996, 284~285쪽.
53)『그 많던 싱아는 누가 다 먹었을까』는 1992년 발표작으로 본 논문에서 다룰 1970~1980년대 작품군에 속하지 않기 때문에 다루지 않기로 하겠다.

때, 엄마가 드디어 서울에 말뚝을 박았구나"라며 감격해하는 장면은 이를 뒷받침 해준다. 두 번째로 '말뚝'은 나의 의식의 근간이 된, "어머니가 세운 신여성이란 것의 기준"을 나타낸다. 이는 "나의 의식은 아직도 말뚝을 가지고 있었다. 제 아무리 멀리 벗어난 것 같아도 말뚝이 풀어준 새끼줄 길이일 것이다"라는 회고에서 확인된다. 세 번째로 '말뚝'이란 엄마의 자랑이었던 오빠의 존재와 그의 참혹한 죽음이 남긴 상처를 상징한다. 이는 「엄마의 말뚝2」가 오빠에 대한 엄마의 변치않는 믿음과 그의 죽음에 얽힌 치유되지 않은 상처를 그리고 있는 데서 확인된다. 나는 이러한 '말뚝'에 묶인 '새끼줄'이다. 엄마가 마련해준 생활의 근거지에서 출발하여 현재의 삶을 일구었고, 지금도 "어머니가 세운 신여성이란 것의 기준"을 의식하면서 살아가고 있으며, 더욱이 엄마와 마찬가지로 오빠의 죽음이 남긴 상처로 고통받고 있기 때문이다.54)

『엄마의 말뚝1』은 엄마의 서울 입성 과정에서 굳게 닫힌 인습을 깨고 주체적인 삶을 살려는 어머니의 모습이 잘 드러나 있다. 시부모에게 기대어 종가집 맏며느리로 안정된 삶을 보장받은 엄마가 박적골과 싸움을 하게 되는데 물론 그 이유는 자식들을 잘 키우기 위해서 선택한 방법이다. 생활면에서 모든 것이 보장된 박적골을 떠나 미지의 고장으로 떠나려는 것은 자신의 목표와 그 목표를 이루기 위한 주관이 없으면 불가능한 일이다. 평화의 상징이었고 삶의 터전이었던 박적골이 무지와 미개의 고장으로 변모하게 되는 까닭은 아버지의 죽음 때문이다. 대처의 양의사에게만 보였으면 생손앓이처럼 쉽게 째고 도려내고 꿰맬 수 있는 병을 푸닥거리하고 한약으로 다스리려고 한 박적골은 무지와 미개의 고장으로 변화한다. 아버지의 죽음이 없었더라면 할아버지와 아버지의 그늘에서 지냈을 어머니에게 아버지의 죽음이라는 가족의 슬픔은 어머니를 강한 여인으로 변모시켰으며, 마침내 그러한 미개한 고장에서 소중한 자식들을 구해내야 한다는 강한 모

---

83) 이정희, 「오정희・박완서 소설의 근대성과 젠더의식 비교연구」, 경희대 박사논문, 2001, 88쪽.

성으로 서울로의 입성을 강행하게 되는 것이다. 한 여자로서보다는 자식을 위한 어머니가 될 때 여자는 과감히 행동하는 면모를 보이며, 자신이 지닌 능력 이상을 발휘하게 되는 것이다. 따라서 모성이 억척스러워지거나 주체적이 되는 것은 아버지의 부재, 즉 가장의 부재시이며, 이는 부재하는 아버지의 자리를 메꾸기 위한 필연적인 삶의 순환방식이며 아버지 없는 우리의 현대사를 입증한다 할 수 있다.

이러한 현상 즉 아버지의 부재라는 문학적 현상은 아버지를 잃어버린 우리 현대사의 흐름을 그대로 반증하는 한 특성으로 한국 여성문학의 모계 가족 구조를 산출시키는 동인이 되어왔다. 일찍이 김윤식이 박완서 소설에 나타난 '여성적 양식(female mode)'을 모계문학이라고 규정짓고, 그를 모계 문학의 전형일 뿐 아니라 가장 세련된 양식의 모계 문학 작가라고 말했듯이[55] 박완서 문학의 대부분은 모성성이 뿌리가 되고 있다. 생명에의 갈구, 생산성의 모체이며 풍요의 원천인 모성을 통해 열린 가능성을 제시한다는 것이 그의 소설에서 공통적으로 드러나는 중요한 점이다. 그렇듯 아버지가 구체적 삶의 현장에서 사라진 대신 어머니는 안방이라는 닫혀진 공간으로부터 현실과 역사의 열린 공간 위에 서게 된 것이다.[56] 「엄마의 말뚝1」에서 서술하고 있는 무지로 인한 아버지의 죽음과 그에 따른 할아버지 세계에서의 일탈은 모계 가족구조의 편입을 뜻한다. 모계 가족 구조로 고착되는 새로운 상황은 여성의 정체성에 위기와 혼란을 유발하고 난 후에 필연적으로 새로운 정체성을 획득하게 된다.

> 엄마는 그 때부터 대처로의 출분(出奔)을 꿈꿨다. 마침 오빠의 소학
> 교 졸업을 기화로 그 꿈은 구체화되었다. 엄마는 아버지의 3년 상도 받
> 들기 전에 오빠를 데리고 서울로 떠났다. 맏며느리로서 시부모 공양하

---

55) 김윤식, 「박완서론—기억과 묘사(작가와의 대화)」, 『문학동네』, 1996, 47쪽.
56) 황도경, 「여성의 글쓰기와 꿈꾸기, 그 여성성의 지평」, 『문학정신』 67호, 열음사, 1992, 49쪽.

고 봉제사라는 신성한 의무를 포기하는 대신 엄마는 아무런 재산상의
권리도 주장하지 못했다. 숟가락 하나도 집안 것은 안 건드리고 오로지
당신의 단 하나의 재간인 바느질 솜씨만 믿고 어린 아들의 손목을 부여
잡고 표표히 박적골을 떠났다.   (15~16쪽)

봉제사 할 맏며느리의 의무도 저버리고 재산권도 포기한 채, 오로지 자
식들을 위해 고향을 떠나는 어머니는 지금까지 자신의 정신적 기반이었던
조상의 신주와 시아버지 대신에 그 자리에 아들을 앉힌 것이다. 그리고 엄
마는 당당하게 자신의 힘만으로 아들의 성공을 성취하려는 욕망을 보인다.
그러기에 서울의 변두리 상상꼭대기 한데의 뒤간 같은 집에 세들어 살면서
도 자긍심을 가질 수 있었던 것이다.

나에게 보여진 엄마의 억척스러움은 처음 서울에 당도하면서부터 시작
된다. 박적골에서 할머니가 싸주신 것을 바리바리 들고 경성(서울)역에 도
착한 후 지게꾼과 흥정을 시작하는 엄마의 모습은 전통적인 여성들이 보여
주는 조신한 안방 마님의 모습이 아니라 삶에 당당하게 맞서는 여전사의
모습이었다. 기생집 삯바느질을 하면서 아무런 연고도 없는 서울에서 아들
과 딸을 자신의 힘만으로 키워 나가야 하는 여성인 어머니에겐 칠장이, 도
배장이, 미장이의 일 등 못하는 것이 없는 아버지의 자리까지 대신할 억척
스러움이 있어야 했던 것이다.

오빠를 데리고 서울로 가는 일에 성공한 엄마는 곧 이어 나를 데리러 박
적골로 내려온다. 삯바느질로 한 입을 더 얹는 일이 어려움에도 불구하고
'굶든 먹든 자식은 에미가 데리고 있어야' 한다며 엄마는 나를 할머니의 품
에서 서울로 데려간다. 이유는 공부할 나이에 공부를 해야한다는 것이다.
딸을 공부시켜 신여성으로 키우고 싶은 어머니의 소망은 무지한 고향에서
남편을 잃은 경험에 대한 반대급부로 자식들을 신식으로 키우겠다는 데에
있다. 아들의 성공은 의무이자 가문의 보장된 미래가 되지만, 딸의 성공은
나의 선택이자 딸 개인의 보장된 권리를 약속 받게 되기를 바라는 마음에

서다. 이 과정에서 어머니에게 있어서 딸은 대리만족의 대상으로 비춰지기도 한다. 딸의 단발머리 자르기, 매동 학교의 위장 입학 등은 봉건적 가부장제 하에서 자아를 뒷전에 두고 살았던 자신의 삶을 보상받고자 하는 대리만족의 욕구를 드러내는 모습이기도 하기 때문이다. 그러나 이러한 어머니의 내면은 강렬한 자기 성장 의지를 가지게 되며, 자신의 의지실현의 간접적 방법으로 딸을 신여성으로 키우게 된다. 그렇다해도 내가 신여성이 되기를 원하는 엄마의 일차적 욕망은 딸이 안정적인 삶, 즉 모든 면에서 남성의 뒷전에 물러나 있어야 하는 수동적인 여성으로서가 아닌, 자신의 의지대로 살기를 바라는 데에 있다. 「엄마의 말뚝」 연작에서 엄마는 아들을 위해서는 어떤 문제도 불사하는 가부장제의 옹호자이기도 하지만, 여성으로서 새로운 가치질서의 확립자이기도 하다. 박완서 소설 대부분은 아버지가 부재하는데, 새로운 아버지를 찾으려는 노력은 거의 보이지 않는다. 오히려 끊임없이 어머니를 이야기함으로써 어머니 찾기를 통한 다양한 정체성을 확립한다.

엄마는 또 내 귓가에 소곤소곤 내가 서울 가서 앞으로 되어야 하는 신여성에 대해 얘기해 주기도 했다.

"신여성이 뭔데?"

"신여성은 서울만 산다고 되는 게 아니라 공부를 많이 해야 되는 거란다. 신여성이 되면 머리도 엄마처럼 이렇게 쪽을 지는 대신 히사시까미로 빗어야 하고, 옷도 종아리가 나오는 까만 통치마를 입고 뾰족구두 신고 한도바꾸 들고 다닌단다."(중략)

"신여성이란 공부를 많이 해서 이 세상의 이치에 대해 모르는 게 없고 마음먹은 건 뭐든지 마음대로 할 수 있는 여자란다."(중략)

"이것아, 계집애 공부시키는 건 아들 공부시키는 것 하고 달라서 순전히 저 한몸 좋으라고 시키는 거지 집안이 덕 보자고 시키는 거 아니다. 느이 오래비 성공하면 우리 집안이 다 일어나는 거지만 너 공부 많이 해서 신여성 되면 네 신세가 피는 거야, 이것아. 알았지?" (24~25, 47쪽)

엄마에게 있어 '신여성'이란 '이 세상의 이치에 대해 모르는 것이 없고 마음먹은 것은 뭐든지 할 수 있는 여자'라는 막연한 이미지를 가지고 있지만 그것은 어쨌든 자신의 딸을 자신보다는 더 나은 사람으로 만들어 줄 수 있는 것으로 믿고 있다. 엄마의 숨은 신앙은 나를 신여성으로 만드는 것이기 때문이다. 바꿔 말하면 신교육에 대한 열망이다. 그래서 평소에는 자식들에게 거짓말을 엄격히 금지시켰던 어머니였지만 자식을 더 나은 학교에 보내기 위해 거짓 기류계를 작성하는 추진력도 보여주며, 자식을 위해서라면 무엇이든 할 수 있는 적극적인 면모를 보여준다. 아들을 자신의 목숨처럼 생각하는 면에서는 다름이 없지만, 딸을 신여성으로 만들기 위해 편법을 동원하면서까지 세상과 부딪히는 면모는 『나목』에 비해 다른 모습을 보여준다. 아들이 존재하지 않는 상황에서 딸의 존재는 무의미하다는 생각을 가진 완벽한 가부장적 어머니에서, 딸의 존재가치는 물론 자신보다는 발전된 삶을 살기 위해서는 공부를 해야 한다는 새로운 모성으로 변모해 있는 것이다.

딸을 신여성으로 만들기 위해 맨 처음 한 일이 단발사건이다. 단발은 과거의 기준들을 깨고 새로운 가치관을 심자는 의도가 담긴 '모더니티의 진정한 표상'이었던 것이다.[57] 이러한 단발의 상징성을 엄마는 나에게 강제로 부과하며 "서울 아이들은 다 이렇게 단발머리하고 가방 메고 학교 다닌단다. 너도 서울 가서 학교 가야 돼. 학교 나와서 신여성 돼야 해"라고 가르친다. 단발이란 신여성 되기의 일차적인 절차였던 것이다. 학교라는 제도와 공간은 근대의 상징이다. 사실 엄마의 신여성 상(像)은 상당히 피상적이다. 그것은 엄마가 신여성의 삶에 대해 구체적으로 아는 바가 없기 때문이다. 엄마에게 신여성은 "구식 여자들이 살아온 것과는 전혀 딴 운명을 살 수 있는 가능성에 대한 엄마의 한 맺힌 매혹"이 투영된 대상일 뿐이다.

이에 대해 최경희는, 신여성에 대한 엄마의 설명이 엄마와 신여성 관계

---

57) 김진송, 『현대성의 형성: 서울에 딴스홀을 許하라』, 현실문화연구, 1999, 180~181쪽.

의 두 가지 중요한 경향을 시사해 준다고 설명한다. 첫째는 엄마에게 신여성은 자신의 부정으로서의 의의를 갖는다는 것으로서, 신여성은 엄마가 내면화한 여성성을 지니지 않았다는 것이다. 그리고 둘째는 이상으로서의 신여성을 "전지전능한 여자"라는 말로 바꿀 수 있다는 점에서 알 수 있듯이, 구여성인 엄마가 수용한 신여성은 물신화 경향을 띤 채 마술적인 힘을 지닌 것처럼 인식되고 있다58)는 것이다. 엄마에게 신여성이란 자신과는 다른 삶을 사는 여성, 자신이 소망하는 삶을 현실화시켜 사는 여성을 총칭하는 말이었던 셈이다. 이 말 속에는 자신의 삶을 자신의 의지대로 살지 못한 엄마의 의식이 투영되어 있다. 그리고 그러한 여성의 모습을 딸을 통해 실현시키기 위해 엄마는 나를 대처로 데려간 것이다.

딸의 교육을 위해 어머니가 보여준 신념과 행동 즉 서울로의 전입, 바느질 금지, 굿구경과 감옥소 출입 금지, 문안 학교 입학 등과 비교할 때 일견 모순되어 보이는 이런 의식은 아버지와 어머니의 역할을 모두 담당해야 하는 어머니의 상황을 대변한다. 즉 부재하는 가장을 대신하는 남성의 시각에서 아들의 성공을 바라지만 구습과 무지로 남편의 죽음을 경험한 여성의 관점에서 딸의 독립과 자유 또한 중요하게 생각한다.

어머니 의식 속의 신여성은 "히사시까미, 통치마, 뾰족구두, 한도바꾸" 차림의 외모 뿐 아니라 "공부를 많이 해서" 박식하고 "뭐든지 마음대로 할 수 있는" 자유로운 내면을 가진 존재다. 가부장제 하에서 딸을 기르기 위해서는 어머니의 내면에 강한 자기 성장의식이 있어야 하며, 이것의 구체적인 실현이 신여성이라는 표상이다. 엄마가 남편의 죽음을 계기로 시집을 떠났다고 해서 어머니가 가부장제의 그늘을 벗어난 것은 아니다. 앞에서 언급했듯이 아들과 딸의 교육을 다른 관점에서 이해하는 어머니의 언술은 그녀의 의식 속에 가부장의 이념이 존재함을 보여준다. 그럼에도 불구하고 딸을 통해 모성의 새로운 가치 질서를 세워가며 정체성을 획득해간다.

---

58) 최경희, 「'엄마의 말뚝1'과 여성의 근대성」, 『민족문학사 연구』, 1996, 129쪽.

엄마는 서울 변두리 밖 현저동 상상 꼭대기에서 한데 뒷간 같은 집에 세들어 살지만 자신의 이성과 의지력으로 여가장제를 확립한다.[59] 바느질 솜씨 하나를 믿고 서울로 올라온 어머니는 비록 천한 기생의 옷을 바느질하며 생계를 꾸려 나가지만 기품 있고 도도한 태도를 잃지 않는다. 동네 사람들을 '상것들'이라면서 몸서리를 치며 딸도 이웃들과 고립시키려는 엄마의 궁지는, 이율배반적이긴 하지만 자신이 배반한 유교적 규범과 시댁이 양반이라는 데서 나오는 행위이다. 엄마는 이웃을 대하면서도 상종해도 괜찮을 상것, 그래서는 안 되는 바닥 상것으로 나누어 어떤 상황에서도 결코 주눅 드는 법이 없다. 그런 바닥 상것으로 생각하는 주인집 남자에게 아들이 따귀를 맞고 후레자식 소리를 듣게 되자 '대야에 물을 떠다놓고 솔로 그 망측한 석필 그림을 닦아내는 엄마의 손이 부들부들 떨리고 목구멍에서 짓눌린 오열이 격렬하게 끄르럭'댔다. 그 날 밤 엄마는 떠나온 시댁에 대한 자존심을 꺾고 집을 살 돈을 보내달라는 편지를 쓰게 된다. 거머리에게 피를 빨려 눈병을 고치고, 맹장염 환자를 위해 굿을 하는 고장의 무지로부터 소중한 아들을 구해내기 위해 등진 고향이었지만, 그 아들이 바닥 상것들에게 얕잡아 취급받는 일은 엄마의 가슴을 짓이기는 아픔이었을 것이다. 강력한 자립 의지로 가부장제에 도전했지만 자식들을 지키기 위해 자신을 굽힐 수밖에 없다. 엄마의 이러한 행동은 여성 스스로 생활을 개척하며 살기엔 너무 척박한 시절임을 감안하면, 대처의 바람, 즉 근대화의 물결을 맞아보지 않은 보통의 여성으로서는 엄두도 못낼 의지와 강인함이 있음을 알 수 있다.

어머니는 현저동 꼭대기에 시골에서 부쳐온 돈과 융자를 얻어서 비록 귀살스럽긴 하지만 집을 얻게 된다. 몇 년이 되었는지 본바탕을 알아볼 수 없는 도배지에 빈대 핏자국이 끔찍하도록 낭자한 집이지만 엄마는 양잿물로 닦아내고 약을 뿌리고 도배장판도 새로 한다. 커다란 무쇠솥을 사다가

---

59) 강인숙, 『박완서 소설에 나타난 도시와 모성』, 둥지, 1997, 196쪽.

손수 부뚜막을 만들고 걸기도 한다. ‘엄마는 미장이 도배장이 칠장이…못
하는 게 없다.’ 아무도 도와주지 않는 상황에서 혼자의 힘으로 어떻게든 생
존해야 한다는 의지는 엄마를 못하는 것이 없는 만능인으로 만들었다. 엄
마의 억척스러움은 비가 올 때마다, 독독이, 그릇그릇 비를 받아 빨래도 하
고, 세숫물로도 쓰게 하는 외양으로 나타나고 있다. 어려운 생활을 꾸려가
면서도 자식들 교육만은 최고로 시키고자 했던 엄마는 아버지의 역할을 대
신하는 근대 속의 주체적 모성상이다.

> 이사간 날, 첫날 밤 세 식구가 나란히 누운 자리에서 엄마는 감개무
> 량한 듯이 말했다.
> “기어코 서울에도 말뚝을 박았구나, 비록 문 밖이긴 하지만 ……
>
> (49쪽)

갖은 고생 끝에 서울에 자신의 집을 지니게 된 엄마는 감개무량해 한다.
그 집은 자식들의 삶의 근간이 될 터이니 어머니로서 긍지를 갖는 것은 너
무나 당연하다. 뿐만 아니라 자식을 위한 것이라 할지라도 강인한 생활인
으로서의 엄마의 다부진 삶이 없다면 이러한 성취는 불가능했을 것이다.
이처럼 「엄마의 말뚝1」의 모성은 어머니로서의 모습과 가장으로서의 부
성적인 모습을 겸비하고 있다.

김동선에 의하면 여기서의 ‘말뚝’이 부권이 상실된 가정을 복원하기 위
한 강인한 엄마의 욕망과 희망이 뿌리내림을 의미하는 것이라면, 「엄마의
말뚝3」에서 ‘말뚝’은 한 여성 인물의 개인적 시련과 성취가 마무리되었음
을, 그리고 거대한 현실 속에 한 가족을 온전히 자리 잡게 만든 자랑스러운
어머니의 힘을 의미하는 것이기도 하다. 또한 ‘말뚝’은 “여가장제(matriarchy)
의 확립”을 의미하는 것이기도 하다. 그러므로 엄마의 ‘말뚝’은 전쟁이나 분
단 등의 ‘왜곡된 역사적 남근’에 대립하는 여성들의 현재적이고 모계적인 ‘일
상의 말뚝’이라는 의미까지 지니게 되는 것이다.

엄마는 겨우 바느질 품팔이를 놓았을 뿐 2차 대전이 막바지로 접어
들자 우리들 콩깻묵밥 안 먹이려고 자주 송도 왕래를 해야 했다. 기차간
에서 쌀 수색이 심해지자 엄마는 빈 몸으로 갔다가 빈 몸으로 돌아왔다.
달라진 게 있다면 호리호리한 엄마가 뚱뚱해져 돌아오는 거였다. 대개
밤 기차를 탔기 때문에 자정 못 미쳐 돌아온 엄마가 등화관제용 갓이 내
려진 어두운 전등 밑에 쭈그리고 앉아 배나 허리, 젖가슴, 정강이 등 여
기저기서 올망졸망한 쌀자루를 꺼내 양동이에 쏟아 붓는 걸 실눈 뜨고
보고 있으면 절망과 슬픔이 목구멍까지 괴어와서 이를 악물곤 했다. 엄
마의 그짓은 아주 위험한 짓이었다. 목구멍이 포도청이란 말이 그때만
큼 절실했던 적도 없으리라. 일본 순사가 뚱뚱한 여자만 보면 창으로 찔
러 본다는 소문이 파다했다.   (56~57쪽)

　목숨을 잃을지도 모르는 위험을 무릅쓰고 식량을 몸속에 담아나르는 엄
마는 자식들을 먹이기 위해 자신의 간을 내주는 펠리컨적이다. 이 모성은
강철같은 에고와 초인적 슈퍼에고를 겸비하고 있는 독립적인 인물이며, 세
식구의 생계를 책임지려 하는 엄마의 모습은 모계가족의 전범이라고 할 수
있다.[60]
　이러한 엄마가 보여주려 했던 것은 결국 어느 곳에서도 기죽지 않고 자
존심 다치지 않는 당당한 모성으로 존재하는 것이다. 시골집의 친척들 앞
에서는 전통적인 여성으로서의 역할을 거부하고 '신여성'이 존재하는 근대
적 사회로 이행할 것을 선택한 자신의 의지가 확고하고 정당하다는 것을
보여주려는 안간힘으로도 볼 수 있다. 서울 문 밖의 동네 사람들에게는 여
성 가장으로서 자신만의 힘으로 자식들을 키워낸다는 자긍심과, 가장이 없
는 편모 집안에 대한 주위의 편견으로부터 자기 가족을 지키려는 강인한
의지의 발현으로, 엄마의 모순된 우월감이 작용한 것이다. 이렇게 스스로
의 힘으로 서울에 말뚝을 내리기 위해서 자신의 의지와 판단으로 삶을 꾸

---

60) 강인숙, 『박완서 소설에 나타난 도시와 모성』, 둥지, 1997, 196쪽.

려가는 엄마는 주체적인 모성의 전범이 된다. 결국 「엄마의 말뚝1」에 나타나는 모성은 포근하고 영원한 안식처로서의 어머니라기보다 삶의 고단함 속에서도 절대적 가치를 일깨우는 실체적 존재, 삶의 주체성을 획득해가는 원천으로서의 모성인 것이다.

박완서 소설에서 이렇듯 억척모성의 표상으로 떠오르는 '엄마'는 부재하는 아버지의 대리자 역할을 뛰어넘어 좀더 적극적이고 주체적인 삶을 이끌어가는 존재이다. 가족의 생존을 책임지는 가장으로서의 '엄마'가 남편 없이 힘들게 이룩한 생활의 근거가 바로 '엄마의 말뚝'인 것이다. 억척스럽고도 주체적인 모성은 근대세계로 진입하는 과정에서 분담하는 여성의 사회적 역할과도 밀접한 관련을 맺고 있다. 그것은 근대사의 여러 경로에서 빚어진 고난 속에서 어머니 스스로가 감당해야 했던 자기 정체성 찾기의 특질 하나를 암시하고 있다. 「엄마의 말뚝1」에서 '엄마'는 주어진 환경과 운명을 다소곳이 받아들이는 자가 아니라 스스로 새로운 가능성을 선택하여 운명을 갱신하는 자이며, 자신이 설정한 가치를 스스로 실행하는 주체적인 모습을 보여준다. 억척모성으로서의 엄마의 이중성에 때로 공감하기도 하고 때로 반감을 나타내기도 했던 딸은 엄마의 모순에서 전근대적 공간에서 근대적 공간으로 재편되는 시대를 살다간 주체적인 어머니의 삶을 발견하게 된다.

2) 빈곤의 굴레와 모성 고착증 — 공선옥

전 장에서 1980년대 박완서의 모성을 살펴보았다. 박완서의 모성은 살림과 포용이 근간을 이루고 있다. 그의 작품에는 생명에 대한 사랑과 모성이 나올 수 있는 출구를 늘 제시하고 있어서 그 모성으로 현실을 인식하는 개안의 작용을 하기도 한다. 이러한 박완서의 모성과 공선옥 모성의 공통점은 어머니 경험에서 형성되는 삶에 대한 긍정과 평화주의, 박애주의 등이다. 그들은 모성과 어머니 경험이 여성에게 독특한 인식론과 도덕적 시각을 구성한다고 보았다. 그래서 그들은 자신이 출산하지 않은 아이에 대해서까지 모성을 확장시킨다. 반면 두 작가의 모성의 변별점이, 1980년대의 박완서의 모성이 중산층 여성들의 문제를 신랄하게 파고드는 지점까지 다양한 폭을 지닌다면, 공선옥의 모성은 가난으로 먹고살기 힘든 어머니들이 주된 대상이라는 것과 광주라는 역사에 지나치게 몰려 있다는 점이다. 그러나 이렇게 다른 점은 작가가 지닌 문체의 문제에도 이유가 있겠고, 그들이 살았던 시대가 가진 한계도 있을 것이다.

작가 공선옥 소설은 단연 어머니들이 주인공이다. 그의 '어미 노릇'은 너무도 명백해서 실감이 강렬하다. 그의 소설에는 대부분 과부, 이혼녀, 혹은 미혼모이거나 남편 없이 혼자 아이를 키우는 여성들이 자주 등장하며, 그 여성들은 그럴듯한 직업을 갖지 못한 빈민 여성층이다. 그들은 대부분 가정의 경제를 감당해야 하는 아버지나 남편이 부재하는 상황에서 가족들의 생계를 책임 진 어머니들이다. 그의 소설에서 남성인물들은 전면에 부각되지 않는다. 남성들은 대부분 역사적인 사건과 관련되어 배경 속으로 사라진 인물이다. 그의 첫 작품집인『피어라 수선화』의 작품들은 거의 광주 민주화 항쟁과 연결되어 있으며61) 결과적으로 시대의 격변에 휩싸인 남편들 대신 가정을 지키는 여주인공들을 통해 과거로서의 거대 역사와 현재 진행형으로서의 개인사를 맞물려 그려낸다. 김은하는 공선옥의 소설을, 지난 연대의 역사적 층위에 놓여있는 '광주'를 생존의 장인 개인의 일상 공간 안으로 끌어내림으로써 역사와 개인, 과거와 현재를 함께 다룬다고 평한다. 그리고 광주를 소설의 배면에 놓고 직접체험자를 내세우지 않는 것은 광주를 정치적 문제로만 제한하지 않으려는 작가의 의도라고 설명한다.62) 두

---

61) 수록된 9편의 작품 중 「목마른 계절」, 「불탄 자리에 무엇이 돋는가」, 「목숨」, 「흰 달」, 「씨앗불」의 5개 작품에서 광주 민주화 운동이 주인공의 회상이나 대화의 형태로 나타난다.
62) 김은하, 「90년대 여성문학의 새로운 가능성(2)—공선옥론」, 『여성과 사회』 6호, 1995, 118쪽.

번째 작품집 역시 『내 생의 알리바이』에서는 하층민 여성들의 힘겨운 생존의 문제에 치중하고 있다. 두 작품집에서 공통적으로 나타나는 것은, 주인공 혹은 초점 화자는 대개 남편 없이 아이를 키워야 하는 하층민 여성들이다. 그런 그에게 있어서 모성은 선택하고 말고의 문제가 아니라 당연히 주어져 있는 상황이다. 그의 모성은 너무나 현실적이어서 신비한 신화가 될 수 없다. 이 점이 작가 공선옥이 1990년대 여성 소설에서 차지하는 위치를 짐작하게 해준다. 그리고 이 지점이 1990년대 다른 여성 작가들과 다른 점이기도 하다. 앞에서 논의한 1990년대 작가 전경린의 소설이 자기를 무의미하게 만드는 생의 관습적인 고리를 끊기 위해 필사적으로 가출과 탈주를 감행하며, 여성의 자아 실현과 자기 반성, 욕망의 문제에 치중하는 경향을 보인다면 공선옥의 소설은 가족 해체로 인한 하층민 여성의 삶을 모성으로 끌어안는다.

여성은 주부인 동시에 어머니이며, 가족이라는 '사적'인 세계에 주로 위치하는 반면, 남성은 임금을 받아 생계를 유지하며 임금노동이라는 '공적' 세계에 속하는 것이 보편적이며 규범적으로 바람직하다는 통념이다. 그러나 공선옥의 여성 인물들은 그렇지 않다. 부재하거나 일탈을 하는 아버지의 빈자리를 채우면서 아이들을 키우고 일상을 살아내야 하는 어머니들이다. 자녀의 일차적인 양육 책임자이면서 생계부양자로서의 의무까지 짊어진 소설의 여성들에게 '아이를 키운다는 것은 어미의 절대적인 종교63)가 된다.

따라서 1990년대 여성 소설 내에서 공선옥의 작품이 지니는 또 다른 상대적 가치는, 대부분 여주인공들의 내적 갈등과 그 해결이 '모성'을 계기로 나타난다는 점에서 찾을 수 있다. 이는 일종의 모성에 대한 고착64)이라고

---

63) 공선옥, 『오지리에 두고 온 서른 살』, 삼신각, 1993, 4쪽(작가의 말 중에서).
64) 조셉 칠더즈·게리 헨치 엮음, 황종연 옮김, 『현대문학·문화 비평 용어 사전』, 문학동네, 2001, 190쪽. 프로이트의 정신 분석에서 고착은 대상 및 관계의 한 집합에서 다른 집합으로 이동하지 못하는 것. 결과적으로는 만족감을 주었던 초기의 대상

할 수 있을 정도이다. 이때의 모성은 생물학, 심리학적 요소를 지니고 있을 뿐만 아니라 사회적 요소까지 포함하는 복합적 개념을 일컫는다.[65] 모성에 대하여서는 페미니즘 이론의 내부에서도 다양한 입장의 차이점을 보인다. 우리나라의 경우에 있어서는 전통적인 현모양처 이데올로기가, 급격한 근대화 과정에서 자식의 앞날을 좌우할 수도 있는 강인한 어머니상과 결합되면서 여성 고유의 '경험'으로서의 모성을 '제도'로서의 모성, 즉 모성 이데올로기로 압도되면서 모성의 다양한 측면들이 은폐되어 왔다. 이러한 경향은 문학에도 반영되어서, 남성 작가들이 쓴 전후 소설이나 가족사 소설에서의 어머니상은 다분히 가족을 위해 모든 것을 인내하고 희생하는 모성 신화의 복사판으로 드러난다.[66]

그렇다면 여성 작가들의 경우는 어떠한가? 앞에서 살펴본 것처럼, 1990년대 여성 작가들의 작품에서는 주로 모성적 삶에 대한 거부가 나타난다. 이는 제도로서의 모성에 대한 비판의 한 방식이 될 수 있지만, 경험으로서의 모성이 지닌 가치마저 부정할 위험성을 지니고 있기도 하다. 그러나 여성들이 모성을 거부하는 이유는 대부분 가부장제라는 억압된 제도에서 탈출하고자 함이다. 그리고 근래에 들어서 모성에 관한 논의의 초점은 특정한 역사적 시기 하에서의 정체성으로서의 모성론으로 바뀌고 있다[67]는 점을 생각할 때, 공선옥 작품 속의 모성은 1990년대라는 시대 상황에서 어떤 모성을 보여주는지, 그 모성이 어떤 의미를 갖는지 고찰해보는 것도 의의 있는 일이다.

으로부터 떨어져 나오지 못하는 것을 가리킨다. 공선옥 작품에서 여성들은 자기 자신을 아이의 엄마가 아닌 다른 모습으로는 거의 생각하지 못한다. 그녀들의 정체성은 근본적으로 모성과 일치한다.

65) 김연정, 「모성론에 대한 비판적 고찰」, 서울대학교 석사논문, 1994.

66) 김원일의 『마당깊은 집』, 이문열의 『영웅시대』, 선후휘의 「불꽃」 등이 이에 해당한다.

67) 김연정, 앞의 논문, 6~8쪽.

(1) 일탈과 귀환의 변증법적 모성 ······「우리 생애의 꽃」[68]

소설이 만드는 가족 담론[69]은 모성, 모성의 가치, 모성의 본질을 다시 정의하고 환기시키는 담론으로, 따라서 여성의 역할과 규범에 대한 담론으로 전화된다. 본질주의적 성차에 근거한 여성성, 그것이 내포하는 성차별주의에 대한 공박을 문제시하고 본질주의로 회귀시키는 힘에는 언제나 모성과 여성의 동일시가 자리하고 있다. 모성성은 여성들의 삶을 벗어나지 못하며, 그리하여 너무도 자명한 여성들 자신의 체험이기도 하다. 모성애, 모성성에 의문을 품는다면 그것은 반인간적이고 지극히 이기적인 부도덕이다. 공선옥 또한「우리 생애의 꽃」에서 그렇게 말한다.

> 이녁 자식에게 먹일 음식을 장만하는 이 세상의 어미치고 행복해하지 않을 어미가 어디 있단 말인가. 자기 자식에게 먹일 음식을 행복한 기분 없이 불행하다, 또는 비참하다 하며 만든다면 그 어미가 어떻게 진정한 '어미'가 될 수 있겠는가를. 그런 여자는 맞아죽어도 할 말이 없다고 생각한다. 한 마디로 그런 여자가 이 세상에 있다면 그 여자는 그냥 맞아죽어서도 안 된다. 이 세상 온갖 망나니를 동원하여 치도곤을 쳐서 죽여도 그런 여자는 할 말이 없으리란 걸 믿어 의심치 않는다. (159쪽)

공선옥의 소설에서 어머니란 이런 존재이다. 그리하여 '어미노릇'은 작중의 실존적 상황을 이루는 중요한 모티프가 되기도 한다. 그러나 위의 인용문처럼 말했음에도 불구하고「우리 생애의 꽃」에서는 '어미노릇'을 표나게 내세우는 다른 소설들과는 달리 어미노릇을 할 수 있는 여건이 갖춰진 어머니가 '어미노릇'에 대한 갈등과 방황을 드러내서 좀 특별한 의미를 가지게 하는 소설이다.

「우리 생애의 꽃」의 화자는 순직한 말단 공무원의 미망인으로 남편이

---

68) 공선옥,『피어라 수선화』, 창작과비평사, 1994. 이하 쪽수만 기입.
69) TV시사프로나 신문 등의 다른 매체도 마찬가지다.

남긴 연금에만 전적으로 의지해가며 아이를 키우고 있는 여성이다. 화자는 여느 어머니처럼 아이가 학교에서 돌아오기를 기다리며 아이가 먹을 음식 준비에 행복해하는 '착한' 어머니가 될 때도 있다. 그러나 때로 아이가 돌아올 시간인 것을 뻔히 알면서도, 집에 돌아와 어머니가 없으면 아이가 일부러 밥을 굶는다는 것을 알면서도, 거리를 쏘다니고 술을 마시고 외박을 하는 일탈을 시도한다. 그렇다고 그 일탈이 화자에게 만족감을 주는 것도 아니고 그런 자신에게 오히려 절망스러워한다. 화자는 여덟 살 난 딸에게 오히려 그런 '엄마를 이해하려 들지 않는 숭악한 계집애'라고 딸을 '규탄'하기까지 한다.

> 딸아이는 여덟살이다. 그 아이는 시위했다. 밥을 먹지 않는 것으로 엄마의 부재를 규탄했고 내가 저의 '밥 먹지 않음' 때문에 괴로워할 것을 이미 알고 있는 딸은 죽어도 제 손으로 밥을 챙겨 먹지 않았다. 나는 그것이 화가 났다. 도대체 엄마를 이해하려들지 않는 숭악한 계집애같으니라구! 하고 나는 또 딸을 규탄했다. 규탄하면서 바람 부는 거리를 헤매고 돌아다녔다. (158쪽)
>
> 내가 마악 엄마 없이, 엄마라는 여자로부터 내가 여자라는 것을 배우기 이전에 첫 월경을 경험할 무렵 나의 어머니를 욕한 적이 있다. 그것도 속으로가 아니고 입술을 움직여 독살스러운 표정으로 나의 어머니를 씹었다. '개 같은 년'이라고. 이유는 이렇다. 그 여자는 나를 버려두고, 보다 구체적으로 말하자면 내게 밥을 챙겨주지도 않고 집을 비웠기 때문이다. 제 속으로 난 딸이 지금 그 조갑지만한 성기에서 피가 나오는지 어쩌는지 통 신경에 없던 그 어미는 제 자궁의 헛헛함을 참지 못하고 종종 집을 비웠던 것이다. 내가 그때 내 어미를 욕했던 외적인 요인은 '밥'이었다. (중략) 하지만 '멘스' 문제는 달랐다. (159~160쪽)

첫 번째 인용문은 화자가 '멀리 딸만한 아이들'이 하교하는 것을 보면서도, '아이의 절망'을 예상하면서도 '반란기'70)를 참지 못하고 집을 나서는 때의 심정을 서술하는 부분이다. 그리고 두 번째 인용문은 화자가 어머니가 되기 이전에, 한 어머니의 딸이었을 때, 지금의 화자처럼 자기 어머니의 반란에 화를 내던 일을 회상하는 부분이다. 자신이 없으면 여덟 살인 딸이 일부러 밥을 굶는다는 것을 알면서도 집을 비우는 현재 화자의 이야기와, 예전에 자신의 밥도 챙겨주지 않고 집을 비웠던 어머니의 이야기는 자식에게 엄마가 어떤 존재인가를 경험을 통해 알게 한다. 그런데도 나는 집을 벗어나는 일을 멈출 수 없다고 강변한다. 결국 화자는 어린 '나'를 두고 집을 비우던 어머니같이, 그 어머니의 행위를 반복하고 있는 것이다. 내가 어머니를 욕했듯이 딸은 어미인 화자를 원망하고, 밥을 먹지 않는 일로 어미를 규탄하고 시위한다. 어린 시절에 화자가 그랬던 것처럼. 이는 어머니들의 반란이 과거에도 있었고 현재에도 역시 반복되고 있다는 것을 보여준다.[71] 즉 가부장제 하에서 어머니로 호명된 여성들의 갈등은 끊임없이 존재한다는 사실을 증명하는 것이다.

화자가 표현하는 대로 '아무런 동요가 일어날 만한 일이 없을 때'는 어머니로서의 역할을 수행하는 데에 갈등을 느끼지 않는다. 그러나 어느 순간 어머니라는 이름만으로는 환원될 수 없는 자신의 다른 욕구들을 느낄 때 화자나 화자의 어머니와 같은 여성들은 '반란'하는 것이다. 어머니로 환원

---

70) 이 반란기는 심리학이나 정신분석학으로나 설명이 가능한 단초를 얻을 수 있을 것이다. 인간의 내면에서 일어나는, 눈에 보이지 않는 어떤 감정, 정서의 일렁임을 어떻게 이성적이고도 논리적으로 타인에게 설명할 수 있을 것인가. 설령 가부장제의 억압에 대한 반동으로 생기는 정서라 해도 이는 단지 경험한 사람들의 직관으로나 소통할 수 있을 뿐, 언어로 분명하게 설명하기 어려울 것이다. 편의상 모성에 대한 갈등, 여성의 내면에 존재하는 그 무엇이라고 말할 수 있을 뿐이다.

71) 이상경, 「소재와 방법의 새로운 모색－작품 해설」, 『피어라 수선화』, 창작과비평사, 1994, 329쪽. 이런 측면에서 이상경이 말한 「우리 생애의 꽃」이 '젊은 과부의 바람기에 대해 뒤집어 보여주기'를 하고 있다는 평은 타당하지 않다. 화자가 이름 붙인 '반동의 기운'은 한 개인에게만 해당되는 것이 아니라 가부장제 하의 모든 어머니들이 느끼고 있는 것이기 때문이다. 그리고 '젊은 과부의 바람기'로 이 소설을 읽기에는 작품이 담고 있는 의미가 너무 크다.

된 여성의 정체성은 어머니라는 이름으로는 드러나지 않는 여성의 다른 정체성과는 대립되는 양상으로 나타난다. 특히 공선옥 소설에서 빈번하게 나타나는 모티프인 자녀를 향한 이타적인 노동, 막중한 책임 의식은 전적으로 어머니에게 부과된 것이기에 여성들은 두려움과 존재의 고립으로 갈등하게 된다. 어머니는 다른 사람과 마찬가지로 다양한 삶의 욕구를 가진 존재이며, 그로 인해 갈등하는 존재이기도 하다. 또한 어머니의 위치는 가정 내적으로만 한정되지 않고 사회적, 역사적 조건이나 제도, 이데올로기 등과의 관계에서 사회적으로 위치 지어지는 것이기 때문에 필연적으로 사회적인 함의를 갖게 된다. 따라서 어머니의 경험을 사회적, 역사적으로 맥락화 함으로써 그것을 여성의 정체성 확립의 과정 속에 위치 지어야 한다.72)

그러나 가부장적 가족 구조는 여성을 재생산의 영역에 위치시킴으로써 출산과 양육을 중심으로 여성의 역할을 제한하면서 제도화되어 왔다. 그리고 가부장제는 종교적 관행과 다양한 문화 기제들을 동원하여 어머니 역할을 이상화함으로써 「우리 생애의 꽃」과 같은 여성들로 하여금 이상화된 어머니 역할에 갈등을 느끼게 만든다.

> 문제는 내가 바로 그런 치도곤을 당해도 쌀 여자라는 것에 있다는 거다. 세상에, 어떻게 다른 사람도 아닌 내가 치도곤을 당해도 쌀 여자라고 말해도 그게 아니라고 도리질 할 수 없는 이 기막힌 현실 앞에서 나는 절망한다. (159쪽)

화자가 '자기 자식에게 먹일 음식을 만들면서 불행하다, 비참하다 하며 만든다면, 그 어미가 어떻게 진정한 '어미'가 될 수 있겠는가를, 그런 여자는 맞아죽어도 할 말이 없다고 생각한다.'라고 말한 것은 화자 자신은 이상적인 어머니의 범주 안에 있다는 의미이다. 그럼에도 화자는 갈등한다. 그

---

72)심진경, 「모성의 서사와 90년대 여성소설의 새로운 길 찾기」, 『여성, 96과 사회』 9호, 1998, 96쪽.

리고 다양한 이데올로기적 장치들로 이상화된 어머니 역할을 내면화한 화자는 자신의 '반란'을 설명할 언어조차 가지지 못한다. 화자는 어린 시절 자신의 어머니의 반란, 그리고 지금 한 어머니가 된 자신의 반란을 '설명되어지지 않는 것, 이유없는 것들의 궐기', '지리멸렬한 삶 속에 피는 꽃'이라고도 표현했다가 어느 순간에는 그런 구실이 될 언어조차 찾지 못하고 당당해지기 위해 술을 마시기도 한다.

화자가 스스로의 반란기를 설명할 수 없고 이유 댈 수 없는 것이라고 말하지만 그것은 가부장제 속에서 여성들이 자신들의 욕망을 표현할 언어를 갖지 못했기 때문이다. 여성들은 어머니라는 이름 외에 다른 이름을 가져보지 못했으며, 여성은 타자화된 존재로서 누구의 어머니이고 누구의 아내이고 누구의 딸로서만 명명되어왔으며, 여성이 주체적으로 자신의 욕망을 말하거나 인정하는 일에 서투르기 때문이다.73) 다른 한편으로는 화자가 말하는 반란기가 제대로 명명되지 못하는 것은 가부장제가 모성으로 환원된 여성을 억압하면서 그들의 욕망들을 이유있는 것으로 인정하지 않기 때문이기도 하다.

이 소설에서 밥은 어머니가 아이에게 마땅히 이행해야 할 의무사항인 보살핌, 애정을 의미한다. 밥은 가장 기본적이고도 실질적인 양육의 조건이며 '멘스'는 한 여성으로서 한 여성을 키워내는 여성들만이 공유할 수 있는 내밀한 신체적, 정서적 보살핌이다. 어찌보면 어머니가 딸에게 해줄 수 있는 최상의 모습이기도 한다. 그런데 화자는 엄마라는 여자로부터 자신이 여자라는 것을 배우기 이전에 엄마가 없는 집에서 혼자 첫 생리를 치러야

---

73) 아드리엔느 리치, 앞의 책, 312쪽. 우리에게는 남성과 무관하게 선택에 의해 자기 자신을 규정하는 여성, 스스로에 의해 정체성이 정해진 여성, 자기 자신을 선택한 여성을 부를만한 익숙한 이름이 없다고 말한다. 'unchilded', 'childless'라는 용어는 단순히 무언가 부족하다는 의미로 여성을 정의하는 것이다. 그리고 'child—free'라는 표현조차도 모성을 거부했다는 것을 암시할 뿐 그녀 자체로서 어떠한지를 나타내는 것이 아니라는 점을 지적한다. 이처럼 여성들은 주로 관계를 통해 서만 정의되고, 관계를 통해서만 이름을 갖는다.

했다. 이렇게 어린 시절 혼자 버려둠 때문에 어머니를 욕했던 화자는 막상 '젊은 시절 딸의 밥을 챙기지 않은 만큼 늙은 어머니가 딸의 밥을 챙'기기 시작하자 '딸을 향해서만 꽉 짜인 어머니의 일상으로부터 달아나고 싶어 안달'을 했다. 나의 반란은 '이유없음'으로 진술된다. 화자는 어머니의 일상에서 달아나고 싶어했던 것처럼 딸과의 일상에서도 반란을 한다. 이 반란은 '이유없는' 이유인데 '이유없음의 상황이 우리 생애의 꽃'이며 '그 꽃의 향기에 어미가 도취되어 있을 때 아이는 그 향기에 질식해 어느 한순간에 죽어버릴지도 모른다.'는 것이다. 어미는 향기를 뿜어내지만 자식에게는 그 향기가 독이 될 수도 있고 악취가 될 수도 있다. 그것이 어미와 자식의 관점이다. 그렇다면 이유가 없는데 그 이유 없는 상황이 우리 생애의 꽃이 되는 이유는 무엇인가.

화자는 모성을 당연하게 여기고 그 모성은 대단히 확실하고 신념에 차서 오히려 이상화되어 있을 정도이다. 그런데 그 모성이, 자신의 모성이 삶의 전부라고 생각했는데, 사실은 그렇지 않다는 데서 연유한다. 단지 한 순간 모성이 흔들리는 게 아니라 그것이 전부가 될 수 없다는 사실에 절망한다. 모성이 삶의 한 부분인 것은 틀림이 없는 사실이지만 그것만으로는 충족되지 않는 다른 욕망 때문에 당황하는 것이다.

모성이 아닌 다른 욕망은 충동적이고 일상에 대해 일탈적이기 때문에 반란은 꽃에 비유된다. 우리 생애의 꽃은 '오늘 아침의 진정성'이며, '우리 생애의 모든 진정성'이고, 이유가 있든 없든 '지리멸렬한 그 생애의 황무지 위에 오롯이 피어난 꽃'인 것이다. 그렇다면 우리 생애의 꽃이야말로 '일탈 욕망'이라고 할 수 있다. 매일 반복되는 지리멸렬한 일상에서 벗어나 황홀하게 반란해가는 것에서 삶을 지리멸렬하지 않게 해줄 생애의 꽃핀다는 것은 무엇을 의미하는가. 그 순간만이 오롯하게 자신의 생이 될 수 있음이다. 누구의 어미라는, 누구의 무엇이라는 수식어를 제외한 완전한 독립체로서의 존재가 된다. 그러나 나는 '바람이 난 어미'이고 그 바람이 아이를 절망하게 할 수 있다. 그 절망은 어미인 화자와 딸의 사이에 치명적인 것이 될 것이다. 이 소설에서 여성들은 모성의 양육 의무와 자신의 욕망 사이에서 혼돈을 겪는다.

어머니인 화자는 딸에게 마땅히 '어미노릇'을 해야 하고, 그 일은 행복하기도 한 것이다. 그러나 화자는 어머니일 수행만으로 살 수는 없고, 그 일만 하기에는 일탈과 반란의 욕망이 너무 거세다. 즉 화자는 자신의 어머니와 사회로부터 체화된 모성이데올로기와 여성의 내면적 일탈 욕구 사이에서 갈등한다. 이런 일탈 욕구는 스스로에게도 이유를 댈 수 없이 당혹스러운 것이다. 그리하여 나는 그 일탈욕구에는 이유가 없다고 강변한다. 그러나 그 일탈에는 이유가 없는 게 아니라 그 이유를 설명할 언어를 갖지 못한 것일 뿐이다. 가부장제의 어머니는 현숙한 존재여야 하는데, 즉 여성적 욕망은 은폐되고 성스러운 모성의 모습만 보여줘야 하는데 일탈을 감행하는 어미가 무슨 언어로 어떻게 자신을 설명할 수 있을 것인가. 그리고 본능에 무슨 이유가 있을 것인가. 이 설명할 수 없는 일탈이 우리 생애의 꽃이 되는 이유가 여기에 있다. 여성이 모성을 떼어두고 자신의 욕망에 가담해보는 가장 솔직한, 진정한 여성이 되어보는 한 순간이기 때문이다.

그러나 화자가 시도하는 어머니 역할에 대한 반란은 공고한 가부장제 이데올로기에 의해 굴복당하고 만다. 화자가 마음속의 반란기를 다스리고 충실한 어머니 역할을 하기로 결심하게 하는 계기가 있다. 그 계기가 이 소설에서 차지하는 비중은 상당하다. 왜냐하면 여성으로서의 반란을 꿈꾸던 화자가 자신의 내부에서 꿈틀거리던 어떤 욕망을 접고 모성으로 다시 돌아가게 하는 전환점이 되기 때문이다.

수자라는 여성 역시 화자처럼 혼자서 아이를 키우는 어머니인데, 그녀는 캬바레나 민물매운탕집 등에서 자신의 풍만한 젖가슴으로 남자들을 유혹해서 자식들의 밥을 버는 여성이다. 그런 수자씨를 화자는 이해할 수 있다고 생각한다. '밥을 위해서라도 그녀의 젖가슴은 커야 옳'다고 생각하는 것이다. 아이들을 먹이는 밥줄은 크고 넉넉할수록 풍요로워질 것이기 때문이다. 공선옥 소설에 등장하는 다른 인물들과 마찬가지로, 수자라는 인물

역시 아이를 양육하는 어머니 일 수행을 통해 극심한 생활고를 견디고 목숨을 지탱해 나가는 힘을 얻는 여성이다. 그리고 '나를 나쁘게 몰아치진 마. 불경기거든. 애가 셋이야. 절박해'라는 수자의 말은 그녀의 행동에 대한 윤리적 판단마저 유보시킨다. 어머니로서의 책임에 대한 반란을 일으킬 때 화자가 하는 캬바레 드나들기, 술 마시기, 외박하기 등의 일탈이 수자에게는 아이들의 생계유지를 위한 일상적인 일이 된 것이다.

화자가 반란이라 여기는 그것, 그것이 수자에게는 일상이다. '반란의 날이 일상화 될 때, 그것이 삶이 될 때, 그 반란은 비난받을 이유가 없'는 것이다. 일상인 반란은 생활이지 반란이 아니므로 수자의 삶을 지켜주는 수단이 되는 반란 앞에서 화자는 절망하게 된다. 화자에게 반란은 선택이고 그 선택은 유일한 것이 아니다. 즉 생존과 직결된 절박함은 없는 것이다. 그러므로 생존의 문제에 내몰려 있는 수자 앞에서 자신을 '유치하고 상투적'이라고 깨닫게 되는 것이다.

> 가슴 큰 일상이 된 반란 앞에, 반란하지 않으면 삶이 불가능한 한 생애 앞에 내 이유 댈 수 없는 반란, 감히 우리 생애의 꽃이라고 이름 붙여 버렸던 내 허술한 반란의 나날들이 참혹하게 무릎 꿇는 것을 본다.
>
> (179쪽)

수자의 이런 '일상화된 반란' 앞에서 화자는 자신의 반란이 얼마나 허술하고 사치스러운 일인가를 깨닫고 딸이 홀로 밤을 보냈을 집으로 향한다. 아이들의 생계를 위해서 도덕과 부도덕의 경계를 넘나들어야만 하는 수자의 행위를 통해 화자는 단지 자신의 욕망 때문에 도덕과 부도덕의 경계를 넘나들었던 자신의 행동을 부끄럽게 여기게 된 것이다.

화자가 수자의 반란을 통해 자신의 반란을 부끄럽게 여기게 되는 것은 여성의 성적 욕망을 생존을 위한 노동행위보다 아래에 두는 것이고, 아이를 위한 수자의 젖가슴은 숭고하지만 성적욕망을 향한 자신의 젖가슴은 죄스러운 것이라고 생각하기 때문이다.[74) 즉 여성의 성은 가족 재생산을 위해서 필요할 뿐이고 가족 유지에 도움이 되지않는 성은 배제하는 가부장제의 논리와 맥이 닿아 있다. 가부장제는 성을 가족을 위한 생식적 관계로 정의하면서 가족을 일탈해 있는 성은 모두 부도덕한 것이라고 규정짓는다. 이러한 가부장제의 성 질서 속에서 여성의 성적 욕망이 들어설 자리는 거의 없다. 따라서 어머니가 된 여성들은 무성적(無性的)인 존재로 남아 있게 된다.

> 나는 그녀를 젖가슴이 커서, 그 큰 젖가슴으로 먹고 사는 데 덕을 보고 있는 여자, 그 선만큼만 알고 있다. 젖가슴이 커서 먹고 사는 데 도움이 되는 여자의 삶이란 그리 순탄치만은 않으리란 것도 유추해볼 수는 있다. 그런 이유에서라도 내 젖가슴이 빈약하다는 이유만으로 그녀의 풍만한 젖가슴을 질투할 수는 없는 것이다. 그녀의 젖가슴은 그녀 삶을 지탱해주는 유일한 기둥 같은 것.　　　　　　　　　　(173쪽)

현실적인 삶의 무게와 자신의 욕망과 어머니 노릇에서 비켜서기라 불릴 수 있는 반란의 대상은 무엇보다도 보편적 관념에서 말하는 책임감이 있는 보편적인 삶의 방식이다. 그러나 그 보편적인 것들 안에는 이미 관념이 되어버린 가부장적인 어머니가 들어 있다. 이 때문에 스스로의 반란을 생애의 꽃이라고 명명해 보기도 하지만 절박함은 다르다. 나는 생존을 위해 반란하는 것은 아니며, 그만큼 생계가 절박하지도 않다. 그래서 김주희는 '우리 생애의 꽃은 내가 아니라 수자씨이다'[75)라고 말한다. 이는 아이들을 키우며 가장 대신 생활을 책임지는 모성은 반란에 대해 면죄부를 받을 수 있다는 의미가 된다. 그러한 시각은 생활을 위한 일탈은 용납되고, 여성의 내

---

74) 백문임, 「공선옥론—모성, 그 포용과 균열의 양상」, 『연세대학원우론집』 25호, 19
97, 13쪽.
75) 김주희, 「90년대 여성소설의 화두」, 『한국문예비평연구』, 217쪽.

면적 욕구로 인한 일탈은 부도덕하다는 식의 일탈에 대한 이중적 잣대를 들이댈 위험이 있다. 여성은, 인간은 자신의 한 생애에 있어 「우리 생애의 꽃」에서처럼 누구나 '생애의 꽃'을 피울 수 있는 존재이기 때문이다.

결국 어머니의 책임감을 통감하고, 어머니에게 부과된 책임과 한 인간으로서의 욕망 사이의 갈등을 수자씨를 통해 극복한 화자가 집으로 돌아가는 모습을 묘사한 소설의 결말 부분은 꽤 상징적이다. 화자가 딸이 홀로 밤을 보냈을 집과 반란기가 동할 때마다 숨어들었던 채전을 고루 비추고 있는 아침 햇살, 그 햇살이 만들어내는 자신의 그림자를 힘껏 포옹하는 것으로 끝을 맺는다.

> 가슴 큰 여자의 일상이 된 반란 앞에, 반란하지 않으면 삶이 불가능한 한 생애 앞에 이유 댈 수 없는 반란, 감히 우리 생애의 꽃이라고 이름 붙여버렸던 내 허술한 반란의 나날들이 참혹하게 무릎 꿇는 것을 나는 본다. (중략) 빛이 스미는 채전과 내 집 창문이 보이는 중간쯤에 내 그림자를 세운다. 그림자 위로 무너진다. 나는 힘껏 팔을 벌려 내 그림자를 포옹한다. (179쪽)

이것은 화자가 여성으로서의, 그리고 한 인간으로서의 다양한 욕망을 뒤로하고 자녀에 대한 책임과 헌신적인 양육을 강요하는 어머니 역할을 받아들이는 모습을 상징한다. 이 부분에 대해, 김주희는 그림자는 명료하게 형체를 가지고 있는 자신의 다른 측면, 즉 모성이 아닌 다른 욕망을 갖는 복잡한 자기 자신의 상징으로 보이며, 그것을 껴안는다는 것은 자신의 그 복잡함을 긍정하기로 한 것76)이라고 본다. 일면 타당한 지적이지만, 결국은 모성과 여성 사이에서의 갈등은 끝나지 않을 것이다. 화자에게 모성은 자신의 생에서 비켜갈 수 없는 소중한 것이기도 하지만, 여성으로서의 반란기를 완벽하게 떨쳐버릴 수는 없기 때문이다. 단지 그 일탈적 욕망이 모

---

76) 김주희, 위의 논문, 219쪽.

성으로 환원되는 어떤 부분의 갈등은 쉽게 내보일 수 있지만, 그렇지 않는 여성의 욕망 등은 쉽게 표출하지 못한다는 점만 다를 뿐이다. 또한 여성이 자신의 목소리를 내는 사회, 즉 가부장제가 약화된 사회에서는 모성으로 환원해서 말하지 않아도 자신의 인간적인 욕망을 보여줄 수 있을 것이다.

이 소설에서 그 받아들임이 일시적일 수밖에 없는 이유는 어머니 노릇 하기에 내재된, 배제할 수 없는 분열과 혼란, 갈등은 그림자처럼 따라 다니는 것이기 때문이다. 수자씨를 통해 잠시 잠재워진 갈등은 또다시 반복되어 화자를 괴롭힐 것이고 화자의 여덟 살 된 딸이 어머니가 되었을 때 역시 똑같은 갈등으로 혼란을 겪게 될 것이다. 어머니는 여성이며, 여성은 대부분 어머니이기 때문이다. 모성성은 자명한 여성의 정체성인 것만큼이나 동시에 여성에게 갈등과 분리의 경험을 부과하는 것이기도 한다. 이와 같이 여성들이 어머니가 되어 겪는 갈등은 변증법적으로 끝없이 순환되는 것이다.

「우리 생애의 꽃」이 여성은 가려지고 모성만 부각되는 공선옥의 다른 소설들과는 달리 어머니 역할에 내재한 갈등을 보여주었다는 점에서는 주목할 만하다. 어머니 역할 수행만으로는 규정되지 않는 여성 정체성의 다층성이나 복수성을 보여주었다는 점에서는 의미있는 작품이라고 할 수 있지만 대부분의 그의 작품에서 볼 수 있는 것처럼, 결국 화자가 기존의 가치를 그대로 수용한다는 점에서는 크게 다르지 않다.

(2) 정체성 환원의 모성 …… 「목숨」[77]

공선옥 소설에서는 대부분 어머니들이 주인공이라는 것은 이미 밝힌 바 있다. 그 중에서도 어머니 화자가 대부분인데 「목숨」과 「그 푸른 바다 눈에 보이네」는 딸이 어머니를 말하고 있다. 「그 푸른 바다 눈에 보이네」는 어머니를 지나치게 원초적인 인물로 그린다. 그러한 어머니는 소설적 미학으로 설명되어질 수 있지만 페미니즘 시각으로는 논하기에는 애매한 점들

---

77) 공선옥, 『피어라 수선화』, 창작과비평사, 1994. 이하 쪽수만 기입.

이 많다. 이를테면 단지 사랑하는 남자를 만나기 위해 성실한 남편의 아이인 젖먹이를 들춰업고 바닷가로 달려간다든가, 두 번째 남편의 탈상도 못하고 세 아이들을 남겨두고 가출을 하는 등의 어머니 행위를 설명할 논리가 없다. 자신의 욕구대로 행동하고 자식에 대한 책임을 지지 않는 어머니는 불안하게 흔들리는 상상계의 상태에 놓여있다.

「목숨」에서는 딸인 혜자의 관점으로 이야기가 진행되지만 어머니를 말하기 위한 서사전략은 아니다. 어머니는 혜자의 삶이 작부인생으로 전락하는 요인을 제공한다. 제 인생 살기에 급급해서 딸을 객지로 내몰고, 의붓아비 약값을 대라고 강요하는 그녀는 일반적인 어머니는 아니다. 한 사람, 특히 여성이 제 삶의 길을 찾아가는 과정에서 어머니의 역할은 매우 중요하다. 어머니는 자식을 양육하고 그 자식은 가장 가까이에 있는 어머니의 삶을 모방하거나 거부하며 인생을 살아가기 때문이다. 물론 자식의 인생이 반듯하지 않기를 바라는 어머니는 없지만, 어머니라고 모두 자식을 위해 좋은 역할만 하지는 않기 때문이다. 「목숨」에서 혜자는 자신이 어머니가 되는 것으로 어머니의 허물을 끌어안으며 확대된 모성을 보여준다. 자신이 낳지 않은 재호의 아들에게까지 '어미노릇'을 해야겠다고 결심하는 것이다.

소설 「목숨」은 딸과 어머니의 관계에 초점이 맞춰진다. 공교롭게도 두 작품 속의 어머니들의 삶의 양식이 딸들에게도 똑같이 나타난다. 「목숨」에서는 혜자라는 인물을 통해서 어머니로 환원되는 여성의 정체성을 획득하는 과정을 보여준다. 그의 소설에서 나타나는 어머니상은 다양하게 관련을 가지지만, 이 글에서는 여성인물이 스스로의 정체성을 어머니로만 한정시킨다는 점에서 가부장제가 여성들에게 요구하는 어머니 역할을 수용하고 있다는 것을 지적하려고 한다. 리치가 말했듯이, 가부장제 하에서 규정되고 제한된 것이 아니라면 어머니 역할에 대해서 문제삼을 것이 없다.[78]

---

78) 아드리엔느 리치, 위의 책, 11쪽.

사회의 전반적인 영역에서 영향력을 발휘하고 있는 가부장제는 물적 토대뿐만 아니라 개인의 정체성 획득의 측면에도 작용을 하기 때문에 문제가되는 것이다. 다른 소설에서와 마찬가지로 「목숨」에서도 여성인물이 삶의희망을 얻게 만드는 것은 어머니일 수행 혹은 어미 됨의 자각을 통해서이다. 여기서의 모성은 원초적인 특성인 것처럼 그려지고, 극심한 생활고와실존의 위태로움 속에서 삶을 견디고 목숨을 지켜나가게 하는 힘이 되기도한다.

혜자는 의붓아비와 열여섯 살인 딸을 차마 한 방에서 재울 수 없다 생각하는 엄마에게 떠밀려 서울에 오지만, 공장에서도, 버스 회사에서도 쫓겨나 결국 술집 작부로 주저 앉는다. '그것이 매 번 지옥의 나락으로 떨어지는 고통이었으면서도 일부러 무신경한 척 습관인 척 술 손님을 받았고, 그들과 밤거리로 나'갔다. 그런 혜자에게 자신의 존재감은 상실되어 거의 남아있지 않다. 그녀에게 아이는 '재수 없어서 잉태된 씨앗'일 뿐이었다.

> 그것이 처음 경험은 아니었다. 떼어내자고 마음 먹기란 쉬웠다. 그것은 자연스런 과정이었고 어쩌다 재수없어서 잉태된 씨앗에 불과했다. 그 과정은 수 차례 반복되었고 어느 해 겨울이던가, 낯선 뒷골목 공중변소간에다 핏덩이를 쏟았다. 그 해를 마지막으로 수태도 되지 않았다.
>
> (118쪽)

더 이상 수태되지 않는 혜자의 몸은 불모화되었지만 그런 것쯤은 그의생에 아무런 문제가 되지 않았다. 지금 당장 필요한 건 돈이었다. 그래서아이 지울 때 먹는 통경제를 사먹으면서도 그 돈이 아깝다고 생각한다. 그녀에게 생명에 대한 도덕성 따위를 묻는 것은 사치가 된다. '엄마는 끊임없이 아쉬운 통신을 구구절절 애처롭게 보내왔고, 의붓아비 약값도 만만치않았다.' '이미 태어나 있는 목숨들 부지해나가기도 힘든 판이라 태어나지도 못하고 태어날 수도 없는 목숨한테 들여야 하는 돈을 아끼기 위해 병원비보다 값이 덜 먹히는 약을 먹'는다. 이런 혜자의 삶에서 엄마는 어떤 존재인가. 그리고 무엇을 어떻게 해 주었던가.

> 역전 옆 개천가에서 엄마는 하루종일 불콰하게 술이 취한 채 돼지머릿고기에 막걸리를 팔았다. (중략) 자욱한 담배 연기 속에서 입술이 새빨간 엄마가 술에 취한 채 젖가슴이 풀어헤쳐진 줄도 모르고 춤을 추다가 울기 시작하면, 남이 볼세라 방문 대용으로 친 포장천을 빨랫집게로 꼭꼭 여미고 혜자가 엄마 대신 술을 팔았다.
> 빨간 입술을 칠한 엄마는 불안하다. 속으로 어린 혜자는 엄마를 무수히 저주했다.
> "빌어먹을 화냥년" 아버지가 천장에서 늘어진 전등불을 잡아당겨 엄마 뺨을 후려갈기며 입술을 앙다물어 내뱉은 말이었다. 그 말은 그 순간에 혜자 뇌리에 날카로운 칼이 되어 와서 박혔다. '화냥년'에다 힘을 주어 입술을 깨물면 묘하게 죽은 아버지 얼굴이 되살아났다. (120쪽)

엄마는 제 삶 살기가 우선이었고, 다른 어머니들이 자식에게 베푸는 보살핌이나 양육에는 관심이 없었다. 엄마로서의 최소한의 의무와 책임조차도 져주지 않았지만 혜자에게 요구하는 것은 많았다. '의붓아비'와 살려고 딸을 객지로 내몰았으면서도 그 딸에게 의붓아비의 약값까지 보내라 다그치는 것이다. 그러니 딸의 입장에서 엄마의 존재는 귀찮은 짐일 수밖에 없다. 딸의 눈에 비친 어머니는 자식에게 헌신적인 존재라기보다는 자기연민에 빠져 자신의 이기적인 욕망을 충족시키기 위해서만 애쓰는 존재일 뿐이다. 딸에게 그러한 엄마는 당연히 경멸과 비난의 대상이 될 것이다. 그러나 혜자는 엄마를 원망하지 않는다. 원망할 자의식조차 잃어버린 상태다.

이는 일반적인 어머니와 딸이라는 관계로서는 설명할 수 없는 모순이다. 페미니즘적 정신분석[79)]에 의하면 이러한 어머니는 폭력적인 히스테리

---

79) 박희경, 「모성 담론에 부재하는 어머니」, 『페미니즘 연구』, 245쪽.

혹은 무기력과 우울증에 사로잡힌 모습이다. 프로이트가 규범화하였듯이, 이런 어머니에게서 자란 딸은 아버지한테로 전환한다 해도 자아 실현과는 무관한 것이었다. 즉 '정상적인' 여성으로 발전을 보상한다 치더라도, 그 정상적이라 함은 히스테리적이며 피가학적이고 자의식이 억압된 여성을 의미하기 때문이다. 결국 어머니를 박차고 나와 아버지에게 복속되어도 딸은 여전히 올바른 자신의 정체성을 갖기란 어렵다는 것이다. 결국 이러한 딸은 아버지가 보장해주는 듯한 발전의 결과는 사랑이라는 이름 하에 주체의식을 상실하고 우울증에 시달리는 어머니의 닮은꼴에 다름 아닌 것이다.

엄마가 처한 상황에 대한 분노가 아버지 입을 빌어 '화냥년'이라고 내뱉게 되고 그 순간 혜자 뇌리에 날카로운 칼이 되어 박힌다. 프랑크푸르트 대학교 정신분석학 교수인 로데-다흐저는 딸의 정신분석에서 어머니가 하나의 역할로서, 그리고 이미지로서 존재한다고 지적한다. 그래서 어머니에 대한 실망과 분노, 그리고 증오가 딸의 성숙을 위해 반드시 필요하다고 보는 프로이트적 성장 모델에 반대한다. 이런 부정적인 성장은 사실상 중지와 다름없다는 것이다. 열여섯에 등 떠밀려 객지로 나간 혜자는 자신의 생애에서 어머니의 모습을 떨쳐내지 못한다. 엄마에게서 자신도 모르게 배운 삶의 방식을 자신도 답습하게 되는 것이다.

물론 어머니가 이렇게 된 이유는 아버지에게 있다. 혜자의 희미한 기억 속에서, 설날 아침 큰집에 가면 아버지의 새 여자가 엄마보다 먼저 할아버지한테 세배를 올리고 있었다. '큰집을 나와 땡땡 얼어붙은 골목을 한달음에 달려내려온 엄마는 넓은 광목 앞치마를 벗어두고 짐을 꾸렸다.' 엄마는 아버지의 폭력과 할아버지[80] 로부터 내려오는 가부장적 전횡이 중요한 원인이 된 것이다. 물론 이 소설에서는 가부장적 관계 속에서 이를 바라보는 작가의 통찰이 부족한 건 사실이다. 엄마가 그렇게 전락한 이유가 아버지

---

80) 설날 아침, 아들의 새 여자에게서 거부감 없이 절을 받는 행위는 명백히 가부장적 남성문화에서 기인한다. 아버지가 일부일처제를 깨는 것은 윗대인 할아버지의 암묵된 동조와 함께 한다.

의 경제적 무능으로 먹고 살기 위한 방법으로부터 시작되었는지, 아버지가 다른 여자들에게 몰두하기 때문에 엄마가 그렇게 되었는지는 밝혀지지 않았다. 단지 아버지는 새 여자가 옮긴 결핵균으로 죽었으며, 엄마가 혜자에게 말하는 과정에서 '네 아버지는 오입쟁이였다'라고만 밝혀진다. 그래서 엄마의 문제가 스스로의 문제인지 남성인 아버지에 의한 것인지 명확히 밝혀지지 않을뿐더러, 공선옥 소설에서 자주 등장하는 모티프인 부재하는 남성들의 한 유형인지는 정확하게 말 할 수 없다. 결국 아버지가 죽자 엄마는 아버지 제삿날 '의붓아비를 밖에다 세워놓고 대포가게 한켠에 포장을 친 그곳 한 뼘 방에다 제사상을 차렸다'. 혜자에게서 수택이가 떠나간 그 해 겨울의 아버지 제삿날이었다.

수택이는 혜자가 작부가 되고 난 후 처음으로 살림을 차린 남자다. 주체 의식은커녕 우울증에 시달리는 어머니로부터 벗어나 아버지에게도 전환하지 못한 혜자는 수택이를 만난다. 놈팽이지만 혜자가 처음으로 사람을 만나 인간다운 따스함을 느낀 남자다. '밤에 일 끝나고 돌아갈, 저를 기다려주는 사내가 있는 따스한 불빛의 제 방이 있다는 것이 그야말로 행복'했던 것이다. 의붓아비와 함께 잘 수 없어 어머니에게 내몰린 혜자로서는 자신을 사람으로 기다려 줄 상대가 있고 돌아갈 방이 있다는 것이 더할나위 없는 충만함이었을 것이다. 그러나 수택이는 '정든집'의 미스 홍한테 얻은 빚과 적금통장을 거머쥐고 떠나갔다. 결핵 걸린 제 아내 약값을 구하기 위해 혜자를 이용한 것이다. 이렇게 해서 혜자는 여전히 '정상적인' 아버지의 세계, 가부장적 세계에 편입하지 못하고, 유영하는 삶을 살게 된다. 혜자가 가부장 문화에 복속되지 못하는 이유는 그녀의 거부 때문이 아니라 그 문화에 편입하지 못하게 만드는 남성들 때문이었다. 혜자의 남성들은 한결같이 상처를 주거나 기만해서 그들의 문화에 끼어들 여지를 남기지 않고 그녀에게 거리를 갖도록 조장한다.

수택이를 찾아가 제 아내 약값 때문에 '네게 내 몸을 팔았다'는 모진 말을 듣고 혜자는 밤기차를 탔다. '갈기갈기 찢어지는 가슴'을 안고 엄마를 찾

아갔더니 그녀는 개천가 함석지붕 밑에서 초라한 제사상을 차려두고 울고
있었다.

> "새끼가 들어섰어야. 이 나이에 새끼를 나서 무슨 누리를 누려본다
> 고. 수술해부렀다. 저 양반은 저절로 유산된 줄 알고 저리 속상해한다만
> 도. 온 김에 미역국이나 끓여줄래?"
>
> 좁은 골판지 방에 비릿한 냄새가 진동했다. 늙은 어머니의 자궁에서
> 나오는 역한 피냄새.(중략)
>
> 돈을 내놓지 못하는 딸을 향한 엄마의 노골적인 적의와 불룩하게 복
> 수가 찬 배를 내밀고 살고 싶다고 애원하는 의붓아비의 간절한 눈빛이
> 개천가 함석집에 더는 머무를 수 없도록 혜자를, 생각하면 소름끼쳐도
> 어쩔 수 없는 상행길로 떠다밀었다.   (127~128쪽)

사랑했던 남자, 엄마, 누구한테서도 위안 받지 못하는 혜자는 '누가 내
마음까지 사가서서 오늘밤 두둑한 이불과 따뜻한 밥과 사랑을 주실랍니까'
를 되뇌이며 용산역 광장을 헤맨다. 「우리 생애의 꽃」에서처럼 「목숨」에
서도 늙은 어머니의 자궁에서 나는 피냄새는 늘 역겹다. 모성을 상징하는
어머니의 자궁은, 생명을 잉태하는 신성한 공간이어야 하는데 딸들이 말하
는 공선옥의 어머니들은 그렇지 못하다. 그 이유는 그녀들이 모성의 따뜻
함을 가지지 못하고 반란을 일삼다가 책임감 없는 생명을 품었기 때문이
다. 생의 결핍으로 인하여 늙어버린 후에도 늘 헛헛함을 견디지 못해 생명
을 잉태했다가 책임을 지지 못하는 엄마의 자궁은 부정적일 수밖에 없다.
딸은 그런 엄마의 자궁을 부정하고 싶을 것이다. 더구나 딸인 혜자는 여러
번 낙태한 까닭으로 지금은 수태할 수도 없는 지경에 이르렀으니, 생명을
지워버린 엄마의 미역국을 끓여주는 딸이 엄마에게 향한 감정이 어떠할지
짐작이 되지만 혜자는 그런 엄마를 원망하지 않는다.

엄마는 '니 에미 본따르지 말고 니 자작으로 한 번 성공할 길을 찾아보그

라' 하며 혜자를 떼어보냈지만, 혜자는 두 번째 남자를 만나서도 술장사를 할 수밖에 없다. 혜자가 만난 재호는 '오월에 폭도였다.' 그래서 오월만 되면 시름시름 오월병을 앓는다. 함께 싸우던 친구들은 다 죽었는데 혼자서만 살아남았다는 죄책감이 그를 괴롭히는 것이다. 재호가 생계를 위해 가게를 열자고 했을 때 혜자는 '공순이 아니면 작부'밖에 생각나지 않는다. 혜자가 할 수 있는 일은 그것밖에 없었기 때문이기도 하지만 유년의 기억에서 각인된 엄마와의 상상계에서 여전히 자유롭지 못하기 때문이기도 하다. 라깡이 말하는 상상계는 자아와 모성, 자아와 세계 사이의 분리가 아직 이루어지지 않은 유아발달의 오이디푸스 전 단계에 해당한다. 상상계에서 모든 것은 동일성을 갖는 존재이다. 어린 시절부터 엄마와 아버지로부터 상처받고 떠밀려 살아온 혜자는 자아와 타자의 구분이 일어나는 언어를 습득할 기회를 놓쳐버렸다. 그래서 자신의 언어를 가질 상징계의 진입을 하지 못하고 정신적인 면에서는 상상계에 놓여있는 것이다. 그런 혜자에게 엄마를 뛰어넘고 자신만의 독립된 세계인 상징계로의 돌진은 두려운 일이었을 것이다.

그래서 게딱지만한 가게에 '풍차호프집'이란 이름을 내걸고 술장사를 시작했다. '에미 본 따르지 말고'는 결국 '에미 본을 따르'게 되었다. 혜자가 어린 시절부터 보고 듣고 경험한 것들이 자신의 일이 되어버린 셈이다. 엄마는 혜자 삶의 모델이 되었다. 엄마의 말처럼 '숙명'이었다. '제가 생각하기에도 더럽게 모진 숙명이다.'

이리가레이는 어머니와 딸을 연계시킬 때 노예의 운명에 비유한다. 그 둘의 발목은 쇠고랑으로 엮여 있어서 독자적으로 행동할 수 없다는 것이다. 그럼에도 둘 사이에는 상징적 공간이 부재한다. 그들이 사용하는 언어는 가부장제를 대표하는 아버지의 법칙에 의해서 이미 점유되었으며, 그 언어의 질서에는 여성들의 욕망이 배재되었기 때문에 언어를 매개로 한 소통이 불가능하다. 따라서 혜자가 자신의 주체됨의 욕망을 가진 여성으로 살고자 한다면 엄마의 죽음만이 두 사람의 숙명적 얽힘을 풀 수 있다. 즉 엄마와의 삶을 지워버리든가 그것에서 벗어나 다른 삶을 살 수 있어야 한다. 그러나 혜자는 엄마의 삶을 답습함으로써, 즉 '여자이자 어머니'로서의 삶 위에 자신을 포개놓음으로서 가부장제의 틀에서의 순환적인 여성의 삶을 살게 된다.

그것도 잠시 재호는 '살아있달 것이 없어. 그 날 이후 나는 어쩌면 죽은 목숨인지도 몰라'라는 말을 남기고 어느 해 오월 혜자 곁을 떠난다. 그러나 그는 생명의 씨앗 하나를 떨어뜨리는 것으로 자신의 흔적을 남긴다. 이는 자신의 모든 삶이 불모지였던 혜자에게 새로운 계기를 마련해 준다.

> 허전한 심사가 허기로 이어진다. 먹지 않아도 배부르다는 말의 뜻을 혜자는 이제야 알 것 같다. 누군가 저를 이녁 살처럼 아껴주는 사람이 있다는 것은 그 얼마나 든든한 것이더냐.(중략)
> 음식 찌꺼기가 달라붙은 채 기영물통에 처박혀진 그릇들 중에 대접 하나만 달랑 씻어 찬밥을 퍼담고 우걱우걱 입속으로 몰아넣는다.(149쪽)

> 그것은 끈을 찾기 위한 혜자의 몸부림이었다. 다시는 되돌아가고 싶지 않은 어두운 뒷골목의 니나노집들. 재호는 어느 새 혜자의 끈이 되어 있었다. 끈. 그것은 생명줄이었다. 사람답게 살고 싶은 목숨을 위한.
>
> (151쪽)

혜자는 담배 한모금을 빨아들였다가 '자궁 속에 엎디어 있는 생명체에게 뒤집어씌어지는 맵고 더운 담배 연기'의 환영을 경험한다. 보편적인 사람들이 경험하며 살 수 있는 인간의 따스함을 갖지 못하고 살았던 혜자는 '이녁 살처럼 아껴주는 사람'이 있다는 것이 얼마나 든든한가를 깨닫게 된다. 혜자의 부모가 그랬듯이, 혜자의 남자들이 그랬듯이 상처만 주고 떠난 사람들. 혜자의 삶을 제대로 살지 못하게 훼방만 놓았던 사람들이다. 그런데 제 살처럼 아껴주는 새 생명체가 혜자에게 온 것이다. 그것은 한때 '사람답게 살고 싶어 몸부림치다 죽어간 사람'들의 이야기를 하던 재호가 남기고 간 씨앗이다. 그의 말처럼 혜자는 사람답게 목숨을 위해서 살고 싶다고 생각한다. 재호의 아이를 품고 혜자는 갈등하다가 그의 고향집을 찾아간다. 마음 모질지 못해 늘 속고 살았지만 혜자에게 가게를 차려주고 오월의 이야기를 들려주며 사람대접을 해주던 남자였기 때문에 일말의 희망을 걸었던 것이다. 이는 혜자가 재호를 만남으로써 자신도 못 느끼는 사이, 사람 사는 일의 의미를 깨달아가던 것과 맞물려 자신의 생을 제대로 살아보고 싶은 욕구를 가졌기 때문일 것이다. 재호의 집, 그곳에서 혜자는 '광주귀신에 씌어서 발광허'는 재호와 그의 아이를 낳고 도망친 여자, 그리고 재호 어머니의 가슴 아픈 이야기를 듣는다.

> "홍이야, 쩌어그 찻질까장 모셔디리고 온나."
> 그리고 주섬주섬 치마 속을 뒤져 혜자 손에 쥐어주는 것이 있었다. 꼬깃꼬깃 색바랜 지폐 한 장.
> "먼 질을 못난 내 아들 하나 바래고 왔는디 줄 것이 없소. 여비에나 보태시쇼이."
> 아, 그때 혜자 가슴에 뜨거운 것이 용솟음치고 있었다.　　　　(154쪽)

여순 반란 사건 때 빨갱이 따라서 월북해버린 아버지 때문에, 아비 다른 형을 두었고, 그 형조차도 '빨갱이'라 상종해 주지 않는 재호를, 누가 뭐래도 재호를 믿는다던 어머니가 쥐어주는 지폐 한 장이 혜자의 모성을 일깨워준다. 모성이란 재호의 어머니처럼 인간답게 대해주는 것, 보살필 수 없는 먼 거리에 있는 아들을 믿어주는 것이었다.

돌아오는 차안에서 혜자는 엄마가 어린 자신을 보듬어안고 옷 보따리 하나 달랑 들고 고향을 떠나왔던 것을 상기한다. 굽이굽이 차를 타고 신작로길을 돌아나오며 엄마는 말했었다. '나한텐, 엄마한텐, 혜자 니 하나밖에 없다고. 니 하나만 믿고 엄마는 살 거라고.' 그랬던 엄마는 혜자만을 믿고 살아주지 않았지만, 그 순간에 엄마를 이해한다. 엄마는 딸만을 믿고 살 수 있는 욕망 없는 여성이 아니라는 것을. 자신이 재호를 사랑하여 아이를 얻었듯이, 엄마도 자신의 욕망을 가진 인간으로 살아야 한다는 것을 깨닫게 된다. 자신이 아이를 얻음으로 해서 끊겼던 엄마와의 고리를 이어주는 것이다. 돈 한 푼 쥐어주지 못하고 엄마 곁을 떠나왔던 얼마 전의 일이 생각나 전화를 한 혜자에게 엄마는 '썩을년아, 에미 속 불난다 시방 부채질허니라고 그러냐,며 여전히 거친 욕설을 퍼붓는다. 그러나 혜자의 귀에는 낯익은 엄마의 욕설이 오히려 정감있게 들려 편안한 기분을 느낀다.

아이를 낳기 위해서라도 혜자는 이렇듯 힘없이 널브러져 있어서는 안될 것이었다. 예전에 엄마도 늘 그랬었다. 혜자 하나 때문에 산다고. 자식은 웬수같은 업보이지만 에미 목숨 붙여주는 유일한 끈이라고. 지금 그러하다. 재호는 떠났지만 아이가 남았다. 혜자의 목숨줄이 남았다. 혜자는 입술을 앙다물고 일어선다.   (156쪽)
이제부터는 제가 있어줄 테니 절대로 쓸쓸해하거나 눈물 짓지 말라고 가만히 혜자 자궁 속에서 속삭여오는 또하나의 목숨. 혜자는 뜨거운 냄비를 발 밑에다 놓고 냄비째로 밥을 먹기 시작했다. 어쩐지 밥을 많이 먹어야 튼튼한 애기가 나올 것만 같았다.   (157쪽)

혜자가 엄마에게 '목숨줄'이었듯이, 혜자에게 아이는 목숨 붙여주는 끈이다. 두 여성에게 자식은 '웬수같은 업보이지만 에미 목숨 붙여주는 끈'인 것이다. 역사를 이유로 떠난 재호의 빈자리를 어머니 노릇으로 채워가는 것이다. 혜자는 재호의 아이를 낳고, 그의 전 부인이 낳은 홍이까지 거둬들이기로 결심하면서 새 힘을 얻는다. 그래서 제 아이와 홍이를 끌어안은 잠 속에서 혜자는 행복하다. 목숨이란, 자식이란, 어미에게 '쓸쓸해하거나 눈물짓지' 않게 하는 힘을 주는 존재다. 설령 그 자식으로 어미의 삶이 고통스러워질지라도 사람 사는 세상에서 어우러져 사람 노릇하며 사람답게 살 기회를 갖게 해주는 것이다.

혜자가 아이를 갖고 어머니가 되기로 결심함으로써 그녀들의 삶은 더욱 강파해질 것이다. 그러나 소설은 어머니 일 수행의 책임이나 고통보다는 어머니 되기가 그녀들에게 살아갈 이유를 제공해 준다는 긍정적인 측면만을 부각시킨다. 즉 어머니가 되기로 결심하면서, 아이를 어미된 자의 생명으로, 삶의 이유로 받아들이고 밝은 희망을 찾는 것으로 결말을 맺는다. 이런 식의 결말은 자칫 일상에 남겨진 상처와 소외, 고통은 여성들이 감당해야 할 당위로 남겨지고, 그 역할은 화해나 용서, 포용 등으로 미화될 수 있다. 이러한 추상적 모성은 문학과 현실의 괴리감을 가져올 수도 있다. 가부장제적 질서가 온존하고 있는 한, 그리고 적어도 어머니들의 삶이 거기에서 벗어나지 못하는 한, 어머니와 딸의 관계는 영원히 엇나가는 애증의 굴레를 벗어던질 수 없는 현실이 우리의 참 모습이기 때문이다.

공선옥 소설의 여성인물들에게 모성은 타인과 관계를 맺는 주요한 방식이 된다. 그런데 그 관계 속에서 용서나 화해는 언제나 어머니와 아이의 관계로 환원되면서 이루어진다. 물론 그 어머니가 겪어야 하는 삶의 신산함이나 어머니로는 환원되지 않는 정체성으로 인한 갈등이 전면에 드러나지 않는 것은 아니다. 때로 그런 갈등이 「우리 생애의 꽃」에서처럼 표면화 된다 해도 그 갈등은 자기반성으로 들어가고, 어머니 역할을 강화하는 쪽으로 작용한다. 1990년대의 여성소설가 중에서 현실을 반영하는 리얼리즘 방식의 글쓰기를 하고 있는 공선옥의 소설에서 이러한 모성이 드러나는 것은, 명백히 소설과 현실의 간극을 넓히는 데 일조한다. 문학이 꼭 현실과 같아야 하는 것은 아니지만 리얼리즘 소설에서 현실과 괴리된 문학은 그 가치를 온전하게 부여받을 수 없기 때문이다. 좀더 부연하면, 그의 소설은 대부분 살아가야 한다는 의지의 확인, 생명에 대한 사랑을 강조함으로써 희망적인 결말을 맺는데 「목숨」의 혜자 역시 마찬가지다. 그러나 그 희망적인 결말의 화해와 용서, 희생은 아름다운 것이지만 그것을 모성적인 것으로 규정짓고 늘 여성의 몫으로 남겨둔다는 데에 문제가 있다. 「목숨」에서처럼 모성은 절망과 희망의 양가적 의미를 지니지만, 무게 중심은 확실히 희망에 실려있다. 문제는 이러한 생존근거로서의 모성이, 어머니와 아이는 본래 하나였으므로 모성은 아이를 위해 온갖 역경을 이겨낼 수 있다는 모성 신화를 재생산할 위험이 있는 것이다. 부재하는 남편 대신 아이를 키우며 가정을 지켜왔던 '억척 어미'의 삶이 가부장적 이데올로기에 동원되어 또 다른 여성 억압의 원인이 되었음을 볼 수 있다.

혜자는 재호가 광주를 이유로 떠나가 버린 가정에서 모자 가정의 어미가 되고 광주의 간접 체험자이지만 직접 체험자인 재호와 관계를 맺고 있기 때문에 광주라는 역사적 상처로부터 자유롭지 못하다. 그래서 혼자 남아서라도 '광주'라는 역사의 피해자인 아이들을 품어 안고 생존의 문제와 싸우는 것으로 나타난다. 그래서 혜자는 모성으로 역사의 상처를 극복·치유·화해시키는 역할을 한다

그러나 끌어안음, 이해와 화해 등을 여성이 가진 특질, 더군다나 모성으로 환원하는 것은 위험한 일이다. 그것은 남성/여성의 이분법의 오류를 반복하는 것일 뿐이다. 임옥희의 지적처럼, 역사로 대변되는 아버지와 남편들은 끊임없이 상처를 주지만 그런 역사의 균열을 봉합하고 치유하는 것이 넉넉하고 건강한 여성 혹은 모성의 힘으로 상찬된다면 이런 모성과 보수적인 모성 이데올로기는 다르다고 할 수가 없다.[81] 단지 달라진 게 있다면 모성이 사적 영역에서 간접적이긴 하지만 역사의 장으로 관심영역을 확장시켰다는 것일 뿐이다.

이처럼 공선옥의 어머니들을 역사와 상처를 끌어안는 모성이라고 상찬하는 것은 사회/가정, 집단/개인, 정치·경제/일상, 공/사의 영역을 상호 분리된 영역처럼 설정하고, 이를 곧바로 남성/여성의 영역으로 환치하는 오류를 범할 수 있다. 이와 같은 이분법에 근거한 영역논리는 노동의 성별분업이라는 자본의 노동통제의 수단으로 강화된 개념이다. 따라서 그의 소설에서 여성 인물들이 당면한 갈등이나 고민은 어머니 되기를 통해 화해와

---

81) 임옥희, 「가부장제 신화의 탈신비화를 위하여」, 『포티에카』, 1997 창간호.

용서, 포용의 방식으로 해결한다고 보고, 그것을 어머니로 환치된 여성의 원초적인 특성으로 파악하는 것은 다양한 기제들과 관련을 맺고 있는 모성이라는 개념을 탈역사화, 탈물질화 시킴으로써 하나의 이데올로기로 작용하게끔 만든다. 즉 남성들이 이런저런 이유로 비워놓은 일상의 자리를 채우고 자식들을 길러내는 것은 원초적인 모성성에 기반한 것이기에 어머니가 된 여성이라면 당연히 감당해야 할 일이라는 식으로, 현실적인 연결고리가 미약한 모성 논의는 추상적일 수밖에 없다.

공선옥 소설에서 현실을 살아내는 어머니의 모습은 상당히 구체적이다. 그러나 모성이 모든 상처를 껴안는 방식은 구체적인 물적 토대나 현실의 제반 조건과는 관련을 가지지 않는 추상화된 모성을 상정한다. 더군다나 역사의 상처를 치유하는 것이 모성이라는 논리는 여성문제의 하나로 다루어져야 할 어머니의 문제를 역사라는 담론 속에서 지워버리는 것이기도 하다.

Ⅳ. 현대 소설에서의 모성의 의의

어머니와 딸의 관계에서 딸은 오이디푸스 관계에서 사랑의 대상을 바꾸
는데 이는 대상의 변화뿐만 아니라 이미 주어져 있는 가부장적 가치 척도
의 내면화를 의미한다. 오이디푸스 단계로의 진입을 여성성 폄하에 동참하
는 것으로 지불하게 되는 것이다. 벤자민이 정신분석 담론 내 모성을 새롭
게 쓰고자 한다면, 로데—다흐저는 여성 정체성 형성의 심리적 패러다임으
로서 "다세대 관점"의 도입을 제안한다. 외할머니, 할머니, 어머니, 딸로 이
어지는 모계의 이야기들을 언어의 질서 속으로 건져 올려서 발화를 시도함
으로써, 가부장제에서는 사라져야 할 운명인 그 계보가 여성의 자아 정체
성을 받쳐주고 승인해주는 받침대임을 알아야 한다고 말한다.

　여성의 정체성을 "여성적 계보"1)에서 찾고자 한 이리가레이는 여성들

---

1) 프로이트적 전통의 정신분석에 대한 비판적 연구에 기초한다는 점에서 여성적 계보
　는 페미니즘적 정신분석과 연계된다. 페미니즘 정신분석이 어머니로부터의 분리를
　재서술하고 재구성하려는데 비하여 여성적 계보는 어머니, 어머니의 어머니로 이어
　지는 모계를 여성적 정체성의 근원으로 구성하려 한다. 따라서 여성적 계보의 이론
　적 배경은 정신분석에서 정점을 이루는 서구 정신사를 팔루스 중심적 담론사로 밝
　힌 성차 이론이며, 여성적 계보는 정신분석으로 환원되지 않는다는 생각이다. 오히
　려 상징적 축을 모계로 옮기는 여성적 계보는 모든 정신분석적 방향들에—(페미니즘
　적) 정신분석이 가부장제의 상징적 질서를 주어진 틀로 보고 그 원칙의 현현을 아버

사이에서 존재하는 모계의 족보를 드러내 보여야 한다고 주장한다. 여성적 계보의 문화적 뜻은 어머니의 딸과 딸로 이어지는 모계를 축으로 내려오는 가계의 수직적 관계이며, 그 중심적 생각은 여성에게 모성적 근원을 찾아 주자는 것이다. 여성적 계보의 의미는 아버지의 이름으로 작동하는 상징 질서에서는 왜곡되고, 배제되거나 부정되었다. 따라서 딸이 자신의 주체됨 의 욕망을 따르고자 한다면 어머니의 죽음만이 둘의 얽힘을 풀 수 있다. 그 러나 어머니가 죽는다 해도 딸은 자신의 언어를 가부장제 속에서 찾지 못 할 것이다.

이러한 관점이 아니더라도 모성에 대한 평가는 어머니가 말하는 자신의 입장이 다르고, 딸이 보고 서술하는 입장이 다르다. 뤼스 이리가레이는 가 부장제 하에서의 어머니로서의 여성의 억압적인 삶을 거부하고자 하는 딸 은 어머니와의 상호성의 관계, 여성 대 여성으로서의 관계를 확립해야만 한다고 강조한다.2) 만일 딸이 어머니를 여성으로 보지 않고 탈성화 시키는 경우, 자신 또한 자신의 딸에 의해 탈성화 되는 어머니가 될 수 있다는 사 실을 간과할 수 없다.

우리가 영원히 주기만 하는 사람으로 정의하는 어머니보다 딸이 자유로 운 영혼이 될 수 있다고 생각하는 것은 오류적 생각이다. 가부장적인 태도 때문에 어머니와 딸들이 서로를 받아들이고 통합하고 그 관계를 강화시키 는 일이 어렵기는 하지만 그것은 모녀관계에서 반드시 성취해야 하는 일이 다. 딸은 미래의 어머니다. 그러므로 어머니를 가부장제가 요구하는 역할 속에만 가둔 채, 한 인간으로, 독립된 여성으로 받아들이지 못하는 딸은 어 머니에서 딸로 이어지는 자기 주체성의 모순과 갈등의 순환을 만들어 낼뿐 이다. 그런 의미에서 4장에서는 3장에서 분석한 틀을 토대로 말하는 관점 에 따른 어머니의 모습이 어떻게 다른지 살펴보기로 한다.

지에게서 찾는 한—정면으로 대립한다.
2) 뤼스 이리가레이, 권현정 역, 「여성—어머니들: 사회질서의 침묵하고 있는 기층」, 『성 적 차이와 페미니즘』, 공감, 1997, 296쪽.

1. 어머니 관점의 서사

현대 여성소설에서 모성에 대한 천착은 '어머니 노릇'의 경험을 사회, 역사적 맥락에서 제도나 이데올로기 등과 관련 지워, 여성의 정체성을 추구해 본다는 데서 의미를 찾아볼 수 있을 것이다. 우리 사회에서 모성은 거의 신화에 가깝다. 임신이나 출산, 수유 같은 생물학적 속성과 관련해서 모성은 여성성의 정점에 있는 것으로, 모든 여성은 어머니가 되고 싶어한다든지, 모든 어머니에게 모성은 다른 어떤 욕망보다도 우선한다는 식으로 명제화 되어왔다.

여성성의 중요 요소로 거론되는 모성은 여성을 신비화하는 신화로 기능하고 있다. 여성의 모성에 대한 신비화의 정점에는 여성은 약하나 모성은 강하다는 말이 있다. 여성은 남성과 비교할 때 상대적으로 약하다는 의미이다. 이 약한 요소는 육체적 힘에서 정신적, 사회적, 경제적 힘 모두를 의미할 수 있다. 여성은 이성적이거나 학구적이고 지적인 요소가 남성에 비해서 열등하다는 사고가 내재되어 있다. 그러므로 여성은 개인적이고 사적이며 내밀한 가정 일에나 적합하다는 것이다.

그러나 어머니는 강하다는 것이다. 어째서 강한가. 어머니이기 때문이다. 즉 어머니는 자식을 보호하고 양육해야 하기 때문에 강한 것이다. 여성 자체로서는 약하지만 자식을 보호해야 하는 동물적 본능에서는 강하다는 논리이다. 여기서 모순된 현상은 여성이 강하다는 것은, 자식을 낳아 기르는 본능적인 행위는 절대화되고 전경화 되지만 여성의 다른 본능, 예컨대 성욕, 명예욕, 자아실현을 위한 인간적인 욕구들은 무시된다. 어머니들의 반란은 이 지점에서 일어난다.

현대소설은 모성을 통해 여성에게 모성은 무엇이며 다른 욕구는 또 무엇인가를 천착한다. 오정희와 전경린, 박완서와 공선옥의 소설을 통해 그들 모성 특유의 경험과 모성에 관한 인식들을 살펴봄으로써 그 어머니들이 말하는 모성의 성격은 어떠한지를 알 수 있을 것이다.

1) 오정희 · 전경린 ……「번제」·「봄 피안」

현대소설에서 어머니들은 타인의 목소리가 아니라 자신을 화자로 내세워 이야기하기에 이르렀다. 그리고 그 결과는 어머니가 여성도 남성도 아닌 무성화된 존재가 아니라 남성이나 여성처럼 다양한 욕망을 갖는 인물이라는 사실을 보여준다.

「번제」의 어머니는 거세된 존재이다. 어머니는 남성의 문화권에 들어서기 위해 아이를 지우는 일로 자신을 거세시키기 때문이다. 어머니는 자신이 사랑하는 남자의 요구대로 태아를 살해하고 그 죄책감으로 광증을 보인다. 이 태아살해는 어머니 자신의 선택으로 결정한 것이 아니라 혼전임신을 부도덕하다고 생각하는 남성들이 만들어 놓은 문화로 인한 것이다. 이는 여성의 성을 생산성과 쾌락으로 이분하는 가부장제의 성 윤리적 시각이다.

사랑과 성은 여성이 가부장제 사회에서 제도에 편입되는 유일한 길이다.「번제」의 어머니도 태아 살해라는 비정상적인 형태로 나타나는 어머니되기의 거부로 가부장제 질서 속으로 편입되고 싶은 욕망을 드러낸다. 그러나 기존 질서 속으로 편입하고자 하는 욕망이 역설적으로 기존질서에 의해 낙인찍힌 태아 살해라는 비정상적이고 병리적인 형식으로 나타나는 것은, 어머니가 자신과 아이와의 관계를 갈라놓는 가부장제의 음모에 대한 저항의지를 표현하는 것이라고 봐야한다. 즉 가부장제가 강요하는 어머니되기의 억압성에 대한 무의식적인 거부의지로 볼 수 있다.

따라서 「번제」의 태아살해 모티프는 어머니의 모성거부를 위한 것이 아니라 자신의 모성을 지키지 못하게 만든 가부장제에 대항하기 위한 것이며, 어머니의 혼돈과 분열은 모성적 삶의 어려움이 어떠한지를 말하고 있다. 아이를 죽인 죄책감으로 광증을 보인 것이나 갇힌 병원에서 인형에게 수유하는 행위는 절박하게 갈구하는 모성성을 보여준다. 즉 이 소설의 어머니는 가부장제의 속박에 의해 태아를 살해했지만 그에 대한 죄의식과 속죄행위를 통해 가부장제에 의해 부정된 자신의 모성성을 회복하려는 노력을 하는 것이다. 결국 이 소설에서 어머니가 말하려는 의도는, 어머니의 욕망은 물론이고 죄의식조차도 가부장제에 의해 관리되고 제도화된다 해도 원초적인 생산성에의 욕망까지는 통제할 수 없다는 점이다. 이러한 모성을 통해 작가가 말하고자 하는 것은 건강한 생산성에의 의지와 어머니도 여성으로서의 인간적 삶을 살고자 함이다.

「봄 피안」의 미리엄마는 남성중심사회가 만들어낸 여성성의 이미지, 즉 남성이 만들어놓은 환경 속에서 그걸 당연한 것으로 받아들이고 살아가려다가 광기를 보이는 어머니이다. 자신의 생은 물론 아이까지 빼앗긴 여성에게 정상성을 요구하는 것도 무리한 설정일 것이다. 궁지에 몰린 미리엄마는 더 이상 자신을 억압하지 않고 자신을 억압했던 대상인 남성의 기만을 전복시키려는 반란을 꿈꾸는 힘으로 자신을 유지해간다. 미리엄마는 터미네이터라는 남성이 가진 허구성을 깨닫고 있기 때문에 그에 대한 복수를 꿈꾼다. 미리엄마 뿐만 아니라 어머니이기도 한 나는 미리엄마라는 어머니 개인의 궤적 뒤에 버티고 있는 보이지 않는 권력이나 제도, 관습을 읽어내고 있다. 그래서 자신의 정열을 버리고 모성으로만 사는 일의 허망함을 알고 있는 것이다. 아이들에 대한 미리엄마의 열망은 터미네이터를 향한 복수의 열망과 비례한다. 이미 모성으로 자신의 생을 걸 수 없다는 것을 알고 있는 나는 자신의 생에 다른 선택의 방법이 있다는 것을 알지만, 미리엄마에게는 오로지 아이를 자신의 품으로 데려오는 일 이외에는 다른 방법이 없다. 그런 관계를 통해서 미리엄마가 구하려던 것은 무엇이었을까. 아이가 자신의 삶의 모든 것을 해결해 줄 수 있을 거라는 생각의 이면에는, 즉 아이를 찾아야 한다는 집념 속에 감춰진 것은 가부장적 폭력에 대항하는 복수 의식이 팽배하게 작용하고 있다.

결국 자기 생이 파멸을 맞더라도 아이를 찾고, 생애 가장 아까운 세월을 빼앗아간 남자에게 복수를 하겠다는 미리엄마의 집념이나, 모성 따위는 안중에도 없는 내가 사랑하는 그에게로 가는 이치 또한 마찬가지다. 다만 미리엄마는 모성을 선택했고 나는 여성적 내 삶을 찾는 것이 다를 뿐이다. 두 어머니 모두 자신이 열망하는, 각자의 삶에서 가장 소중한 것을 향해 닻을 올리려는 것이다. 이 작품에는 아이를 데려오는 것에 자신의 생을 거는 절박한 모성과, 자신의 삶을 결정하는데 아이는 중요한 부분이 아니라고 생각하는 두 어머니가 있다. 전자의 어머니가 지나치게 광적이어서 오히려 위험을 내포하고 있다면, 후자의 어머니는 너무 냉정해서 여성이 지니는 특질 중에 모성에 대한 회의를 일으킬 지경이다. 따라서 「봄 피안」의 화자인 나의 시각으로 말해지는 모성은 부재한다. 나라는 어머니에게 모성은 떨쳐버리고 싶은 여성의 덕목으로 읽혀진다.

이처럼 모성 거부는 현대 여성 소설의 주요한 특징 중의 하나로 지적된다. 오정희 전경린의 어머니 서사에서 모성 거부는 보수적인 가부장적 제도와 이데올로기를 거부하는 하나의 전략으로서 사용된다. 이들의 여성인물들에게 있어 가부장적 제도 하의 '어머니'는 추구해야 할 이상적인 모델이 아닌 거부하고 싶은 부정적 현실의 상징이다. 오정희의 모성 거부 양상보다 더 심각한 것은 전경린의 「봄 피안」의 나처럼 모성이 부재하는 경우이다. 나라는 어머니 삶에서 자식은 의미를 갖지 않기 때문이다. 이는 우리 사회의 모성 이데올로기가 주체적·지적인 여성에게는 굴레와 억압으로 작용하므로, 모성을 거부하고 자신의 정체성을 찾아 독립된 인간으로 살고자함이며, 가부장적 제도와 이데올로기를 거부하는 전략으로 삼으려 하기 때문이다.

2) 박완서·공선옥 ······ 「울음소리」·「우리 생애의 꽃」

이 두 작가에게 모성은 노력해서 얻어지는 게 아니라 너무나 자연스런 현상으로 받아들여진다. 소설 속의 어머니들은 모성에 대해 회의하거나 그 무게 때문에 어려움을 겪는 것이 아니라 그 모성 외의 다른 환경적 요건이나 욕망 때문에 혼란을 겪는다. 모성 자체를 소중하게 생각하지만 물리적 요인이나 가끔씩 일어나는 설명할 수 없는 내적 갈등이 그들의 모성을 흔들어 놓는다. 그래서 여성이 자식을 기르는 일의 당연함을 말하면서도 그 문제들을 낮은 목소리로 드러낸다. 특히 「울음소리」의 경우 모성은 산업 사회라는 시대적 특수성으로 훼손되었지만, 어머니의 끊임없는 노력을 통해 잃어버린 모성을 되찾아 세계를 인식하는 확장된 의미로 받아들인다.

「울음소리」는 도시화·산업화의 불모성을 극복하고 생명에 대한 갈구를 통해 모성성을 회복해가는 어머니의 이야기이다. 가부장적 남성중심의 문화를 비판해왔던 박완서가 이 작품에서는 남편과의 화해를 통하여 아이를 잉태하는 일을 계획하는, 보다 풍요롭고 건강한 모성 회복을 보여준다. 반도체 회사에 근무하는 남편과의 사이에서 어머니는 흰머리의 기형아를 낳는다. 그리고 아이는 3주 동안이나 밤낮없이 울다가 죽었다. 그 후 그들에게 아이는 거부 대상이어서, 이웃집의 아이가 우는 소리조차 못 견뎌 한다. 끝없는 울음소리만 남겨두고 죽은 아이에 대한 기억 때문이다. 이들 부부는 7년 동안 생산성을 거부하며 삭막한 삶을 산다.

그러나 부부 싸움 끝에 빈집에 혼자 남은 앞집 아이의 끝없는 울음소리를 듣고 그녀는 아이를 집으로 데려와 돌봐주는 것을 계기로 자신의 내부로부터 들려오는 아이의 울음소리를 듣는다. 자신이 생산해내고 싶은 아이가 있는 곳은 존재의 회귀점에 있다는 것을 깨닫게 되자 아이의 울음소리가 송가처럼 들린다. 그녀가 모성을 회복하자 부부간의 정서적·육체적 화합이 이루어지고 사랑과 연민이 복원된다. 자신의 불모화된 자궁, 모성에 대한 부정적 인식으로 인하여 혐오스럽게 여겨졌던 시어머니의 치부조차 풍요로움과 생명감 넘쳤던 공간으로 인식된다.

박완서는 「울음소리」를 통하여 산업화로 불모화된 모성의 회복을 보여준다. 여성들에게 모성은 자신의 삶을 풍요롭게 지탱해주는 버팀목이 되는 것이다. 그래서 세상이 어떻게 변하더라도 모성이 존재하는 한 극복될 수 있다는 전망을 보여준다.

「우리 생애의 꽃」의 어머니는 신화적이지도 않고, 흔히 보아온 자기 희생적 인물도 아니며, 가난해서 억척을 부려야 살 수 있는 절박한 모성을 가지고 있는 것도 아니다. 소설 속 어머니는 '어미노릇'을 기꺼이 받아들이고 잘해내고 싶어하지만 가끔씩 자신도 감당할 수 없는 갈등과 방황으로 집을 나가곤 한다. 이는 모성에 대한 회의를 품는 인물들은 거의 등장하지 않는 공선옥의 어머니들과는 다른 면모이다.

어머니인 나는 착해지지 않는 날 일상으로부터 탈출하기를 시도한다. 그러나 자신이 선택한 일탈은 절망스럽다. 아이에게 엄마란 어떤 존재인가를 알고 있기 때문이다. 나는 열 두어 살 먹었을 때 지금의 나와 같은 엄마를 경험했다. '엄마라는 여자로부터 내가 여자라는 것을 배우기 이전에' 엄마가 없는 집에서 혼자 첫 생리를 치러야 했던 내가 엄마에게 배운 여자는 어떤 것이었을까. 엄마는 '제 자궁의 헛헛함을 참지 못하고 어린 나를 두고 종종 집을 비웠'다. 나는 그때 집을 비우던 어머니같이, 그 어머니의 행위를 반복하고 있는 것이다. 이렇듯 어머니-나-딸은 같은 상처와 행위를 반복하며 산다.

나는 모성을 당연한 것으로 전제하는 인물이다. 그러나 나에게 딸을 위해 밥을 차리는 행위가 행복한 일이기도 하지만 그 일만 하기에는 일탈과 반란의 욕망이 거세다. 즉 나는 모성 이데올로기와 내면의 일탈 욕구 사이에서 갈등하는 것이다. 자신의 모성이 삶의 전부가 아니라는 사실 때문에 당혹해 한다. 단지 한 순간 모성이 흔들리는 것이 아니라 그것이 전부가 될 수 없다는 사실에 나는 절망한다. 이러한 모성이 아닌 여성적 욕망은 충동적이고 일상에 대해 일탈적이기 때문에 반란은 꽃에 비유된다. 그래서 그 꽃의 향기에 어미가 취해 있을 때 아이는 그 향기에 질식해 어느 한 순간 죽어버릴지도 모른다는 것이다. 즉 어미에게 향기가 되는 것이 딸에게는 독취가 될 수 있다는 것을 나는 깨닫는다. 어미인 내가 진정으로 부끄러움을 느낀 건 아이들을 데리고 생존을 위한 반란을 하는, 수자씨의 일상화된 반란 때문이다. 그래서 반란하는 자신을 '유치하고 상투적'이라고 느끼고 집으로 돌아온다.

이 소설은 본문에서 다룬 여타의 소설들에 비해 가부장제의 흔적은 두드러지게 나타나지 않는다. 그러나 어머니인 내가 어머니 노릇을 이야기하면서 강박적으로 되풀이한다든지, 남편 후배의 입을 통해서 나오는 '도덕과 부도덕'에 대한 단죄에서 소설 배면에 깔려있는 남성중심적 이데올로기를 다루고 있음도 보게 된다. 여성인물이 등장하는 소설에서 대부분 여성의 문제가 모성으로 귀착되는 소설들에 비해 여성으로서의 갈등을 균형 있게 보여주었다는 점에서 공선옥 어머니의 새로운 면을 보여준다. 더구나 어머니의 방황과 갈등을 타인의 시각이 아닌, 어머니가 직접 말했다는 것에 의의가 있다.

덧붙인다면, 본고에서 논의한 다른 작품들에 비해 「우리 생애의 꽃」의 어머니는 자신의 인간적인 모습, 욕망을 말하는 방식이 훨씬 더 완곡하다. 그 이유는 모성은 너무나 당연한 여성의 정체성이라고 생각하고 있는 작가가 모성이 아닌 여성의 욕망 때문에 갈등하고 있다는 것을 말하기 때문일 것이다. 더구나 어머니가 스스로 '어미노릇'에 대한 방황을 말하기는 쉽지 않았을 것이다.

그러나 한 가지 작가가 간과하고 있는 것은, 수자씨의 일상화된 반란 앞에서 내 반란은 부끄럽고 절망스러운 것이 되는 것인데, 여성의 욕망을 말하는 데 있어 이러한 방식의 구분은 위험하다. 모성과 여성 사이의 갈등과 혼란은 여성 개개인의 차이와 인간적인 문제이지 생존의 방식과 비례하는 것은 아니기 때문이다. 먹고 사는 일에 절박하지 않은 모성의 반란은 부끄러운 것이 되고, 아이들과 살아야 하는 생존을 위한 반란은 이해받고 정당하게 취급되는 것은 모성의 또 다른 문제를 야기시킬 수 있다.

박완서, 공선옥 소설에서 어머니 서사는 공통적으로 모성에 대해 긍정한다. 「울음소리」는 여성에게 모성은 자신의 문제일 뿐 아니라 가족과 화해하고 현실을 인정하고 받아들이는 기제로 작용한다. 불모성일 때의 여성과 생산성을 회복한 여성의 세상을 인식하는 현상은 판이하게 다르다. 두 작가 모두 모성으로 갈등을 일으키긴 하지만 어머니가 되어있을 때, 삶의 안정을 갖게 된다. 그래서 그들에게 모성은 여성 정체성의 정점에 있다. 특히 박완서는 모성성을 여성의 고유한 자질 내지는 세계의 폭력성에 대항할 수 있는 대안적 가치로까지 형상화한다. 두 작가는 모성성으로 자아의 발견과 새로운 세계로의 안목을 갖는 긍정적 결말을 유도해 왔다.

타인의 목소리를 빌지 않고 자신의 목소리로 자기 이야기를 하기 시작한 어머니의 서사는 '어머니인 여성'이 욕망을 가진 인간이라는 사실을 드러낸다. 그들은 가부장제가 어머니로서의 여성에게 존경을 표하면서, 여성에게 요구하는 모성을 당연한 것으로 받아들이지 않고, 모성의 이상과 인간적 삶과의 괴리 속에서 겪었던 좌절감과 갈등을 솔직히 드러낸다.

2. 딸 관점의 서사

딸이 자신을 여성으로 의식하는 데는 여러 경로가 있다. 그 중의 하나가 어머니를 통해서이다. 우리 소설에서 어머니는 자식을 위해서 희생하고 아버지의 부재나 무능까지도 짊어지고 살아가는 인물들이었다. 그러므로 어머니는 인간적인 욕망을 드러내지 못하고 살거나, 드러낸다 해도 정상적인 상태의 설정이 아니라 정신이상증세에 시달리는 경우로 우회해서 나타난다. 어머니를 지켜보면서 자란 딸은 자신도 어머니가 된다. 어머니를 흉내내거나 거부하면서 자란 딸이 자신의 목소리로 이야기하는 어머니는 어떻게 그려지는지 살펴보기로 한다.

현대소설들의 중요한 한 특질은 바로 아버지가 서사 속에서 약화되어 있다는 점이다. 아버지는 배면으로 물러나 살과 피를 가진 생생한 인간이 아니라 추상화되어 있거나 이미 작중 현실 속에 존재하지 않는 상징적 인물에 그친다. 그럼에도 가부장의 정점에 있는 아버지는 바로 가부장의 모순을 체현하고 재생산해내는 인물이다. 이는 가부장적 질서가 관습화된 환경에서 자란 딸이 여성이 되어 어머니를 보는 관점에 변화를 가졌기 때문이며, 딸들의 서사가 남녀의 관계에서 세계를 보는 것이 아니라 엄마와 딸의 관계로 세상을 보기 때문일 수도 있다.

1) 오정희·전경린 ······「저녁의 게임」·「밤의 나선형 계단」

「저녁의 게임」에서 딸이 보는 어머니는 제도화된 모성성의 희생자이다. 그래서 딸은 어머니에 대해 부정과 연민을 갖는다. 어머니를 부정하거나 연민의 대상으로 삼으면서 자란 딸은 자신이 성숙한 여성이 되었을 때, 어머니의 삶을 성찰적인 시선으로 바라본다. 물론 혼란과 불안정의 과정을 겪은 후의 일이다. 어머니는 가부장적 아버지에 의해 거세된 존재이다. 거세된 어머니란 권력이 없는 무능하고 무기력한 어머니를 의미한다. 어머니는 자신의 무능과 무기력에 반발하여 태아를 살해하고 광증을 보인다. 이 태아살해의 욕망은 어머니 자신의 문제로 인한 것이 아니라 지독히도 모진 가부장적 남편에 의해서 생긴 것이다.

어머니의 광기는 탐욕스럽고 이기적인 아버지의 억압에 대한 극단적 거부의 행위다. 그러나 아버지는 어머니의 욕망을 헤아려보려는 노력도 없이 미쳤다고 속단하고 사이비 정신요양원에 강제로 수용시켜 끝내 죽게 만들었다. 그런 아버지를 보며 자란 딸이 꼭 그 방법밖에 없었느냐고 묻자 아버지는 '가족이란 생각하듯 그렇게 대단한 건 아니다'라고 대답한다. 이러한 아버지의 노추가 역겨우면서도 안타까운 딸은 침묵 속에서만 항의하며, 어머니의 광기의 원인을 들추어낸다. 그러나 딸의 어머니에 대한 연민은 아버지에 의해 차단당하고 그로 인해 딸은 소외와 억압감을 더 느낀다. 그래서 표면적으로는 순종적이지만 심층적으로는 전복적인 행위를 꿈꾸고 있는 것이다. 그래서 아버지에 의해 미친 여자로 규정되어 버려진 어머니를 기억하며 창녀 되기를 실행하는 것으로 아버지의 가부장적 권위를 한껏 조롱한다.

결국 「저녁의 게임」에서의 딸은 어머니를 가부장적 제도에 의해 희생된 인물로 보고 연민을 갖고 있다. 여성인 딸의 어머니 되기는 어머니로부터 분리되는 과정을 거쳐야 하는데 그렇지 못하다. 이는 어머니에 대한 가부장적인 아버지의 태도를 체득한 딸이 아버지 세계로의 편입을 거부하는 행위가 근거가 된다. 오정희는 딸의 관점을 빌어 억압된 어머니의 이야기를 하면서 모성에 대해 희망의 길을 열어놓는다. 아버지의 세계에서 자유롭진 못해도 그에 복속되지 않고 좌절이 아닌, 뒤틀린 방식일망정 자신의 언어를 표출하고 있다는 점에서 그렇게 보아진다.

이와는 반대로 「밤의 나선형 계단」에서 딸에 의해 그려지는 어머니는 제도적이고 관습적인 강요에 의한 피해자로 그려지지 않는다. 현상적으로 드러난 생활 방식을 주로 문제 삼기 때문에, 보이지는 않으면서 어머니의 의식과 일상을 지배하는 관념들은 배면화 되고, 엄마의 특이한 성격이나 현실을 보는 자의식으로 문제가 제시된다. 아이의 눈에 비치는 엄마는 결혼의 외적 강제력에 구속되는 것을 원치 않는다. 뿐만 아니라 가정 내의 고립과 소외, 유폐가 이어져서 자신의 정체성이 무화될 위기를 느끼자 과감히 결혼 밖의 성과 사랑으로 탈출하며, 그로써 자아와 정체성을 찾아간다. 엄마의 관심사가 자식에게 있다거나 누추한 삶의 고통을 팔 벗고 나서서 해결하려는 데에 있지도 않다. 다만 자신의 성적 욕망이나 자신의 본능에 충실하는 모습으로 보인다.

딸이 보는 엄마는 자기를 무의미하게 만드는 생의 관습적인 고리를 끊기 위해 필사적으로 탈주한다. 그래서 흔히 상정되는 풍요롭고 사려 깊은 전능한 어머니와는 거리가 멀다. 그러나 어린 딸은 엄마가 다른 남자를 만나고 들어오는 장면을 보면서 '종이꽃과 같은 존재'일지라도 그를 만나는 것으로 위안 삼아 현재의 생활이 유지되기를 간절히 바란다. 이러한 딸의 염원도 끝이 나고 엄마는 아빠와 오랜 시간 이야기한 뒤 집을 나간다. 딸은 방에 누워 엄마가 가방을 들고 현관문을 나서는 것을 알면서도 엄마를 붙잡지 않는다. 누구나 다 자신의 삶을 노력하며 살고 싶어한다는 것을 알기 때문이다.

엄마를 붙잡고 싶지만 붙잡지 않는 딸은 엄마가 아닌 한 여성으로서의 엄마의 삶을 이해하고 용서하는 성숙한 면모를 보여준다. 엄마로 인하여 절망했으나 엄마를 미워하지 않는 아이는 엄마가 좋아했던 마술처럼 먼 훗날, 자신이 엄마를 진정으로 받아들일 수 있을 때 모녀간의 관계를 복원시킬 꿈을 꾼다. 엄마의 떠남은 불가항력적이었으니 자신을 버린 게 아니라고 생각한다. 그 생각의 이면에는 자신이 엄마로부터 버림받았다는 사실을 위장하려는 자기방어기제가 엿보인다. 딸은 아빠와 엄마의 문제를 충분히 보고 들었기에 엄마를 이해하는 것이다. 엄마는 고무장갑을 끼어야 하는 삶을 모욕으로 느끼는 사람이지만 가족을 위해 노력했으나 아빠의 무능으로 결국 떠났다고 생각한다.

전경린은 어머니 서사에서 보여주듯 여성을 모성에 가둬두지 않는다. 다른 작가들에 비해 비교적 어머니가 자식에서 자유로웠듯이, 딸도 어머니를 이해하는 폭이 넓다. 그래서 딸의 입장에서 엄마를 말하는 게 아니라 여성의 입장에서 엄마를 말한다. 작가는 여성의 정체성의 핵심으로 모성을 설정하지 않는 것이다. 이는 모성으로 환원되지 않는 여성의 욕망을 적극적으로 나타낸다는 데서 기존의 모성들과는 다른 의미로 받아들여야 한다.

「저녁의 게임」에서 딸은 어머니를 아버지의 권력에 희생당한 존재로 받아들인다. 그래서 자신이 성인이 되었을 때, 죽은 어머니의 삶을 성찰적인 시선으로 바라보게 된다. 딸이 같은 여성으로서 어머니를 이해하게 된 것이다. 광기로 유폐되어 죽은 어머니는 '사생활이 문란한' 이기적이고도 가부장적인 아버지의 산물이기 때문에 어머니를 더욱 연민스러워 하는 것이다. 오정희가 모성이 제대로 존재하지 못하게 하는 요인을 가부장이라는 남성문화에 원인을 둔다면, 전경린은 그러한 제도가 아니라 여성 자신의 개인적 삶에 둔다. 전경린은 어머니 서사에서 드러냈듯이 딸의 서사에서도 모성을 여성의 정체성의 핵심으로 두지 않는다. 위의 두 작품에서 모성을 지키지 못하는 원인의 차이는 있지만 딸이 어머니의 삶을 이해하는 따뜻한 시선은 비슷하다.

2) 박완서·공선옥 ······ 「엄마의 말뚝1」·「목숨」

「엄마의 말뚝1」의 어머니는 부계혈통을 이어나가기 위한 사명을 완수하고 남편의 가문에서 인정받을 수 있는 며느리, 어머니가 되기 위해 억척스럽게 어머니 역할을 감당하면서 결과적으로 가부장제의 유지에 일조했던 여성이다. 그러나 그것은 일면일 뿐, 엄마는 근대라는 사회·역사적인 현실을 감지하고 자식들을 교육시키기 위해 도시로 나가는 주체적인 여성이다. 아버지가 구체적 삶의 현장에서 사라진 대신 어머니는 닫혀진 공간에서 자식들을 데리고 열린 공간으로 나오게 된다.

일제 말기를 살았던 어머니는 신여성을 새로운 여성상의 전형이자 대안적인 여성상으로 간주하면서, 딸을 신여성으로 키우고자 한다. 어머니가 생각한 신여성이란 세상의 이치를 모두 깨닫고 뭐든지 맘 먹은대로 할 수 있는 '전지전능한 여성'이다. 그러나 딸은 이러한 신여성상을 그대로 수용하지 않는다. 엄마에게 신여성은 자신의 부정으로서의 의미를 갖는다는 것을 딸은 알고 있다. 딸은 어머니가 꿈꾸었던 신여성상과 현실에서 만나는 신여성의 실체를 비교해 봄으로써, 신여성의 허위를 비판하면서 성장하게 된다. 그래서 딸은 어머니가 동경해온 신여성상을 비판적으로 극복하는 가운데 딸의 서사를 새롭게 구성할 수 있었다. 딸의 눈에 비친 어머니의 모습은 긍정과 부정의 양가적이었지만 그러한 어머니의 행위는 자식을 위한 것이었기 때문에 이해하게 된다. 딸은 엄마의 이중적 모순이, 여성 가장으로서 자신만의 힘으로 자식을 키워낸다는 자긍심과, 주위의 편견으로부터 자식을 지키려는 강인한 의지의 발현으로 보기 때문이다.

그러나 공선옥 소설의 여성들은 조혜정이 설명하는 것처럼, 부계 혈통에서 자신의 지위를 확보하려는 노력 등은 없다. 어머니일 수행 속에는 한 가문의 며느리로서의 혹은 조강지처로서의 자부심 등은 존재하지 않는다. 많은 여성 소설에서 딸은 어머니를 극복하고 싶어하는 모습으로 제시되는 것처럼 「목숨」에서도 어머니는 딸의 눈에 이해하기 힘든 모습으로 나타난 다. 그러나 이 소설에서 딸은 정상적인 어머니라 할 수 없는 어머니를 부정 되는 존재로만 보지는 않는다. 가장 큰 이유는 딸이 가부장제에 편입되지 않은 상태이기 때문이다. 딸은 아직 자신의 언어를 갖지 못한 상상계에 머 물러 있기 때문에 사생활이 문란한 아버지 문화를 거부하는 어머니를 저항 없이 받아들일 수 있는 것이다. 딸과 함께 살아야 하는 어머니가 힘든 세월 을 이겨내는 방식으로 우울증에 빠져있지만 딸은 그런 어머니를 숙명처럼 받아들인다. 그러나 제 병원비를 아끼려고 통경제를 사먹고 복통을 일으키 면서도, 의붓아비 약값을 보내는 딸의 설정은, 아름답게만 보여지는 게 아 니라 지나치게 무생물화 되어있다는 느낌이다. 제도나 환경적 요인을 떠나 서도 그런 딸이 어머니를 원망하지 않는 것은 너무나 당연하다.

　「목숨」의 딸이 가부장제에 희생된 어머니와의 관계에서 거부나 균열을 경험하지만 그러한 것들을 표출하지 않는 것은, 어머니를 가부장제의 틀 속에 가두어두지 않고 독립된 개체로 인정하기 때문일 것이다. 어머니와 딸이 여성 대 여성의 관계를 수립하지 못한다면, 가부장제 하의 여성에 대 한 이중적인 가치관과 여성 불평등은 반복적으로 재생산되는데, 이러한 면 을 피해갔다는 점에서 눈여겨봐야 할 것이다. 「목숨」의 혜자가 모성으로 모든 것을 끌어안는 관념적인 측면을 보인다는 비판을 하였지만, 딸이 어 머니를 바라보는 관점에서는 상당히 열린 관점을 지향한다. 창녀처럼 사는 어머니를 지겹게 대하며 자랐으면서도 그런 엄마에 대한 원망이나 회의가 없다는 것은, 어머니를 한 여성으로 인정할 때 가능한 일이기 때문이다. 뤼 스 이리가레이가 말한 것처럼 가부장제 하에서의 어머니로서의 여성의 억 압적인 삶을 거부하고자 하는 딸들은 어머니와의 상호성의 관계, 여성 대 여성으로서의 관계를 확립해야만3) 하는 것이다.

엄마와의 작은 균열까지도 자신이 가진 모성으로 해소하게 되는 것에서, 작가의 모녀관계의 의식을 보여준다. 그 해소가 일시적일 수도 있으나 애초부터 큰 갈등이 없었는데 새삼 엄마를 미워할 까닭이 있겠는가. 따라서 딸은 어머니를 독립된 여성으로 받아들여 어머니에서 딸로 이어지는 자기 주체성의 모순과 갈등의 순환을 줄여가게 될 것이다.

박완서와 공선옥의 딸의 서사는 어머니의 허위적 이중성이나 여성적인 고통에 대해 외면하거나 비난하지 않는다. 「엄마의 말뚝1」의 엄마는 시대의 변화를 인식하고 자식들을 위해 자신의 부끄러운 면모까지 보이지만 딸은 그러한 엄마의 모성을 비판하면서도 엄마를 이해하고 긍정한다. 「목숨」의 딸은 엄마에게 사랑을 받기는커녕 고통만 당하며 자랐지만 그런 엄마를 원망하지 않는다. 이는 엄마를 자식의 세계에 한정시키지 않고 개체적 여성으로 인정할 때 가능한 일이다. 지금까지 살펴보았듯이, 딸의 서사는 어머니를 구체적인 여성으로 보기 시작하고, 어머니의 허물을 부끄럽게 생각하거나 숨기려 하지 않는다. 어머니를 자신과 같은 여성이라는 연대감을 가지고 보았으며, 어머니에서 딸로 이어지는 삶을 같은 여성이라는 연장선상에서 이해하고 있음을 알 수 있다. 즉 어머니를 여성/어머니로만 한정시키지 않고 인간적인 차원으로 대하기 시작한 것이다.

지금까지 4장에서는 모성을 말하는 데 있어 어머니 관점과 딸의 관점을 택하여 살펴보았다. 어머니 관점의 서사에서 작가들은 주로 어머니의 욕망을 이야기한다. 그 욕망이 가부장제를 향해 던지는 도전장이든, 자신의 성적 정체성이든, 혹은 모성 회귀로의 열망이든 그것은 모두 다른 형태의 욕망이기 때문이다. 그러면 왜 그러한 욕망을 어머니의 입장에서 이야기하는가. 이를테면 「우리 생애의 꽃」에서처럼 어머니 자신의 일탈을 어머니 스스로 말함으로써 얻어지는 효과는 무엇인가. 화자인 내가 어머니의 딸이었을 때, 나의 어머니의 일탈에 대해, 즉 어머니의 여성으로서의 욕망에 대해

---

3) 뤼스 이리가레이, 김현정 역, 「여성—어머니들: 사회질서의 침묵하고 있는 기층」, 『성적 차이와 페미니즘』, 공감, 1997, 296쪽.

'개 같은 년'이라고 욕할 정도로 추한 것으로 생각했다. 그러나 내가 어머니 나이가 되어 어머니와 같은 욕망으로 일탈을 감행하고 보니 인간적 삶으로서의 어머니를 이해하게 되는 것이다.

마찬가지로 이러한 여성의 욕망을 이야기할 때 딸의 관점으로 말해지면 추한 것으로 왜곡될 수 있지만 어머니 자신의 입장으로 말하게 되면 좀더 완곡하게 말할 수도 있으며, 경험적인 어머니 삶의 곡진함에 대해 깊이 천착할 수 있기 때문이다. 그래서 작가들은 어머니의 욕망을 얘기할 때 딸의 시선으로 에두르지 않고 어머니가 직접 나서서 말하게 하는 전략을 사용하는 것이다.

반면, 딸 관점의 서사에서 작가들은 대부분 가부장제라는 제도에 희생된 어머니의 모습을 말하거나 그 제도를 깨고 현실적 삶으로 탈출하는 어머니를 그린다. 이는 딸들이 억압의 정점에 서 있는 어머니의 일그러진 모습을 지켜보거나, 자신의 정체성을 찾아 현실을 탈주하는 어머니를 말하는 것으로 증명된다. 중요한 것은 그러한 어머니들에 대한 딸의 시각인데, 딸들은 어머니를 자신에게만 한정시키지 않고, 어머니를 한 여성으로 인정해 주기 때문에 어머니의 일탈을 같은 여성적 맥락에서 받아들인다는 점이다.

이러한 이유로, 딸의 서사에서는 어머니를 비난하지 않지만 어머니의 서사에서 자신의 욕망을 말하는 어머니들은 스스로 반성하거나 갈등한다. 왜냐하면 어머니들은 모성에 대해 꼭 그래야 한다는 의무감을 가지고 있기 때문에, 그 의무를 다하지 못했을 때 스스로를 부도덕하다는 반성의 기제로 삼기 때문이다. 그러나 딸들은 어머니를 원하지만 한 여성으로 이해하기 때문에 구속하려 하지 않는다. 따라서 딸들이 어머니처럼 살지 않겠다고 벼르지 않는 것처럼, 어머니들도 자신의 욕망을 이야기하며 딸을 통해 인생을 보상받으려 하지 않는다. 이는 현대소설에서의 모성성의 변화의 지점을 말해주고 있다.

V. 결 론

    지금까지 본고는 현대소설, 1970~1980~1990년대의 여성소설에 드러난 모성성의 여러 유형을 살펴보았다. 작가는 1970년대의 오정희, 1980년대의 박완서, 1990년대는 전경린, 공선옥을 선택하였다. 1970년대의 오정희와 1990년대의 전경린의 모성을 비교해 보았으며, 1980년대의 박완서와 1990년대의 공선옥의 모성이 어떻게 달라졌는지를 살펴보았다. 네 작가를 비교하는 기준은, 오정희와 전경린은 시대는 다르지만 모성을 논하는 자리에서 공통점이 있기 때문이다. 그들은 모성을 통해 가부장적 제도를 거부하며 여성의 정체성을 찾으려는 시도를 해왔다. 박완서와 공선옥 역시 시대는 다르지만 모성을 긍정하고 모성으로 여성적 정체성을 회복한다는 점에서 공통점을 지니고 있다. 이렇게 모성을 묶어보는 논자의 의도는, 이 작가들의 연결점을 찾아 모성을 맥락화 하는 작업에 시발점의 단초를 제공하고자 함이다. 그 성과가 미비할지라도 시도하는데 의의를 두었다. 모성과 여성의 명확한 구별은 어렵지만 이 두 성향은 불가분의 관계에 있기 때문에 페미니즘 하위 담론으로서의 모성을 논하게 되었다. 따라서 이론적 틀은 많은 부분 정신분석학적 페미니즘 이론을 활용하였다.

    인류가 존재했던 시기부터 모성은 존재하며 변화해왔지만, 숨 가쁘게 변화하는 현대사의 흐름 속에서는 모성도 빠른 속도로 변모하는 모습을 보인다. 이러한 방법과 통찰을 통해 최종적으로 밝힌 것은 모성을 말하는데 있어 어머니 서사와 딸의 서사를 나눠볼 수 있었고 각기 다른 입장에서 어머니는 딸을, 딸은 어머니를 어떻게 말하고 있는가를 살펴볼 수 있었다. 여성작가들이 쓴 소설에서 드러나는 여성/모성의식은 그들이 살고 있는 시대의 문화 양식을 반영한 것으로 간주해도 좋을 것이다. 즉 그 시대를 살아가는 그들이 긍정하든 부정하든 공유하고 있는 의식이나 현상을 문학으로 드러낸 것이기 때문이다. 따라서 네 작가들이 어떠한 방식으로 모성의 세계를 드러내는지를 보면 현대소설을 통해 이 시대의 모성을 알 수 있다.

먼저 오정희와 전경린의 소설을 통해 어머니와 딸의 모성이 어떻게 다른지 살펴보았다. 이들은 모두 모성을 여성의 정체성으로 환원하지 않는다. 다른 점은 1970년대의 오정희가 모성의 거부를 통해 사회 문화적 제도인 가부장제에 대항했지만 결국 모성으로 회귀하고자 했으며, 1990년대의 전경린은 변화한 현실만큼이나 훨씬 약화된 가부장제의 삶을 살았지만 결혼이라는 제도 안의 여성을 억압하는 기제들을 깨치고 탈주했다는 점이다. 그 과정에서 당연히 모성은 그녀의 삶을 지배하는 어떤 것도 될 수 없음이 자명하게 밝혀졌다.

어머니의 서사인 「번제」, 「봄 피안」의 어머니들이 그렇다. 「번제」의 어머니는 남성문화에 복속되기 위해 자신을 거세시키지만, 그 이면에 숨겨진 의도는 가장 강렬한 방식으로 모성을 억압하는 가부장제에 저항하기 위한 것임을 드러낸다. 태아를 살해한 어머니는 죄책감으로 자신의 의식을 방기할 정도가 되었으나 자신이 떼어낸 아이에 대한 속죄를 하려 하기 때문이다. 가부장제가 어머니에게 부담시키는 모성의 억압 정도가 어떠한지를 단적으로 말해주고 있다. 어떠한 상황에서도 원초적인 생산성에의 본능은 변하지 않는다는 것을 통해 작가는 모성성을 회복한다.

「봄 피안」에서의 어머니는 부재한다. 미리엄마는 사실상 '나'의 모성부재를 말하기 위한 전략으로 보여진다. 왜냐하면 미리엄마의 광적인 모성을

말하면서도 '나'는 자신의 아이들에 대한 생각을 단 한 번도 하지 않기 때문
이다. 어머니인 내겐 오로지 그에게로 향한 마음만 간절할 뿐이다. 내가 광
적인 미리엄마의 모성을 통해 깨달은 것은 여자의 삶에서 모성이 갖는 의
미가 아니라 정열의 명령에 따르는 길에 그 정열을 넘어서는 길이 있다는
것이다. 그래서 미리엄마의 모성과 내 사랑은 평행선상에 놓여진다. 모성
으로는 만날 수 없는 지점에 있는 것이다. 결국 「번제」의 어머니는 상실된
모성을 다시 회복시키지만, 「봄 피안」의 주인공을 통해 본 모성은 부재하
기 때문에, 모성론의 관점에서 보면 절망적이다.

그러나 이 소설에서 나와 미리엄마 이외에 또 다른 모성, 즉 무당의 모성
이 작가 전경린의 모성으로 보여진다. 무당을 통해 보여주는 모성은 경제
력이라는 권력을 갖는 자가 모성도 지킬 수 있다는, 모성에 대한 새로운 인
식을 보여준다. 뿐만 아니라 작가는 모성과 여성을 확연하게 구분짓는다.
여성성은 결혼이라는 제도나 사회·문화적인 맥락에서 보여주고, 모성성
은 무당을 통해 자연적 상태로 돌려주고 있다. 오히려 모성은 이데올로기
나 제도 이러한 사회적인 성격을 갖기보다는 무당이 상징하는 것처럼 제의
적이거나 원시적이어서 자연의 상태가 되어야 한다는 것이다. 어머니의 존
재는 현실과 아등바등하는 구체적인 모습이기기보다는 오히려 비의적이
어서 신비로운 존재여야 한다는 것이다. 그렇다면 현실에서 이러한 모성의
존재는 가능한가. 이 불가능한 일에 모성을 기대하는 전경린은 여성의 사
랑이나 정체성 문제에서도 여전히 신비적이어서 비현실적이라고 말할 수
있는데, 그렇다면 그에게 모성은 존재 불가능한 것이 되고 만다.

모성을 말하는 데 있어 딸의 서사는 중요하다. 왜냐하면 딸이 자신을 여
성으로 의식하는 경로 중의 하나가 어머니를 통해서이기 때문이다. 딸은
어머니와의 관계를 통해서 세상을 본다. 「저녁의 게임」의 딸은 어머니를
부정과 연민의 시각으로 본다. 어린 딸이 본 어머니는 무뇌아를 낳아 죽인
미친 어머니이다. 그러나 성숙해서 가부장적 아버지를 경험하게 되는 딸은
어머니를 아버지 문화의 희생자라로 여겨 연민의 시선을 갖게 된다. 표면

적으로 순응적인 딸은 아버지에 항거하기 위한 방식으로 창녀가 된다. 이렇게 모성에 대해 부정적인 시각을 가진 여성이 다시 모성을 갖게 되었을 때 과연 정상적인 어머니가 될 수 있는지 회의하기 때문에 딸의 서사는 어머니의 서사와는 또 다른 의미를 함의하게 된다. 결핍과 부정의 모성을 체득한 딸은 자칫 그 모순을 반복할 위험이 있기 때문이다. 그러나 오정희는 딸의 관점을 빌어 억압된 어머니의 이야기를 하면서 모성에 대해 희망의 길을 열어놓는다. 어머니는 아버지에 의해 희생당했지만 딸은 아버지의 세계에서 자유롭진 못해도 절망만으로 그치지 않는다. 딸은 그에 복속되지 않고, 뒤틀린 방식일망정 자신의 언어를 표출하고 있다는 점에서 모성성 회복의 단초를 보여주고 있다.

이와는 달리, 「밤의 나선형 계단」에서의 어머니는 제도나 관습에 억압당하지도 않을뿐더러 그것들에서 자유로운 모성으로 그려진다. 어머니는 자신의 삶이 누추해지자 너무 오래 자신을 방치해 두었다는 자각으로 집을 떠난다. 물론 딸이 보는 어머니는 나름대로 가정에 충실하려고 애를 썼다. 그러나 남편의 무관심과 무능으로 더 이상 자신을 추락시킬 수 없다는 생각으로 아이들까지 버린다. 그러나 딸은 자신이 엄마로부터 버려졌다는 것을 인정하지 않기 위해 엄마를 이해한다고 말한다. 자신의 생을 살기 위해 자식을 두고 떠나는 엄마를 이해한다는 것이다. 엄마가 딸을 두고 떠나는 것과 딸이 엄마를 이해하려고 애쓰는 것은 어머니에서 딸로 이어지는 초라한 운명의 연쇄를 끊는 행위, 즉 모성마저도 인위적으로 위험한 시험대 위에 올릴 수밖에 없는 일이라는 것으로 읽혀진다. 여성적 삶의 정체성을 찾기 위해 모성은 버려야 할 무엇으로 간주되어 모성을 논하는 자리에서 상당히 문제적이라고 본다.

오정희 소설은 제도화된 여성성/모성성을 거부하는, 훼손되지 않은 어머니 세계에 대한 추구를 보여줌으로써 가부장제 질서의 억압성을 선명하게 부조한다. 따라서 모성 자체를 거부했다기보다는 모성을 여성에게 억압적인 요소로 만든 사회적 조건을 부정했다고 보는 것이 적절하다. 그래서 불가피하게 가부장제 질서 속으로 편입하지만, 가부장제가 부과한 여성성/모성성을 거부함으로써 궁극적으로는 가부장제 질서를 약화시키는 이중적인 역할을 하게 된다. 결국 오정희의 모성이 결핍과 혼돈과 부정으로 혼란을 겪으면서도 모성회귀성을 보인다면 전경린의 모성은 부재하거나 모성 해체적 성향을 보인다. 전경린 작품이 주된 화두로 삼는 여성성에서는 대부분 '어머니의 목소리'를 들을 수 없다. 여성주인공들은 주로 어머니를 포함한 주변 여성들과는 다른 독자적인 삶의 방식을 열망하거나 불륜이나 일탈적인 성적 관계를 통해 관습적인 결혼 플롯을 거부하거나, 아니면 스스로의 욕망에 충실하고 그로 인한 파멸의 길을 기꺼이 선택함으로써 모성적 삶에 대한 거부를 드러낸다. 이를 통해 그가 어머니를 추구해야할 이상적인 모델이 아닌 거부하고 싶은 부정적 현실의 기호로 받아들이고 있다는 사실을 알 수 있다. 요컨대 이들의 모성성 거부의 몸짓에는 가부장제 거부의 목소리가 숨어있는 것이다. 그래서 어머니의 서사나 딸의 서사 모두 모성에서 비교적 자유롭다. 이러한 모성은 여성을 모성 안에 가두지 않는다. 딸은 어머니와의 관계에서 여성 대 여성으로의 관계를 확립할 수 있기 때문이다. 그러나 모성이 여성의 정체성으로 환원되는 것도 바람직하지 않지만 모성의 특질을 지나치게 평가절하 할 위험의 소지가 있다는 점 또한 간과할 수 없다.

박완서와 공선옥의 모성을 통해 어머니의 서사와 딸의 서사를 비교해 보았다. 이 작가들의 모성은 결코 부정적이지 않다. 모성은 너무나 당연한 여성적 자질이어서 모성으로 회의하지는 않는다. 다만 모성을 지키지 못하게 하는 모성 외적인 요소들로 갈등할 뿐이다. 그래서 이들은 모성으로 인해 갈등이 생기기도 하지만 그 모성으로 여성적 삶을 풍요롭게 하거나 다른 세계를 보게 하는 변화를 겪기도 한다.

「울음소리」의 어머니는 산업화로 불모화된 모성을 회복해가는 과정을 보여준다. 머리가 하얀 아이를 낳고 그 아이가 죽고 난 뒤 부부는 정서적이나 육체적으로 삭막해져간다. 아이를 갖지 않으려는 의도가 부부관계는 물

론 자신을 낳아준 어머니, 시어머니의 자궁까지 추한 것으로 보게 한다. 불
모화된 정신은 세상을 부정적으로 보게 하는 것이다. 그러나 「울음소리」
의 화자는 옆집 아이의 울음소리를 통해 모성을 회복한다. 자신의 아이를
갖기로 결심하고 남편을 온전하게 받아들인다. 이 작품의 어머니는 아이가
존재하지 않는 자신의 삶을 적막하고 삭막하다고 인식한다. 여성은 어떤 경
우에라도 모성을 획득해야만 온전한 삶을 유지할 수 있다는 것이다. 그 아
이로 인해 여성의 삶은 풍요롭고 윤택해질 수 있다. 박완서는 「울음소리」
의 어머니를 통해 세상의 많은 존재들과 화해하는 것으로 모성을 확장시킨
다. 생산성을 통한 모성성 회복을 위한 도전, 부부관계의 원점 회귀, 인간
에 대한 연민의 확대, 산업화의 물질들로 인한 이물감에서의 해방 등을 꼽
으면서 '수동적인 삶'에서 '능동적인 삶'으로 옮겨가는 긍정적인 모성상을
보여주었다.

　「우리 생애의 꽃」의 어머니는 「울음소리」의 어머니와 마찬가지로 모성
이 얼마나 소중한 것인지를 말하고 있다. 아이에게 어머니는 생존의 기본
요건인 밥을 먹이고, 보호해야 할 의무가 있는 존재다. 그러나 어머니도 모
성만으로 자신의 삶을 채울 수 없다는 갈등에 빠진다. 그 내부의 욕구는 모
성이 자신의 전부라고 생각하고 살던 어머니에게 당혹스런 것일 수밖에 없
다. 그것은 어머니 스스로 말하기에도 불편하고 마땅히 표현할 언어가 없
기 때문이다. 그러나 어머니가 자신의 인간적인 모습, 여성적 욕망을 말하
는 태도는 지독히도 완곡하다. 어머니 스스로도 모성은 여성의 정체성이라
는 것을 당연히 받아들이고 있기 때문에 모성 아닌 다른 욕망을 느끼고 그
욕망을 억누를 수 없음에 방황한다.

　그러한 어머니를 부끄럽게 만들고 집으로 돌아가게 하는 것은 작가의
모성 환원주의가 굳건하다는 것을 의미한다. 문제가 되는 것은 아이들과
먹고사는 이유로 일탈을 일상으로 만드는 수자씨의 반란은 당당하고, 어쩌
다 일으키는 내 반란은 부끄럽고 절망스럽다는 설정이다. 여성의 성이 먹
고살기 위한 경제활동에 사용되면 정당해지고, 여성의 욕망으로 표현되면

부끄러운 일이라는 것은 모성의 도덕성과 함께 모성을 신비화시켜 모성신화의 악순환을 가져올 수 있다.

논자는 이 작품이 1990년대적 모성을 대표적으로 보여준다는 생각이다. 모성의 소중함을 알고 당연하게 받아들이지만, 현대사회의 다양한 욕구가 모성을 흔들림 없이 제 자리에 위치하지 못하게 한다. 가부장제라는 사회적 제도가 1970년대의 오정희와 1980년대의 박완서에 비해 비교적 약화된 대신 자본주의와 사회적 섹슈얼리티가 강하게 등장해서 여성의 내부에 분열을 조장하고 모성을 가지런히 지켜갈 수 없게 하기 때문이다. 모성은 이러한 사회적 억압의 조건들로부터 분리되어서는 의미를 지닐 수 없기 때문에 여성적 갈등이 없는 모성이 존재한다는 것은 시대착오적인 모성신화에 다름 아니어서 공감대를 형성할 수 없다.

박완서와 공선옥의 딸의 서사인 「엄마의 말뚝1」, 「목숨」은 모성을 통해 주체적인 삶이 무엇인지 인식해가고, 불모화된 자신의 모성을 회복해서 세상을 따뜻하게 포용하는 딸들이다. 「엄마의 말뚝1」의 딸은 어머니가 말하는 신여성 되는 일에 회의를 품고 있다. 영악한 딸은 어머니가 꿈꾸었던 신여성상과 자신이 현실에서 만나는 신여성의 실체를 비교해 봄으로써, 신여성의 허위를 비판하면서 성장하게 된다. 그래서 딸은 어머니가 동경해온 신여성상을 매혹과 부정이라는 이중성 속에서 비판적으로 극복하는 가운데 딸의 서사를 새롭게 구성할 수 있었다. 그런 과정에서 딸의 눈에 비친 어머니의 모습은 양가적이었지만 어머니의 행위는 자식을 위한 것으로 이해하게 된다.

결국 「엄마의 말뚝1」의 딸은 어머니를 가부장적 환경을 벗어나 근대체험을 하며 모성으로 시련을 극복하는 주체적 어머니의 모습으로 본다. 어머니의 신여성을 양가적인 것으로 경험하던 딸이 경험 속에 각인된 의미를 스스로 발견해가는 과정 속에서, 비판정신의 획득과 함께 어머니의 모성과 자신의 위치를 확인하게 된다는 것이다.

많은 여성 소설에서 딸은 어머니를 극복하고 싶어하는 모습으로 제시되는 것처럼 「목숨」의 딸 역시 어머니는 자신의 삶에 아무런 도움도 되어주지 않는다. 그러나 딸은 어머니를 부정적인 존재로만 보지 않는다. 딸은 가부장제에 편입되기 전의 상태에 있기 때문에 어머니를 모성신화 속에 대입시키지 않고 바라보기 때문이다. 이는 어머니를 모성으로만 보지 않고 개체적인 한 여성으로 볼 때 가능한 일이다. 딸의 서사에서 어머니와의 관계를 여성 대 여성으로 보는 경우는 흔치 않다. 딸은 가부장제에 희생된 어머니와의 관계에서 거부나 균열을 경험하지만, 표면화하지 않는 이유는 자신이 가부장제의 틀 속에 갇혀있지 않다는 의미이기도 하다. 「목숨」이 대다수의 공선옥 소설처럼 여성을 모성으로 환원하고 있으며, 모성을 가부장제 속으로 가둔다는 평가를 받을 수 있지만, 무엇보다도 딸이 어머니를 보는 시각이 모성신화와는 다르다는 점에서 의의가 있다.

박완서와 공선옥의 딸의 서사는 모성에 대해 긍정적이다. 그들의 모성은 현실을 인식하고 그 현실을 끌어안는 방식이 된다. 박완서의 어머니는 변화하는 시대를 의식하고 자식을 위해 보장된 자신의 안위를 포기하면서까지 도시로 나와 신여성 교육을 시킨다. 딸은 어머니의 이중적인 면모까지 들여다보고 그러한 모성을 비판하면서 자랐지만 결국 자식을 위한 어머니 마음을 이해하게 된다. 「목숨」의 딸은 어머니를 자신의 세계에 한정시키지 않고 개체적 여성으로 인정한다는 데 의미가 있다. 자신이 모성을 찾음으로써 세상의 아픔을 끌어안는 모습은 다소 익숙한 결말이긴 하지만 어머니를 모성신화에 가둬두지 않은 점은 눈여겨봐야 한다.

모성과 여성성은 매우 긴밀하게 얽혀 있기 때문에 이 두 개념을 확실하게 구별짓는 것은 어렵다. 그러나 여성이 어른이 된다는 것은 모성성의 상태로 돌아가는 것으로 이해해도 될 것이다. 여성의 어머니 되기는 어머니로부터 분리되는 것인 동시에 자신에게 내재된 모성성과 깊이 결속되는 것이기도 하다. 그것은 어머니에게로 회귀해 가고자 하는 퇴행의 욕구인 동시에 어머니에 대한 깊은 이해에 이르는 것이기도 하다. 그래서 어머니와 딸이 각기 자신의 입장에서 말하는 모성은 의미를 갖는다.

지금까지 살펴본 여성작가들의 모성에 대해 확인해 보면, 오정희와 전경린은 우리가 인식하고 있는 상식적인 모성을 해체하고, 모성을 둘러싸고 있는 재반 요건을 통해 담론적 구성물을 보여줌으로써, 모성으로 묶을 수 있는 여성의 공통된 정체성을 찾으려는 시도는 성공할 수 없음을 보여준다. 여성은 심층적인 의식 속에 자신에게 덧씌워진 정체성들로부터 해방되려는 욕구를 가지고 있는데, 이는 그 욕구들이 근본적으로 억압된 것이기 때문이다. 이들은 어머니라는 정체성 안에 포함된 모순들을 파헤침으로써 '여성=어머니'라는 전통적 공식을 파괴한다. 그래서 모성을 다중적 정체성 개념에 의해 여성의 자아상 내부의 갈등이나 분열을 설명 할 수 있도록 가능성을 열어놓는다. 그 결과 모성중심적인 전통 규범에서 벗어날 수 있는 전망을 제공했다는 점에서 의의를 둔다.

박완서와 공선옥은 모성을 통해 시대의 문제점을 인식하거나 세상의 상처를 끌어안는다. 뿐만 아니라 여성의 주체적 삶을 모성을 통한 방식으로 통찰해가기도 한다. 그들은 여성의 생물학적 조건과 모성을 직접 연결시키면서 이러한 모성 중심의 여성 정체성이 결코 사회경제적 문제들과 분리된 것이 아니라, 현대 사회의 근본적 문제를 해결할 수 있는 단초를 제공할 수 있다고 말하는 것이다. 즉 여성에게는 생명창조력과 보살핌 능력이 있다고 보는데, 가부장적 사회 여건 속에서 여성은 영원히 모성이라는 도덕적 의무를 수행해야 한다는 전통적 모성이데올로기를 낳을 수 있기도 하지만, 그들의 모성과 여성은 동전의 양면과 같은 것이어서 그러한 결합을 통해 공·사의 영역을 넘나들 수 있다는 것이 이 논의의 결과이다.

다만 모성이 억압되거나 신화화되지 않고 한 인간의 자아 찾기로서 존재하려면, 앞으로 모성에 대한 연구가 기존의 모성 개념에 내재한 이분법을 비판하고 그것을 해체해 나가는 과정에서 새롭게 정리되어야 한다는 과제를 낳은 것에 의의를 둔다. 해체는 두 가지인데, 첫째는 모성에 대한 지배적인 정의 내부에 뒤섞여 있는 구성요소들로 모성을 해체하는 것이다. 전통적으로 여성은 어머니와 혼동되어 왔으며 미분화되고 고정된 단일체로 가정되어 왔는데 여성은 결코 그 자체로는 어머니가 아니기 때문에, 여성의 정체성이란 다양한 정체적 성향들이 상호 갈등하고 공존하는 과정으로 파악해야 한다. 두 번째는 어머니와 아이를 통합된 이해(利害)를 가진 단일한 개체로 간주하는 혼란에서 벗어나는 것이다. 실제로 어머니의 관점과 아이의 관점은 갈등을 일으킬 수 있고 어머니는 그 둘 사이에서 선택을 강요당할 수 있기 때문에 서로의 상황에 따른 모성을 인정해야 한다는 점이다. 이처럼 다양한 시각에서의 모성의 연구는 차이를 드러낼 줄 아는 것이고, 이러한 다양성을 수용하기 위해 중심을 옮기는 것이 곧 모성을 맥락화하는 것이며 공통성의 본질적 부분으로서의 차이를 수용하는 페미니즘 전략으로 나아가게 할 것이다.

이상으로 현대 여성 소설에 드러난 모성의 양상들을 살펴보았으나 여러 가지로 미흡함이 남는다. 페미니즘 이론에 기대다보니 경험을 중시하는 모성에 대해 소홀한 면이 없지 않지만, 어떠한 틀 안에서 텍스트를 논의할 때의 뛰어넘을 수 없는 한계이기도 하다. 모성의 신화로 포장되었던 여성에 대한 인식도 변화하고 있다. 이제는 예전처럼 어머니가 딸을 통해 인생을 보상받으려 하지도 않고, 딸도 어머니처럼 살지 않겠다고 벼르지도 않는다. 좋은 어머니의 핵심은 자식을 잘 떠나보내는 것이라는 인식이 결코 새삼스럽지 않다. 지금까지 본고에서 분석한 문학작품을 통해, 모성에 대한 인식이 다양하게 변화하는 현실을 읽을 수 있었다. 그런 의미에서 본 연구가 한국현대소설에서의 모성성을 밝히는 작업에 미약한 역할이나마 할 수 있기를 기대해본다.

제2부
여성주의적 관점으로 읽는 소설

―「어머니」·「홀엄씨」를 중심으로―

Ⅰ. 서 론

　사회를 오랫동안 지탱해오는데 기초가 되는 것들 중의 하나가 모성[1]이다. 그 모성이 어떠해야 한다는 사회적 관습은 자연스럽게 문화에 침투하여 그 구성원들의 내면을 깊숙이 지배하게 되었다. 따라서 어머니라는 단어에는 가부장제가 사회·문화적으로 부여한 다양한 함의가 들어있다. 가부장제하에서의 여성은 어머니로서만 규정될 뿐이며 가부장제로 호명된 여성은 가부장제의 규정된 역할을 수행하는 무성화된 존재가 된다. 가부장제 이데올로기는 여성을 모성과 자연스럽게 연결되는 존재로 담론화시킴으로써 여성과 어머니를 분리시키고 모성 이데올로기를 파생시켰다. 당연히 가부장제에 익숙해진 여성은 자신들의 욕망을 표현할 언어를 갖지 못했다. 여성들은 어머니라는 이름 외에 다른 이름을 별로 가져보지 못했으며, 여성은 타자화된 존재로서 누구의 어머니이고 누구의 아내이고 누구의 딸로서만 명명되어왔으며, 여성이 주체적으로 자신의 욕망을 말하거나 인정

---

[1] 여기서의 모성성이란, maternity(모성)와 동일한 개념이다. maternity란 일반적으로 motherhood(어머니임, 모권, 모성애, 어머니 구실)와 sexuality(성교나 성기, 남녀의 성행위뿐만 아니라 성에 대한 태도나 규범, 이해, 가치관, 행동 그리고 그와 관련된 사회문화 제도 포함)가 결합된 개념이다. 따라서 생물학적인 성(sex)과 사회·문화적인 성(gender)을 동시에 포함하는 광의의 개념인 셈이다.

하는 일에는 서투르다.[2] 이러한 여성에게 있어서 모성은 억압적인 요소와 성취적인 요소를 동시에 지니고 있다. 그러나 기존의 관념화된 모성은 신비화되고 위대한 면만 강조되어왔고, 그 이면인 어머니의 고통과 우울, 혼란, 폭력 등의 어두운 측면은 터부시 되어왔다.

어머니는 '모성적' 여성이기도 하지만 모성적 '여성'이기도 하다. 그런데도 흔히 여성의 욕망은 모성애로 대체될 수 있다고 믿기에 어머니들은 감정이나 성에 대해 초월적인 자세를 가질 거라 생각한다. 그래서 우리는 어머니이기 전에 한 여성인 어머니를 중성처럼 취급한다. 세상 자체도 어머니인 여성에게 권리나 의무를 바라지 않고 의무나 조화의 기호가 되기를 바란다. 때문에 모성은 여성에게 천국과 지옥을 동시에 경험하게 해주는 야누스적인 얼굴을 지녔다. 이상과 현실, 의식과 경험 사이의 괴리를 가장 치명적으로 보여주는 것이 모성체험인 것이다. 어머니가 된다는 것이 이상적인 의식의 차원에서는 충족·발전·해방을 의미하지만, 현실적인 경험의 차원에서는 결핍·생존·억압을 의미하기에 여성들에게 커다란 고통을 줄 수도 있다. 이런 이유로 모성은 여성 억압을 가장 총체적이고 집약적으로 보여주는 체험이자 가장 배타적이면서도 순수한 여성적 체험이라 할 수 있다.

여성의 모성을 말하는 방식에서 페미니즘의 갈래에 따라 각기 다르게 표현된다. 문화적 페미니스트들은 여성의 모성을 창조성으로, 보살핌의 윤리를 관계지향성으로 해석한다. 그러나 사회구성주의 페미니스트들은 '여성의 정체성'과 같이 여성이 지닌 정체성을 어떤 한 가지 성격으로 정의하려는 시도 자체를 거부한다. '여성'이란 언어적 창조물이지 현실적 경험으로부터 논리적으로 도출될 수 있는 것이 아니라고[3] 보기 때문이다. 경험

---

2) 아드리엔느 리치, 김인성 역, 『더 이상 어머니는 없다』, 평민사, 1995, 312쪽.
3) 이러한 페미니즘의 기본적인 인식론은 인간의 의식에서 경험에 대한 담론의 우선성을 주장한다는 것이다. 우리는 언어를 습득함에 따라 각자의 경험에다 자기 목소리, 의미를 부여하는 것을 배우고, 언어체계 속으로 우리가 들어가기 이전부터 존재하

(experience) 개념은 증명할 수 없고 인식불가능한 전(前)사회적, 전(前)언어적 세계의 존재를 전제하고 있으며, 설사 부분적으로 포착이 가능하다고 해도 가부장제 사회에서 여성들의 경험이란 왜곡되고 억압받은 경험인 까닭에 그로부터 해방을 위한 전망을 추출하기란 곤란하기 때문이다. 그러므로 이들이 관심을 갖는 문제는 성이 담론적으로 구성되는 과정이다. 성적 범주들은 근본적으로 비결정적이며 불안정하고, 끊임없이 변화하며, 각 범주간의 권력관계 역시 변화하기 때문이다. 여기서 성적 범주들이 구성되고 재구성되는 것은 각 사회의 담론적 지형 속에서이다. 따라서 사회구성주의 페미니스트들은 사회의 문화적 맥락을 강조한다. 성적 범주들과 양성 관계는 각 사회의 문화적 맥락 속에서만 의미를 가지며 문화의 담론적 지형에 따라 달라지기 때문이다. 그들의 관심은 '여성문제'가 아니라 '성별화'(gendering)에 있다.

이러한 관점에서 보면 모성 역시 한 사회의 문화적 맥락에서 형성된 담론적 구성물이다. 어머니인 여성이 자신의 역할과 경험에 대해서 부여하는 의미는 그가 속한 문화적 맥락이 제공하는 담론적 가능성에 의해 틀 지워지기 때문이다. 이 경우 모성 연구는 한 사회의 모성 관련 담론의 효과로서 여성들의 어머니 경험이 어떤 것으로 주워지고 어떻게 해석될 것인가 하는 문제가 된다. 가부장적 문화에서 모성이 구성되는 방식을 드러내기 위해서는 모성의 여러 가지 의미들이 함께 결합되는 방식들을 분해할 필요가 있다. 이것은 모성 범주를 해체하는 작업을 뜻한다. 이러한 모성의 해체는 모성의 의미가 사회적·역사적 맥락에 따라 어떻게 달라져 왔는가 하는 점과, 모성이 여성에게 어떤 공통된 경험으로 해석되지 않음을 밝히는 것이다.

이러한 맥락에서 주체위치로서 어머니를 연구하는 것은 기존의 페미니스트 연구에서처럼 모성이란 무엇인가, 여성의 어머니 경험은 어떤 것인가

는 특정의 담론들, 즉 특정의 사고방식에 따라 우리의 경험을 이해하는 방식을 배운다. 이런 담론이나 사고방식들이 우리의 의식을 형성하는 것이지 어떤 경험이 우리의 의식을 형성하는 것은 아니라는 것이다.

가 아니다. 주체위치로서, 담론적 실천 · 권력관계망 · 사회적 장(場)의 한 지점으로서 어머니됨을 연구하는 것은, 권력과 저항의 작용이 어머니에게 가능성을 부여함과 동시에 어머니됨이 줄 수 있는 안정적이고 단일하고 일관된 경험의 가능성을 오히려 저해하는 과정을 밝히는 것이다. 그것은 구체적으로 어머니됨에 내재된 대립, 즉 모성애 · 보살핌과 함께 어머니의 분노 · 폭력의 관계를 탐구하는 것이다. 궁극적으로 이러한 접근은 여성에게서 '어머니'라는 정체성을 벗겨내는 것을 추구한다. 여성은 심층적인 의식 속에 자신에게 덧씌워진 정체성들로부터 해방되려는 욕구를 가지고 있는데, 이는 그 욕구들이 근본적으로 억압적인 것이기 때문이다. 가부장적 사회에서 여성에게 주어진 억압적 정체성에서 벗어나는 것을 여성해방이라고 보는 포스트모던 페미니스트들의 주장이 아니더라도 어머니라는 정체성 안에 포함된 모순들을 파헤침으로써 '여성=어머니'라는 전통적 공식을 무너뜨리려는 시도는 의미가 있다고 본다. 이러한 상황에서 모성에 매겨지는 중요성과 모성에 대한 연구의 성과를 주시할 때, 어머니와 딸의 관계에서 모성이 여성의 자아 정체성 형성에 갖는 그리고 가질 수 있는 영향과 의미를 고찰하는 작업은 의미가 있다.

한국 현대소설에서 어머니는 다양하고 특징적인 모습으로 등장하여 소설을 이끄는 주체적인 역할을 담당하고 주제 형성에도 기여하고 있다. 우리의 근 · 현대사를 지속시키는데, 중요한 역할을 한 '가정'이라는 근간을 유지시키고 지켜내는데 큰 역할을 한 것은 어머니였다. 그 어머니들이 가정을 지키며 처했던 혼란과 갈등의 양상을 페미니즘의 시각으로 다시 읽기를 시도한다. 현대소설에서는 1930년대 여성소설[4]에서 그 기미를 보이기

---

4) 송지현, 「1930년대 한국 소설에 있어서의 여성 자아 정립 양상 연구」, 전남대 박사논문, 1991; 이진희, 「1930년대 소설에 나타난 어머니상 연구」, 서강대 석사논문, 1998; 오병미, 「한국현대소설 속에 나타난 어머니상 연구」, 청주대학교 석사논문, 2002; 이명희, 「한국현대소설 속에 나타난 모성성 변모 연구」, 대전대학교 석사논문, 2003.

시작한 희생적 모성과 주체적 여성 사이에서 갈등하는 어머니들의 모습이 대거 출현한다. 우리 사회가 근대화를 거치면서 가족에 대한 가치관이나 역할, 기대 등도 변화를 가져왔고, 그 변화 속에서 여성들의 역할이나 지위 등이 달라졌듯이 모성의 정형화된 모델도 존재하지 않는다.

이와 같은 입장에서 본고는 한승원 소설에서의 모성성은 어떠한지를 밝혀보려 한다. 페미니즘 방식인 여성주의 시각으로 텍스트 읽기를 시도할 것이며, 남성작가의 작품을 선택한 것은 가부장제 문화를 이끌어온 남성의 모성성은 어떻게 드러나는지를 밝히려 함이다. 그럼으로써 인류가 그토록 찬양해온 신화적 모성성, 즉 훌륭한 어머니, 아름다운 어머니상으로 칭송 받아온 여성이 한 인간으로써 어떠한 억압을 받아왔는지 그 양상을 살펴볼 수 있을 것이다. 텍스트는 1970년대에 쓰여진 어머니 3부작 중에서 「어머니」(1974), 「홀엄씨」(1975)를 선정했다. 한승원의 많은 소설 중에는 모성성보다는 생명력 강한 여성성5)을 가진 인물들이 등장한다. 그들은 대체로 남성들로부터 상처받거나 혹은 그들에게 상처를 주며 소설 속 인물의 주체가 된다. 그들에게서는 자신의 여성적 욕망을 위해 모성을 훼손시키거나 포기하는 여성을 발견할 수 있다. 그리고 작품에 따라 대모상의 우주적 모성이 등장하기도 하며, 특히 바다를 이미지화시키는 관념적·초월적인 모성이 존재한다. 이러한 모성은 지나치게 신비화되거나 신화적으로 현실성에서 물러나 있다.

그의 소설에서 여성들은 강력한 여성이거나 강력한 모성으로 양분되어 등장한다. 위의 텍스트에서는 이러한 여성들의 모습이 아닌, 고된 현실, 즉 물리적 환경에서의 고달픔도 있지만 남편 없이 자식들을 키우며 가부장제가 요구하는 완벽한 어머니가 되어야 하는 현실에서의 모성성이 여성의 욕망을 어떻게 억압하고 왜곡하고 있는지, 그리고 모성적 맥락에서 딸과 어머니의 관계가 어떻게 이어지는지를 살펴볼 것이다. 헌신적이고 희생적인

---

5) 이를테면 단편 「낙지같은 여자」, 장편 『포구』, 『사랑』, 『불의 딸』 등. 그의 여성 인물들은 거의 끈질긴 생명력을 지니는데, 표현 형태로는 성적 욕망으로 드러난다.

측면에서 철저히 강한 어머니는 한국의 모성 담론 질서가 생산해낸 어머니이며 그동안 건드릴 수 없는 터부가 되어왔다. 이러한 모성신화는 어머니의 이름으로 재생산되며 이 담론의 효과인 '어머니'에 모든 어머니들의 행동이 매겨지고 평가되는 근거가 되므로 이를 밝히기 위해서는 가부장제에 초점이 맞추어진다.

Ⅱ. 신화적 모성의 재현

이 「어머니」 연작은 모성성을 논하는 데 있어 드물게 나타나는 현상을 가지고 있다. 대부분의 어머니 이야기는 아들이나 딸의 서사인데 이 작품들은 어머니가 말한다는 것이다. 물론 어머니가 직접 서술하지는 않는다. 어머니는 주인공이고 그 인물의 생각이나 행동을 관찰해서 이야기하는 화자는 따로 있다. 그렇다해도 어머니 시선으로 모성을 말하는 소설들이 흔치 않던 1970년대의 정황으로는 일면 중요한 의미를 가지고 있기도 하다. 이는 한승원이라는 작가의 여성을 바라보는 시각이기도 하다. 그 역시 시대 따라 모성신화를 다르게 재현하지만 모성이 겪는 인간적 시련에 연민이 담겨있기 때문일 것이다. 텍스트에 등장하는 어머니들은 모두 남편없이 홀로 자식을 키우고 교육시켜야 하는 고난에 처해있다. 이 소설들은 등장인물과 시대적 순서가 일치하고 어머니들이 홀로 되는 이유가 같은 걸로 모계 삼대를 다룬 것으로 보여진다. 한승원 소설의 어머니들은 거의 다 남성들이 부재하는 데서 문제가 발생한다. 남자를 잃는 것은 식민지 시대의 수탈, 육이오의 이데올로기 싸움, 그 이후의 근대화이다. 남편 없이 홀로 자식을 키우며 현실을 견뎌내야 하는 이 어머니들에게 삶은 더 이상 엄살도 울분도 증오도 아니다. 오직 자식을 위한 실존만이 중요할 뿐이다.

아버지의 부재는 이러한 서사를 이끌어가는 심층적이고도 근원적인 동인으로 작용한다. 즉 아버지 부재는 상징적인 법이나 가치규범의 부재라는 전후의 혼돈에 대해 부정적 인식과 관련되면서, 다른 한편으로는 전통적인 모성상이나 신화적 모성상을 더욱 강화하게 되는 요인이 된다는 것이다. 이런 면에서 서사는 바로 어머니와 아들 사이에서 벌어지는데, 거의가 어머니의 아들 사랑에 대한 복잡한 심리적 갈등의 과정이라 할 수 있다. 그런데 이 소설들에서 전경에 드러나지는 않지만 후경에 존재하는 딸의 서사가 있다. 즉 아들과 어머니의 관계에서 목소리를 크게 내지는 않지만 중요하게 자리잡고 있는 모성의 연계관계가 존재하고 있는 것이다. 이 틈새에서 가부장제가 어머니와 딸을 어떻게 통제해 왔는지를 분석해 볼 여지를 찾게 된다. 가부장제하의 어머니는 강력한 듯 보이지만 실상은 무력한 존재가 된다.

1. 가부장제하에서의 모녀 관계 — 「어머니」[6]

「어머니」의 남편은 일본 면장에게 가장 신임을 두터이 받는다고 떵떵거리는 참봉네 아들에게 소작 문제를 애걸하다가 맞아죽는다. 그 울분을 삭이지 못한 막내아들은 참봉네에 쳐들어가 난동을 부리다가 사태가 심각해지자 어머니의 권유로 도망간다. 그러나 광주의 한 농장에서 일하고 있는 줄 알았던 아들이 목포 교도소에 있다는 연락이 온다. 어머니는 막내아들이 옥살이하는 것이 안타깝고 가슴 아파 면회라도 자주 가려 하나 돈이 없다. 그래서 큰아들에게 면회 비용을 구하려 하지만, 큰아들은 "'면'자만 들먹여도 눈살을 으등카리같이 싸 짚어지고 '그놈의 반디 그만저만 댕기씨요. 그라다가 길바닥에서 죽으면 어짜실라우'"하며 어머니의 속을 뒤집어 놓곤 한다. 작은 아들 역시 가족들과 살아가기도 어려워 도움이 되지 못하자 어머니는 어쩔 수 없이 딸네 집으로 향한다. 딸의 도움을 받아 미역장사

---

6) 한승원, 「어머니」, 『목선』, 문이당, 1999. 이하 쪽수만 표기.

를 해서 막내아들의 면회를 다니려는 생각에서다.

그러나 그 딸은 어떤 자식이던가. "그냥 낳는대로 엎어버리거나, 아들딸 하나도 못 낳은 불쌍한 사람들한테 키우라고 줘버리거나" 하려던 딸이었다. 오죽 어려운 현실이었으면 그랬을까 짐작되지만 '노리개 삼아' 키우자는 부모의 결론에는 비판적 잣대를 들이댈 수밖에 없다. 남성 지배 체제하에서 딸은 태어나면서부터 이렇듯 차별의 대상이 된다. 아들이었으면 혈육의 중요성을 들먹이며 좀 더 인격적 예우를 해주었을 것이고, 교육도 더 많이 시키며 부모로서의 의무감이 가중되어 인형을 대하듯 가벼이 생각하지 않았을 것이다. 그러나 그 딸이 "얼굴 곱고 이웃 어른들께 하는 말이며 인삿결이 곱다고 소문이 나" 이 늙은 어머니네 집안의 밭뙈기 하나도 없는 푼수로선 분에 넘치는 집안으로 시집을 간 뒤로, 큰아들 일현이는 "덕본 일 없다, 덕본 일 없다"하고 억지소리를 밥먹듯이 하곤 하지만 철마다 쌀말씩을 얻어다 먹는 정도의 덕을 보고 산다. 그 딸에게 도움을 청하러 가면서도 어머니는 "그래도 봄이면 그놈이 꺾어 피리를 만들어 불던 수양버들가지같이 야들야들하고 홍청홍청하게 여문 나락짐을 짊어지고, 이 둑을 올라서던 그놈(막내아들)"의 모습만이 어른거린다.

그러나 딸은 "상놈의 집구석에서 며느리를 얻었다고 사돈네 보기를 거지 보듯"하는 시댁에서 제대로 사람 대접도 받지 못하면서 살고 있다. "눈이 퀭하게 커져 있으며 백정보고 떼라고 해도 살 한 점 뗄 수 없도록 깡말라" 있는 딸은 이루 말할 수 없을 정도의 피폐한 생활을 하고 있다. 그런 딸네 집에 빈손으로 가서도 어머니는 사돈을 만나기 전에 갈등을 하긴 하지만 그 상황에서도 고생할 아들을 생각하며 부끄러움도 씻어버린다. 딸을 가진 어머니는 죄인이라는 말처럼, 그리고 시부모 앞에서 친정부모의 일이라면 주눅이 들 수밖에 없는 가부장제의 문화 속에서 딸은 이렇게 차별을 받으며 태어나고 자라며 일생을 같은 문화에서 살아간다. 자신이 차별의 대상으로 억압받는 것을 의식조차 하지 못하며 자연스럽게 길들여진다. 그렇게 관습화된 가부장제의 영향으로 그들은 어머니가 되어서도 자신이 그랬듯이 딸을 같은 방식으로 교육한다. 그래서 희생양인 어머니는 희생양인 딸을 만들어내는 것이다. 이렇게 이어지는 모성은 기능과 구조로서 존재하지만 주체로서는 부재하게 된다.

페미니스트들은 가부장제를 공고화시키는 제도로서의 모성이 여성을 억압하는 본질로 보고 있으며, 이러한 제도에서 탈피한 체험으로서의 모성이 여성의 억압을 풀 수 있는 여성의 특성으로 간주하고 있다. 이러한 모성성에 관한 논의는 페미니스트들에 의해 지금까지도 지속적으로 이슈화 될 정도로 중요한 문제이다. 그러나 「어머니」에서는 모녀가 모두 가부장의 틀 속에 갇혀 있을 뿐만 아니라 자신들이 그 문화 안에 있다는 것조차도 모르고 있다. 어머니는 오로지 고생하는 막내아들 생각만으로 중심을 잃어버린 행동을 하면서도, 오히려 딸에게서 "자기의 살이라도 베어줄 수만 있다면 베어주고 싶어하는 딸아이의 뜨거운 마음을 꿰뚫어 짐작할 수 있다"고 말한다. 물론 이 발화는 딸의 것이 아니라 어머니가 한 것이다. 어머니는 오로지 아들 걱정만 하고 있는 자신처럼 딸도 똑같이 오라비 걱정을 하고 있는 것으로 착각한다. 그것은 딸이 어머니를 그렇게 이해해주길 바라는 마음에서 나온 것이다. 이러한 딸의 모습은 인간적 고통이나 기쁨 따위의 감정을 갖지 않은, 오로지 어머니를 신성화한 경지에 올려놓고 그에 따르는 이타적인 사람으로만 봐야 한다. 아무리 어머니에 대한 사랑으로 가득찬 딸이라 할지라도 인간으로서 갖는 희노애락의 정서는 있을 것이며 자신에 대한 주체의식이 있는 것이다. 그러나 딸은 고통이나 아픔을 어머니 앞에서 내색하지 않는다. 그래서는 안 된다는 것을 체득하며 살았기 때문이다.

초도로우가 지적하였듯이, 어머니 노릇에 대한 욕망은 여성적이고자 하는 욕망과 마찬가지로 여자아이들이 성인이 되기 전에 그들 속에 이식되어[7]버리기 때문이다. 다시 말해서 모성성은 한 소녀가 조심성 있게 떠맡기를 결정하는 존재방식이 아니라, 그것은 오히려 자신이 자의식적으로 인식

---

7) 로즈마리통, 이소영 역, 「정신분석학적 페미니즘」, 『페미니즘 사상』, 한신문화사, 1995, 241쪽.

하기 이전에 모성의 정신을 소유하게 되는 것이다. 그래서 어머니의 '억압된 것'은 자기대에서 끝나는 것이 아니라 그녀의 딸과의 관계에서 재생산되고, 딸에게로 다시 이어지게 된다. 이렇게 남성들이 만들어놓은 가부장제에 길들여진 어머니와 딸은 운명을 동질적으로 느끼며, 그 굴레 안에서 이해하고 다독이며 살 수밖에 없게 된다. 이처럼 아버지가 만들어 놓은 가부장제라는 법은 아버지 부재시에 더욱 빛을 발하게 된다. 아버지 부재시에 모성신화는 더욱 굳건해지기 때문이다.

가부장제 사회에서 남편이 부재한 채로 자식을 보살피는 것은 매우 어려운 일이다. 그럼에도 어머니는 아들에게 무조건적인 사랑을 베푸는 대상이다. 막내아들의 옥바라지를 하면서도 어머니는 자신의 안위나 체면 따위는 아랑곳없다. 어떻게 하면 면회를 한 번이라도 더 할 수 있는지, 아들을 위해 먹거리 하나라도 더 준비하려는 생각 밖에는 없다.

ⓐ 그놈이 풀려나올 때까지는 면회를 다녀야겠다는 것이었고 ⓑ 어느 날이던가 면회를 갔다가 아침부터 세 끼를 굶은 채 뱃가죽이 등가죽에 붙어 들어오는 어미 ⓒ 새끼 새끼 우리 새끼는 이 엄동설한에도 얼음장 같은 판자때기 바닥에서 꽁꽁 얼어갖고, 온 살이 푸릿푸릿하게 부었드라. 참말로, 눈에서 피가 빠져서 눈뜨고는 못 보게 되었는디 ⓓ 저 뒤퉁이 막동이만 나오는 거 보고 죽으면 고만인께 ⓔ 그 놈이 좋아하던 게 무엇인가를 생각하다가 호박떡을 생각해 냈다. ⓕ 우유는 치맛말을 들치고 젖가슴에다 꼭 끼워 묻었다.

위의 언표들을 보면, 어머니가 생각하고 행동하는 모든 동기가 아들에 의한 것임을 알 수 있다. 어머니의 존재 이유는 막내아들의 면회를 가기 위해서이기 때문에, 자신이 겪는 모든 것들이 아들과 연계될 수밖에 없다. 이를테면 따뜻한 방안에만 있어도 추운 감옥에 있는 아들을 생각하는 것이다. 이렇듯 어머니가 안타까워하고 근심하고 염려하는 모든 행위의 원인은 막내아들에 의해 발생한다. 어머니가 느끼고 생각하고 말하고 행동하는 모든 원천은 아들이다. 따라서 어머니는 자신이 삶의 의미체가 되는 게 아니라 아들이 삶의 의미체임을 유추할 수 있다. 어머니는 자신의 의지대로 삶을 사는 능동적인 존재가 아니라 아들에 의해 전 삶이 의미지워지는 수동적인 존재로 형상화되어 있다. 어머니는 자식을 비호해주는 일로 자신의 남은 생의 전력을 다하고 있다. 따라서 어머니는 자아가 없는, 자식을 위한 조력자로만 존재함을 알 수 있다. 궁극적으로 자식에게 사랑을 주는 존재라는 모성에 관한 이러한 인식은 지극히 전통적이다. 뿐만 아니라 이러한 모성성은 이기적인 속성이 없는 이타적인 속성만이 두드러진 '신화적' 모성성으로 구축된다.

'신화적' 모성성은 일반적인 모성성의 개념과도 상통한다. 중세 초기에 대두된 성모 마리아는 가부장제를 공고히 하는 헌신적인 어머니 상이다.[8] 이러한 '신화적' 모성성에서 어머니는 항상 자아가 없다. 환언하면, '신화적' 모성성으로 존재 지어진 어머니는 개인의 자아가 없다. 개인적 자아가 없는 어머니는 주체로 존재할 수 없다. 즉 어머니란 인물은 자식이 존재해야만 그 주체를 도와주는 어떤 대상으로 존재하게 되는 것이다. 남성들이 주체일 때 여성인물들은 객체, 대상이 된다는 뜻이다. 이는 가부장제 성역할이 주입된 문화양식이다. 이 양식에서 여성은 적대자 또는 조력자로 규정되는데, 여기서 성적인 매력이 있는 여성은 적대자로 어머니는 조력자로 존재하는 것이 가부장제 사회에서 고착된 하나의 공식이다. 이렇듯 한승원의 텍스트 속에서 어머니는 남성주인공을 돕는 조력자로 설정되어서, 남성이 고난을 당할 때 그리워하고 돌아가고 싶어하는 고향과 같은 존재가 된다. 이런 남성의 '자궁으로의 회귀' 욕망은 어머니가 궁극적으로 편안함의 메타포이기 때문이다. 자식에게 어머니가 대상으로 있는 한 어머니는 궁극적인 안식처이자 욕망을 채워주는 조력자, 구원자로 계속 이상화된다.

이렇게 텍스트에 구현된, 이타성이 부각된 모성은 '신화적 모성성'을 구축하는 인공물로, 그 시대 가부장제를 존속시키기 위해 요구되는 가중된

---

8) 섀리 엘 서러, 박미경 역, 『어머니의 신화』, 까치, 1995, 135쪽.

어머니의 역할을 감당해내도록 당위성을 부과하는 데 일조한 것으로 보아
진다. 즉 자기희생을 어머니의 미덕으로 이상화시켜 그 시대가 요구하는
어머니 신화를 견고하게 구축하고 있다. 어머니를 자기희생적인 존재로 이
상화 혹은 우상화하는 목적은 '신화적' 모성성을 강조해 남성이 중심이 되
는 가부장제 이데올로기를 고수하기 위함으로 볼 수 있다.

2. 모성의 대물림 양상과 은폐된 어머니의 욕망
— 「홀엄씨」[9]

가부장제 이데올로기[10]는 이원론적 사고에 기초한다. 즉 남성과 여성이
라는 성의 이분법적 대립을 근거로 이성/감성, 선/악, 정상/비정상, 정신/육
체, 삶/죽음 등과 같이 실제로는 하나의 연속체로서 존재하는 통일체를 대
립적인 이미지로 분리시켜 포착한다. 가부장제하의 여성은 두 대립적 이미지
가 통합된 온전한 인간으로서가 아니라, 남성의 속성인 이성·선·정상·
삶 등의 공적 영역에서 소외된 감성·악·비정상·죽음 등으로 인식되는
사적 영역에 가두어진 반쪽의 삶만을 강요당한다.

　모성 역시 여성에게 끊임없이 허위적인 여성성을 덧씌우는 가부장제 이
데올로기의 기제로서 작용하고 있다. 이를테면 모성[11]을 여성의 고유한
영역으로 규정함으로써, 여성다움은 곧 어머니 노릇(mothering)을 충실하
게 이행하는 데 있는 것처럼 미화한다. 이렇게 미화된 모성은 시대와 사회

---

　9) 한승원, 「홀엄씨」, 『목선』, 문이당, 1999. 이하 쪽수만 기입.
10) 여기서의 이데올로기란 진실을 감추거나 왜곡시키며 위장하는 어떤 것으로 보고,
　　피지배계급이 자신의 억압적 상황을 인식하고 자신에 대한 지배계급의 지배가 정
　　당하지 못함을 깨닫지 못하도록 하는 역할을 수행한다고 보는 맑스주의적 입장을
　　따른다.
11) 모성은 임신·출산·수유와 같은 생물학적 요소는 물론 양육 및 양육에 관련된 이
　　데올로기라는 사회적 요소를 포함한다.

제2부 여성주의적 관점으로 읽는 소설　187

를 달리하며 반복·재생산 과정을 거치면서 남성의 지배체제를 더욱 공고히 하는 데 기여한다. 즉 여성의 위치는 가정이며 여성의 임무는 가족 구성원을 돌보고 아이를 양육하며 이들에게 정서적 안정을 제공하는 것이라는 사회적 통념12)을 형성한다. 이것이 곧 모성 이데올로기이다. 이러한 사회적 통념 안에서 자기 희생을 감수한 채 아이 특히 아들을 훌륭하게 양육하는 이른바 '훌륭한 어머니상'의 신화가 굳건하게 자리잡고 끊임없이 재생산된다.

소설 「홀엄씨」에도 가부장제가 요구하는 모성 신화가 존재한다. 자신의 삶은 없고, 오로지 자식을 위해서만 생명을 유지하는 완벽한 어머니가 등장한다. 그래서 그 어머니는 딸에게 모성 이데올로기를 완벽한 형태로 대물림한다.

모성에 관한 페미니즘적 이론은 전능한 어머니를 가정하는데, 이 전능한 어머니는 자녀의 성장에 전적인 책임이 있다. 그러므로 딸자식을 간수하는 문제에서부터 인간 존재의 위기에 이르는 모든 것에 대해 비난의 대상이 된다. 어머니가 딸에게 부정적 영향을 미치며 딸이 겪는 이후의 불행과 실패는 모녀간의 초기관계에서 연유한다는 것이다. 프라이데이는 딸의 인생주기를 추적하여 삶의 각 단계에서 어머니가 딸을 얼마나 강제적이고 의도적으로 때로는 지독하게 억누르고 통제하는가 그리고 어머니가 어떻게 딸의 개별화를 방해하고 딸의 성을 부정하고 남자를 멀리하게 하는가를 보여준다. 어머니는 딸을 자신의 이미지대로 만드는데, 즉 어머니가 됨으로써 자기 자신의 성이 부정되기 때문에 딸에 대해서도 성을 부정하게 한다.13)는 것이다. 그러나 여기서 주목해야 할 것은, 어머니의 그러한 책임이나 의무를 왜곡시키고 어머니가 영속되는 악에 의해 무력한 희생양이 되게 하는 가부장제이다. 「어머니」, 「홀엄씨」에서도 남성들이 만들어놓은 가부

---

12) 이연정, 「모성론에 관한 비판적 고찰」, 서울대 사회학과 석사논문, 1994, 42쪽.
13) 배리소온·매릴린 얄롬, 권오주 외 4인 공역, 「완벽한 어머니의 환상」, 『페미니즘의 시각에서 본 가족』, 한울 아카데미, 84쪽.

장제의 굴레에서 어머니는 끊임없이 희생해야 하는 수난의 모습을 딸에게 물려준다.

「홀엄씨」는 앞에서 논의한 「어머니」의 딸 바라데기가 과부가 되어, 4남 1녀를 힘겹게 키우는 이야기이다. 「어머니」의 아버지는 소작쟁의로 죽었고, 「홀엄씨」의 아버지는 6·25의 좌우 이데올로기 대립으로 죽었다. 이러한 아버지 부재 상황은, 광기의 역사 뒤에 남겨져 홀로 자식 교육과 생활을 감당해야 하는 어머니들의 수난과 아픔을 더하게 한다. 억척같은 생명력으로 자식을 키우며 살아남은 어머니들의 수난은 한결같이 물리적 환경의 대물림과 아버지가 부재하는 그 환경에서 습득된 모성 이어받기에서 비롯된다. "애비는 6·25 때 보안서로 끌려가 장작쪽으로 얻어맞긴 했다지만, 용케 살아나왔었다. 그러나 그때 맞은 얼이 병이 되었던지, 그 해 겨울 들면서부터 바닷일 한번 나가지를 못한 채 골막거리다가 이듬해 봄에 죽은 것이었는데". 한 가정에서 아버지의 죽음은 그 가족의 운명을 바꾸어 놓기도 한다. 어머니 역시 남편이 살아있을 때는 "해해마다 땅을 사며, 그때마다 큰놈 작은놈 대학까지 보내자"는 약속을 할 수 있었다. 그러나 앞의 「어머니」처럼 가장이 부재한 환경에서 「홀엄씨」의 어머니는 자신이 그 가장의 자리를 대신해 아비 있는 다른 집 자식들보다 더 잘 키우려는 욕심으로 두 자식을 읍내에 보내 중학교 고등학교를 보내고는 있지만 그 어려움은 이루 말할 수 없다.

> 간밤에 일어난 시아저씨와의 소동 때문에 역시 한 잠도 못자고 울었을 것임에 틀림없고, 그래서 동글납작한 얼굴이 햇쑥하게 야윈 데다, 눈두덩마저 부석부석하게 부은 딸 홍님이의 얼굴을 건너다보면서, 「못난 에미 만나갖고, 니 못할 일 다 한다」하고 목울음 섞어 말하며 이를 물었다. …중략… 「그래도 살어사 쓰겄다. 우리 홍국이 홍민이만 졸업시케 놓으면, 즈그들 다 내 앞에 와서 무릎 꿇을 것인께」　　　　　(244쪽)

어머니가 당하는 수난으로 딸도 같은 고통을 겪는다. 이는 「어머니」에서의 바라데기가 막 결혼했을 무렵 어머니가 찾아와 막내아들의 옥바라지를 위해 김을 팔아달라는 부탁을 할 때와 조금도 변함이 없다. 어머니는 딸에게 미안함을 갖고 있기는 하나 그것은 최소한의 마음일 뿐, 현실적으로는 그 딸을 위해 아무런 행동도 하지 않는다. 딸은 아들인 동생들을 위해 참고 견디며 모든 것을 양보해야 한다. 오로지 어머니 보필하며 동생들 돌봐주는 것으로 자신의 생을 대신하는 것이다. 큰아들 둘째아들은 읍내로 보내 학교를 다니게 하고 있지만 딸은 보리밥도 제대로 못 먹는 열악한 환경에서 주린 배를 움켜쥐면서도 행여 어머니가 알면 미안해 할까봐 아무런 내색 없이 견뎌야 한다. 딸의 어머니 바라데기가 그랬듯이, 그 어머니 밑에서 자란 쌀레네도 그녀처럼 살고 있다. "노상 이 어머니의 입에 붙어 있다시피 한 말, 홍국이 홍민이를 위해서 한 줌 반 줌이라도 아껴야 할 처지"를 자신도 되뇌며 사는 것이다. 시아저씨의 횡포로 드러누운 어머니가 죽 한 숟가락을 떠 넣으며 죽창살문을 열고 나가는 딸을 보니 "걸음걸이가 힘없어 보여 아차, 저 아이도 이때껏 밥을 굶었을 것임에 틀림없다"라고 생각할 정도로 딸은 신체적 정신적으로 핍진한 생활을 하며 자아없는 삶을 사는 것이다. 가난한 생활에서 남동생들을 위해 희생하는 아름다운 누이의 모습으로 보기에는 지나치게 비인간적인 삶이다. 또한 어머니를 생각하는 마음이 극진하여서라고 볼 수도 있지만 문제는 유년 시절에 이렇게 자신을 홀대하는 과정을 경험한 여성은 어머니가 되었을 때 자신의 딸에게 그러한 요인, 혹은 자신이 체득한 관습들을 대물림 해준다는 것이다. 이 텍스트에서도 「어머니」의 어머니로부터 그렇게 키워진 바라데기는 자신의 딸인 쌀레에게 똑같은 방식으로 자신의 모성을 물려준다.

「쌀레야, 보따리 이리 주고, 홍삼이랑 얼룽 그 해의 건제뽈고, 바닥에 나가봐라이. 느그 작은 아버지 또 부아 내갖고 야단치면 어쩔 것이냐?」
　재 꼭대기를 오르면서, 어머니는 또 가슴이 미잉하게 아파왔다. 시집

온 이듬해, 미역장사를 온 친정어머니의 김 보따리를 이고 앞장서서 오
르던 것이 엊그제 일처럼 삼삼한데, 바로 그 길을 이제 자기의 딸에게
김 보따리를 맡기고 오른다는 생각이 난 것이었다.
　「아야 아야, 울 어메는 고생만 고생만 지지리 하고 끌끌……」(263쪽)

　모녀 삼 대의 환경이 드러나 있는 부분이다. '미역장사를 온 친정어머니
와 걷던 길을, 이제는 자기의 딸에게 김 보따리를 맡기고 가고' 있다. 이 인
용문에서는 가난하고 핍진하게 사는 어머니들의 환경이 계속해서 이어지
고 있음을 보여준다. 뿐만 아니라 그러한 방식으로 관습화된 모성도 악순
환되고 있음을 알 수 있다. 물론 어머니의 행동이 가부장제 사회에 의해 규
정되었다 하더라도, 이러한 모녀 3대의 변함 없는 수난은 어머니들에게 책
임이 있기도 하다. 어머니 자신이 억압받았으면 딸에게는 좀더 나은 환경
을 만들어주려 노력해야 되는데 위의 텍스트에서는 그러한 점을 전혀 발견
할 수 없다. 그래서 모녀 3대의 환경은 신화적 모성성을 고수하려는 작가
의 의지로 볼 수밖에 없다. 어머니는 자아가 전혀 없는 사람으로 그려지거
나, 딸도 아들처럼 주체적 삶을 살도록 키워줘야 한다는 개안이 없는 어머
니는 자신의 삶을 딸에게 물려주게 된다. 이 모녀 3대의 물리적 시간은 각
각 흘러가서 변화 발전시키는 것이 아니라 그 상태를 답습함으로써 삼 대
가 지나는 동안 같은 방식으로 어머니들의 삶을 무화시키는 것이다. 그래
서 이 텍스트 속의 모녀들은 자신들은 깨닫지도 못하는 사이 여성으로서
훼손되고 굴절된 채 공생한다.[14] 이러한 재반 여건들은 어머니와 딸에게
고통스럽지만 받아들일 수밖에 없는 당연한 상황으로 만든다. 그래서 전능
한 어머니에 대한 믿음은 한편으로는 어머니를 비난하는 경향을, 다른 한
편으로는 완벽한 어머니에 대한 환상을 낳게 하는 동인이 되어왔다.

---

14) 가부장적 텍스트의 지배적 경향은 어머니와의 분리를 딸이 성장하기 위한 필수적
　　인 과정으로 전제한다. 이를 증명하듯 딸의 이야기는 결혼을 하거나 어머니가 됨
　　으로써 자신의 어머니와 완전히 분리되는 것으로 종결되곤 한다.

다른 한편으로는 돼지고깃국을 사먹이지 못한 게 못내 짠하고 안타 까웠다. 자기는 또 이 눈보라 속을 헤치고 이십 리 길을 걸어 집엘 가야 하는 것이지만, 아들이 차 안에서 얼마나 으깨어지듯 눌리고 가야하며, 거기 내려서는 이 겨울 들어 밥만 보그르르 해먹곤 하느라 불을 지폈을 뿐, 따뜻해지라고 콧김만큼의 군불 한번 떼질 못한 방으로 들어가 떨 것 은 말 할 것도 없고, 거기에 넉넉하지 못할 돈, 넉넉하지 못할 쌀에 오죽 이나 고생을 하며 살 것인가 하는 것을 생각하면, 자기가 가는 이십 리 의 눈길, 또 가서 시아저씨 눈총맞으며 살아야 하는 일 따위야 아무것도 아니었다.   (269쪽)

이 어머니의 마음은 소설 「어머니」에서 막내아들 면회를 가는 어머니와 같다. 형무소 근처에서 쇠고깃국을 끓여놓고 밤을 밝힌 어머니는 아들이 좋아하던 호박떡 대신 찹쌀떡을 사고, 변비에 좋다는 우유를 사서 면회날 아침을 맞는다. 쇠고깃국을 대기소 안의 난로 위에 올려놓고, 따뜻한 우유 는 치맛말을 들치고 젖가슴에다 꼭 끼워 묻고 초조하게 순서를 기다리는 안타까운 어머니의 심정이 비슷하다. 어머니의 한 세대가 달라졌지만 아들 을 염려하고 기쁘게 하고 싶은 모성의 모습은 조금도 변함이 없다. 그뿐만 아니라 아들을 위해서라면 어떤 것도 희생할 수 있다는 의식 또한 달라지 지 않았다. 달라진 게 있다면 「어머니」의 모성은 형무소에서 고생하는 아 들이 안타까워 면회라도 자주 가고 싶어하는, 즉 무언가를 기대하고 하는 행동이 아니지만 「홀엄씨」의 모성은 자신이 홀대받고 억압받는 현실에서 의 앙갚음을 그 아들이 해 줄 것이라는 기대를 가지고 있는 점이다. 물론 소설의 상황은 각각 다르게 설정되어 있다. 「홀엄씨」의 어머니는 자식, 즉 아들을 성공시켜 설움 받는 자신을 보상받고 싶어한다. 간절한 모성이 존 재하는 이유가 그렇게 다르다 해도 두 어머니의 아들 생각하는 마음은 모 두 같으며 드러나는 행위도 비슷하다.

이는 딸들이 가정에서 어머니의 모습을 보고 느끼며 자라는 가운데 그들에게도 어머니와 같은 방식의 모성이 습득되고 그것들이 오랜 시간을 거치는 동안 관습화가 된다는 것을 증명해주고 있다. 즉 모성은 비슷한 패턴으로 대물림을 하게 된다는 것이다. 위의 어머니들은 한국의 가장 보편적인 모성의 표상이다. 어머니는 인류의 역사만큼이나 오래된 존재이지만 사람들이 꿈꾸는 모성의 모습은 크게 변화하지 않았다. 많은 시간의 집적으로 그리고 시대의 변화로 인간들은 변화하고 있지만 텍스트 속에서 어머니는 자식이 고난을 당할 때, 여전히 그리워하고 돌아가고 싶어하는 고향과 같은 존재로 남아있다. 이런 "자궁으로 회귀" 욕망은 어머니가 궁극적으로 편암함의 메타포이기 때문이다. 그러나 자식들의 소망대로 존재하는 어머니의 삶은 과연 어떠한가를 문제삼을 수밖에 없으며, 그렇게 굳건한 모성신화가 딸, 즉 여성들의 삶을 무화시킨다는 사실에 주목해야 한다.

페미니즘 이론가인 프라이데이가 말한 것처럼, 어머니가 딸을 자신의 이미지대로 만든다면, 어머니는 딸의 억압자이다. 그러나 어머니 자신도 억압받고 있으므로 어머니의 행동을 어머니의 악의의 산물이라기보다는 가부장제라는 덫에 걸려 있는 어쩔 수 없는 것으로 본다. 그래서 어머니만이 변화해야 한다고 생각하지 않는 것이다. 전능한 어머니의 역할을 수행하고 왜곡시키는 어머니를 영속되는 악에 의해 무력한 희생양이 되게 하는 가부장제와 같은 상황을 비난하는 것이다.

반어적으로 아드리엔 리치는 가부장제의 전복에 의해 어머니에 대한 이상이나 완벽함이 실현될 수 있다는 가정을 전제한다. 이는 가부장제가 어머니와 자녀를 어떻게 통제해왔는지를 짐작할 수 있게 한다. 따라서 가부장제하에서의 어머니는 강력한 것이 아니라 무력한 존재이다. 그래서 세상의 모든 딸들은 어머니의 몸에서 태어나 어머니의 몸을 닮아가지만 '아버지의 딸'이 될 때 '정상적인' 성적 주체성을 획득할 수 있다. 어머니의 자궁 밖으로 나온 순간, 딸은 어머니에게서 분리되어 아버지의 법에 종속된다. 그래야만이 정상적인 삶을 살 수 있기 때문이다.

모성/어머니일 수행, 성에 대한 모순된 환상과 기대 역시 페미니즘에서

중요하게 다루어진다. 파이어스톤은 불평등한 가족에 대한 유일한 대안이
누군가가 누군가에게 장기간 헌신하는 그런 가족이 사라지는 것, 그리고
모든 사람이 어떤 속박 없이 하나의 인격체가 되는 것이라고 주장한다. 따
라서 파이어스톤에게 있어서, 개인주의와 성해방은 동시에 진행되며 이 둘
은 본래 모성과 상반되는 것이다. 낸시 프라이테이 역시 여성의 삶의 목표
는 성적인 개별성을 획득하는 것이며, 그것은 어머니가 되는 것과 반대라
고 본다. 여성다움은 모성이 배제된 이성 관계에서의 성이라고 말한다. 그
러나 로시와 리치에게서는 그 반대의 경향을 발견할 수 있는데, 그들은 성
을 가진 모성을 밝히고 여성해방과 실현의 기초를 모체에 대한 재소유에서
찾고 있다. 이들은 가부장적 제도가 모—자녀 유대를 위한 선천적인 모성
본질과 가능성을 왜곡했다고 말한다.[15]

　페미니스트들이 주장하는 상반된 견해, 즉 모성과 여성 사이에서 갈등
하는 어머니들이 현대소설에 등장한다. 성과 모성은 그 기원이 비슷하며,
어느 한 쪽이 다른 한 쪽을 무화시키거나 억압하면서 오늘에 이르렀다. 문
학 텍스트에서는 대체로 성과 모성 어느 한쪽으로 기울어진 어머니들이 출
현하여 비난받거나 완전한 어머니로 추앙 받기도 한다. 소설 「홀엄씨」에
서 드러나는 모성성은 어떠한지, 그리고 그러한 모성을 만들어내는 가부장
제의 원리가 어떻게 작동되는지 살펴보기로 한다.

　　이편의 아리고 쓰린 마음을 가장 잘 알아주어야 할 시아저씨 하나 있
　는 것이, 「이 잡년아, 서방질할라고 소금장시한다고 나섰제, 새끼들 가
　르칠라고 나섰디야? 퉤에, 더럽다, 더러」하고 있으니, 이 원통한 속을
　누구에게 하소연할 수 있기나 하겠으며, 이 마을 사람들 모두가 다 그러
　는 것으로만 알고 있으니, 어떻게 낯 내두르고 돌아다니기나 하겠는가
　말이었다.　　　　　　　　　　　　　　　　　　　　　　　　　(243쪽)

---

15) 배리소온 · 매릴린 얄롬, 앞의 책, 90~91쪽.

큰아들 홍국이의 입학금이라도 마련해보자고 소금장수 신창길한테 동무장사를 붙인 것이 탈이 되어 어머니는 시동생에게 오해를 받게 되었다. 남편이 살아있을 때, 그 시동생을 자식처럼 키워서 결혼을 시켜 분가까지 해주었다. 그러한 형수를 돕고 감싸주기는커녕 오히려 남들보다 더 모함하고 학대한다. 이는 행여 자신의 집안에 어떤 피해를 줄지도 모른다는 가부장적 정서에서 발로한다. 남성들의 처첩은 능력 과시용이 될 수 있지만 혼자 된 여성들은 정조를 지켜서 그 집안의 여성들에게 본보기가 되도록 해야한다는 남성중심적 문화는 여성들, 어머니들을 탈성화(desexualized) 시키기에 충분하다. 작가는 이 소설의 서두에서 "이해, 서른 일곱 살의 아직 너무 젊은 홀어머니는" 이라고 말한다. '아직 너무 젊은 어머니'라고 강조해서 언표함으로 해서 어머니의 성에 주목하도록 한다. 물론 그 젊은 어머니의 표면적 고민은 창길이와 아무런 일이 없었는데도 오해를 하는 사람들에 있지만, 그 문장의 심층적 의미는 어머니의 젊은 '성'에 있는 것이다. 실상 어머니는 욕망이 없는 존재가 아니기 때문이다.

빌어먹을……. 어머니는 속으로 투덜거렸다. 신동으로 쫓겨나듯 이사를 가면서 하던 창길의 말마따나, '정말로 한번 보듬어보기나 하고 이런 말을 들었으면 덜이나 억울하겠다' 싶었다. 정말이지, 홀어미 마음으로 한번 남자의 품에 안겨 자보기나 하고 이런다면 덜 서러울 것 아닌가. …중략…

「나허고 삽시다, 정만 두고. 우리 둘이 이런다는 것을 누가 알랍디여?」 하고 끌어안는 것이었지만, 이 편은 욱 하고 피가 곤두서고 가슴이 뛰며 눈앞이 아득해지는 것을 의식하며 …중략…

창길이 이 물로 와서 끌어안고 일을 저질렀으면, 정말 무슨 일이 저질러졌을지 몰랐다.… 중략…

지금 생각하면 바보같이 옹졸한 사람이었다 싶어 원망스럽기도 하는 것이었다.

(247~248쪽)

서른 일곱의 젊은 어머니의 성은 본능따라 위험한 순간으로 치닫지만 그때마다 욕망을 제어하는 것은 다섯 자식들이다. 자신의 본능보다는, 자신이 본능 따라 행동한 이후 자식들이 겪어야 하는 모든 상황들을 떠올리며 스스로 억제하게 된다. 이러한 모성 이데올로기는 여성의 삶을 극단으로 억압한다. 그러면서도 남성들은 젊은 어머니를 손가락질하면서 넘본다. 어머니를 여자, 즉 성적인 대상으로 보는 남성과 어머니를 모성으로만 존재하길 바라는 남성의 의식이 교직되고 있는 것이다. "거지 팔자로라도 남편 날개 밑에 살면" 의 언표는 남성들이 세워놓은 문화 속에 여자가 예속되어 살고 있음을 의미한다. 그러나 간과하지 말아야 할 것은 어머니가 자신의 욕망을 억누르며 남성의 문화 속에 복속되어 살 수밖에 없는 까닭은 자식을 위해서라는 점이다. 물론 이조차도 남성이 여성을 통제하기 위해 만들어놓은 덫일 뿐이다.

1970년대의 많은 소설들이 보여주듯이, 여성은 창녀 아니면 어머니였다. 창녀가 1970년대 남성의 무의식적 욕망이 주조해낸 인물임을 의미한다면, 어머니는 가부장적 민족 남성이 자신의 주체성을 확인하는 소유물로 규정됨으로써 여성은 탈성화, 즉 성욕이 없는 존재가 되기를 강요당해왔다. 어머니의 부정, 여성의 성욕은 남성중심적인 가부장적 기성 질서를 파괴할 수도 있는 위험한 것으로 재현되기 때문에 작가는 「홀엄씨」에서 어머니의 욕망을 보여주기만 할 뿐 부정으로까지는 넘어서지 않는다. 흔히 여성의 몸에 대한 논의를 토대로 할 때 여성의 몸은 두 가지의 의미를 지니게 된다. 권력의 현실적인 작용점으로서의 육체와 저항의 시발점으로서의 육체가 그것이다. 어머니는 자신의 욕망을 보여줌으로써 전자를 입증해 주지만, 자식을 생각하며 욕망을 접는 것으로 저항의 시발점으로는 나아가지 않는다. 여기서 어머니의 몸은 억압받는 현실을 상징하는 가장 뚜렷한 형태일 수 있다.

쌀레네는 성문다리가 떨어져 나가는 듯한 아픔과 함께 가슴이 미어질 듯이 뻑뻑해지는 것을 느끼며, 다시 김발 앞으로 가 홀치기를 집어들었다. 온몸이 떨려서 김을 훑을 수가 없었다. 마을 사람들이 다 모여있는 이 자갈밭에서 이렇게 또 당하고 있어야만 하는가. 도둑 때는 벗을 수 있지만, 비늘 때는 못 벗는다는데   (253쪽)

　어머니는 성적인 학대뿐만 아니라 시동생으로부터 폭행까지 당한다. 하필 발로 채인 부분이 "성문다리"라니 혼자 사는 어머니 몸의 수난이 어느 정도인지 짐작할 수 있게 한다. 수난의 정도가 아니라 여성을 대하는 남성의 폭력성이 위험수위를 넘고 있음을 알 수 있다. 이런 사회에서 여성은, 특히 혼자 사는 어머니의 인격은 남성들에 의해 박탈당한다. 그럼에도 어머니가 이 극한 상황의 치욕을 견딜 수 있는 것은 자식들이 있기 때문이다. 그래서 어머니는 큰아들, 둘째아들이 대학만 나오면 자신을 깔보던 모든 사람들이 무릎을 꿇으리라 생각한다. 그 집념 하나가 어머니의 모든 것을 견디게 한다. 그래도 어머니의 씻을 수 없는 치욕은 그 "비늘 때"이다. 다른 죄는 벗어낼 수 있지만 정조를 깬 여성은 그 집단에서 매장 당한다. 그래서 조리돌림이라는 형태로 집단 린치가 가해진다. 어머니의 "비늘 때"는 시동생에게서 수난을 당한 이후 소문이 밖으로 나서 읍내에서 학교를 다니던 큰아들이 책을 찢어버리고 학교에 나가지 않는 일탈 행위로 돌아온다. 아들의 비뚤어진 행위로 어머니의 고통은 이루 말할 수 없게 된다. 시동생의 폭력도, 모함도, 동서에게 머리채를 잡히면서도 참아냈지만 아들의 일탈행위는 어머니의 가슴을 산산조각으로 찢어놓는다. 평생 안고 살아야할 주홍글씨의 참담함보다도 아들의 반항 행위가 어머니에게는 가장 슬픈 일이다.
　남성중심의 문화가 어머니의 본능을 이러한 방식으로 통제하며 은폐해 왔다. 억척스럽게 살아야만 자식들 키우며 현실을 버티어 갈 수 있는데, 환경은 그렇게 열악하면서도 혼자 사는 어머니에 대한 시선까지 부정적이다. 어머니의 출구는 오로지 자식 뿐, 한 여성으로서의 생은 사면이 막혀있다. 그래서 어머니는 자신의 인간적 삶을 모두 체념할 수밖에 없다.

　이러한 가부장제는 여성성을 모성으로 대체해 버리고 여성을 전능한/비천한 어머니로 가두어 놓고 만다. 결국 가부장제라는 덫에 걸린 어머니는 신비화·추상화됨으로써 역설적으로 보이지 않는 존재가 된다. 즉 어머니는 문화 속에서 삭제되거나 추방된 존재가 되어버린다. 「어머니」, 「홀엄씨」에서처럼 어머니 삭제, 은폐의 징후는 어머니를 주체성이 없는 인간으로, 그리고 욕망을 가지지 않은 성모로 신비화하는 방식으로 나타난다. 이는 남성들이 만들어놓은 가부장적 문화를 유지시키고자 하는 욕망에서 비롯된 것이다.

Ⅲ. 결 론

　가부장적인 사회적 관습 속에서 어머니들이 감내해내는 고통과 희생의 삶, 그리고 그 어머니들이 자식에게 보이는 무조건적인 사랑이 텍스트 속에서 애정과 연민이 뒤섞인 시선으로 그려지고 있다. 일제시대와 6·25를 경험한 모성이 등장하는 한승원의 소설에서는 어머니가 신화화되어 있다. 그러한 어머니들은 억척스레 현실을 살아내면서도 자신의 주체적 삶이 없을 뿐만 아니라 무성화(無性化) 되어있다. 모성은 독립적인 욕망의 주체가 아니라 자식의 욕망을 욕망하는, 자식의 욕망을 충족시켜주는 것을 욕망하는 텅 빈 존재로 형상화된다. 그것은 자식을 보호하고 양육하면서 겪을법한 어려움이나 희생, 갈등 등과 같은 어머니의 실제적인 체험에서 자신의 모습이 없다는 의미이다. 이들 어머니들은 가부장제의 문화 속에서 차별받는다는 것조차 모르고 태어나서 자라 어머니가 되고, 어머니 자신의 그 모습을 딸에게 답습하게 한다. 그래서 희생양인 어머니는 희생양인 딸을 만들어내는 것이다. 그리고 그 수난의 모습은 변함없이 같은 방식이다. 즉 모성은 비슷한 패턴으로 대물림을 하게 되는 것이다.

　따라서 가부장제 하에서의 어머니의 모습은 딸들에게 넘어서야 하거나 혹은 벗어버려야 할 굴레로 인식되어 자기부정적인 행위까지 나아갈 수 있기 때문에 문제가 된다. 때문에 어머니의 억압성이 어머니와 자녀 관계에 내재하는 자체적인 성질이 아니라 가부장제가 부여한 특성일 뿐이라는 것을 인식해야 한다. 이 점을 인식하지 못하고 어머니 역할 자체를 거부할 경우 어머니의 역할에서 느낄 수 있는 친밀감이나 열정적인 기쁨까지도 간과하게 된다. 중요한 것은 무조건 어머니를 찬양할 것인가 거부할 것인가의 문제가 아니다. 모성이라는 말속에 담긴 상징적이고 고정화된 의미들이 이데올로기가 됨으로써 여성들의 삶을 어떻게 억압하고 있는지를 인식하고 그 억압적 삶을 변화시키기 위해 어떤 노력이 필요한가를 알 수 있어야 한다.

「어머니」, 「홀엄씨」에는 남성중심의 가부장적 질서가 뿌리 깊이 스며 있기 때문에, 인간적 삶이 없는 신화적 모성을 선명하게 부조한다. 한승원 소설에서의 이러한 가부장제는 여성성을 모성성으로 대체해버리고 여성을 전능한 어머니로 가두고 만다. 결국 가부장제라는 덫에 걸린 어머니는 자신을 추상화시킴으로써 역설적으로 보이지 않는 존재가 된다. 즉 어머니는 문화 속에서 삭제되거나 추방된 존재가 되어버린다. 이처럼 어머니 삭제, 은폐의 징후는 어머니를 욕망을 가지지 않은 성모로 신비화해서 모성 신화를 이어가게 한다.

이렇듯 페미니즘 시각으로 모성신화를 읽어낼 때 간과하지 말아야 할 것은, 모성성이라는 개념이 남성중심적인 힘의 논리를 근간으로 하는 사회현실 그 자체를 부정하는 근본적인 문제 제기의 성격을 지니는 것은 아니라는 것이다. 다만 남성작가들이 그들의 작품에서 모성을 형상화하는 관점에 도사리고 있는 하나의 넘어설 수 없는 한계라고 하는 것이 타당하겠다. 따라서 남성작가들의 작품에서 나타나는 이러한 한계를 일방적으로 비판하거나 매도하기보다는 모성 이미지들 속에 내포된 그와 같은 넘어설 수 없는 남성중심적 관점의 틀을 구성하는 사회 내부의 근원적인 이데올로기적 작용력을 문제삼는 일이다. 그러한 한계는 남성작가들 각자의, 혹은 개

별적인 의식의 한계 이전에 가부장제 이데올로기의 문화 속에서 적층되어
보이지 않는 방식으로 개인의 의식을 규정짓게 하는 제도 그 자체가 문제
라는 것은 인정해야 하기 때문이다.

현대소설의 어머니 연구

초판 1쇄 인쇄일	| 2012년 2월 20일
초판 1쇄 발행일	| 2012년 2월 22일

지은이	| 김경희
펴낸이	| 정구형
출판이사	| 김성달
편집이사	| 박지연
책임편집	| 정유진
본문편집	| 이하나 김현경
디자인	| 정문희 장정옥
마케팅	| 정찬용
영업관리	| 김정훈 권준기 정용현
인쇄처	| 월드문화사
펴낸곳	| **국학자료원**

등록일 2006 11 02 제2007-12호.
서울시 강동구 성내동 447-11 현영빌딩 2층
Tel 442-4623 Fax 442-4625
www.kookhak.co.kr
kookhak2001@hanmail.net

ISBN	| 978-89-279-0160-0 *93800
가격	| 15,000원

* 저자와의 협의하에 인지는 생략합니다.
　잘못된 책은 구입하신 곳에서 교환하여 드립니다.